제4판 한국문학통사 6

내용·사항색인

조 동 일

계명대학교, 영남대학교, 한국정신문화연구원, 서울대학교 교수,
계명대학교 석좌교수 역임.
현재 서울대학교 명예교수.
　　대한민국 학술원 회원.

《하나이면서 여럿인 동아시아문학》,《세계문학사의 전개》《철학사
와 문학사 둘인가 하나인가》,《대등한 화합》,《국문학의 자각 확대》
《한일학문의 역전》,《대등의 길》등 저서 70여 종.

제4판 한국문학통사 6

제4판 1쇄 발행 2005년 3월 1일
제4판 6쇄 발행 2024년 5월 20일

지은이　　조 동 일
펴낸이　　김 경 희
펴낸곳　　(주)지식산업사
　　　　　본사 ● 10881, 경기도 파주시 광인사길53(문발동 520-12)
　　　　　　　　전화 (031) 955-4226~7 팩스 (031) 955-4228
　　　　　서울사무소 ● 03044, 서울시 종로구 자하문로6길 18-7(통의동 35-18)
　　　　　　　　전화 (02) 734-1978 팩스 (02) 720-7900
　　　　　영문문패 www.jisik.co.kr
　　　　　전자우편 jsp@jisik.co.kr
　　　　　등록번호 1-363
　　　　　등록날짜 1969. 5. 8.

책값은 뒤표지에 있습니다.

ISBN 89-423-4034-2 94810
ISBN 89-423-0047-2(전6권)

이 책에 대한 문의는
지식산업사 전자우편으로 해 주시길 바랍니다.

차　례

□ 일러두기

* 이 책은 제4판 《한국문학통사》1~5권의 참고자료로, 색인과 전체 차례를 수록한다.
* 색인은 크게 내용색인과 사항색인으로 나누며, 사항색인은 작가, 작품·문헌, 작중인물, 지역·건물·산천색인으로 구성한다.
* 색인 항목의 출처는 장·절·항의 번호로 나타낸다.
* 내용색인에서는 주요 개념과 용어를 정리하고, 특히 중요하게 다룬 부분만 제시한다.
* 작가색인의 표제어는 본명으로 하는 것을 원칙으로 하되, 본명보다 더욱 널리 알려진 호나 필명도 일부 채택한다. 본명을 알 수 없는 경우는 호 또는 필명만 표제어로 한다. 외국인 작가는 포함하지 않는다.
* 작품·문헌색인에는 신문·잡지 등의 문헌도 포함한다. 작품이름이 지나치게 길 때는 앞부분만 들고 생략부호를 써서 그 뒤는 생략되었음을 밝힌다. 번역 또는 번안본이 아닌 외국작품은 포함하지 않는다.
* 작품·문헌색인에서 작품명이 같을 때는 괄호 안에 작가 이름을 써서 구별한다.
* 작중인물색인에는 작가가 만든 인물 외에, 역사적인 인물이라도 작품에 등장한 경우 모두 다룬다. 작품·문헌색인에서 작품명으로 올라 있는 작중인물도 다시 다룬다.
* 지역·건물·산천색인에는 지명, 사찰, 누정 등도 포함한다. 작품 내용 및 작가와 관련한 중요한 배경을 뽑고, 그 밖에 문학사상 의미 있는 사건과 관련한 것도 다룬다. 작품 제목으로 쓰인 것이 많아, 작품·문헌색인 일부와 상당 부분 중복될 수 있다.

* 사항색인의 각 항목은 가능한 한자를 병기한다.
* 각 색인 항목 가운데 해당 장·절·항 번호가 둘 이상 있는 경우에는 특히 중요하게 참고할 만한 부분 번호를 고딕체〔예; 2.3.7.〕로 표시한다.
* 작가의 성을 "려", "류", "리"로 적은 것은 모두 "여", "유", "이"로 고쳐 표기한다.

색　　인

가. 내용색인

가객 歌客 1.4. **9.5.3.** 9.5.4. 9.8.2.
   9.8.4. 9.8.5. 10.3.1.
가곡 歌曲 7.8.3. **9.5.3.** 9.8.4. 10.3.1.
   11.10.1. 11.18.3.
가단 歌壇 8.4.3~4. **9.5.3.** 9.8.4.
가두극장 街頭劇場 11.12.3.
가락 駕洛 3.4. 5.6.1.
가무극 歌舞劇 11.12.4.
가무백희 歌舞百戱 **5.6.3.** 7.7.3.
   8.11.1.
가문소설 9.13.4~5. **9.13.3.**
가사 歌辭 7.8.4. **8.3.4~6.** 9.9.1~9.
   10.3.2~5. 10.5.4~5. 10.8.3~4.
가시문부 歌詩文賦 1.2.
가악 歌樂 5.2.3.
가전 家傳 7.5.3.
가전 假傳 7.3.2. **7.5.5.** 8.9.3. **9.11.6.**
가전체 假傳體 **8.9.3.** 9.11.6.
가창가사 歌唱歌辭 9.9.9.
가투 歌鬪 11.10.2.
각설이타령 9.7.2.
강산제 岡山制 9.5.4.
강서파 江西派 8.5.4.
갈래체계 1.3. 1.4.
강호가도 江湖歌道 8.4.2. **8.4.3.** 9.8.1.
개량신파 改良新派 11.2.4.

개화 10.4.2. **10.8.1.**~**10.10.7.**
건국서사시 1.4. **3.1.** 3.2. 3.5. 8.2.2.
   9.14.1~2.
건국신화 1.4. **3.1.** **6.1.1~2.** **8.2.2.**
게송 偈頌 5.4.4. 6.2.2. 6.6.3. 9.4.4.
격문 檄文 10.1.3. 10.5.1. 10.5.4.
   10.7.2.
견문가사 見聞歌辭 8.3.4. 9.9.3.
경기체가 景幾體歌 1.3. **7.8.1~2.**
   8.3.3.
경술 經術 6.6.2. 8.6.1.
경천교 敬天敎 10.1.7.
경향극 11.12.3.
계급문학 1.4. **11.8.2.** 11.12.3.
   11.14.1~2. **11.15.2.** 11.19.2.
계녀가 戒女歌 9.9.7.
계녀서 戒女書 9.9.7. 9.11.7. 10.3.6.
고구려 (문학) 2.3. 3.1. **3.3.** 5.1.1~4.
   5.2.1. 5.4.1. 5.6.2. 9.14.2.
고대가요 4.3.
고대문학 1.4. **3.1~5.**
고대에서 중세로의 이행기문학 4.1~3.
고등신파 11.12.4.
고려 (문학) 6.1.1~7.9.7.
고문 古文 7.9.3. **9.2.3.** 9.2.6.
고수 鼓手 9.5.4. 9.14.4.

10

고승 5.5.2. 7.4.2~3.
고정민요 7.9.2.
고조선 (문학) 3.2.
골계전 滑稽傳 8.9.3.
공동문어 1.2. 5.1.1.
과거 科擧 6.3.1~5.
관각문학 館閣文學 8.5.1~4.
관극시 觀劇詩 11.13.5.
관노 官奴 9.3.3. 9.15.2. 9.15.4.
관노희 官奴戲 8.11.4. 9.15.4.
관도 貫道 7.2.5. 8.1.2.
관인 官人 (문학) 8.5.1~4.
관학 官學 6.3.4. 6.6.1.
광대 1.4. 8.11.1~4. 9.5.4.
  10.11.1~3.
광의의 시조 7.8.3. 9.8.1. 11.13.3.
교관병수 敎觀幷修 6.4.3.
교서 敎書 5.1.3. 6.3.3. 8.2.1.
교술 1.3. 1.4.
교술민요 1.3. 7.8.1. 7.8.4. 8.3.4.
교술산문 1.4. 7.5.1~5. 8.9.1~5.
  9.11.1~7. 10.9.1~4. 10.9.5.
  11.17.1~4.
교술시 1.4. 7.4.4. 7.8.1. 8.3.1.
  8.3.4. 10.2.4. 11.1.1.
교훈가사 9.9.5.
구비문학 1.2. 1.4 1.5. 9.14.5. 9.15.1.
  10.2.1~6. 11.7.1.
구비서사시 7.3.3. 9.14.1. 11.15.1.
구석기시대 (문학) 2.1.
구소설 10.6.3. 10.10.2. 10.10.5.
  11.1.5.
구송가사 口誦歌辭 7.8.4.
구송창 口誦唱 9.14.4.

구호 口號 6.3.5. 6.6.3.
국학 國學 5.8.1. 6.3.2. 6.6.1.
군담소설 9.13.1.
국무 國巫 3.3. 9.14.2.
국문 (문학) 1.2. 1.4 1.5. 8.9.5.
  9.11.1~7. 10.6.1~3. 10.7.1~5.
국문소설 1.4. 1.5. 9.1.6. 9.3.1~2.
  9.3.3~7. 9.13.1~6. 10.10.1.
  10.10.3~4.
국문풍월 10.8.6. 11.3.1. 11.10.1.
국민문학 11.10.3.
국사 편찬 10.9.1.
국선지도 國仙之徒 5.2.4. 5.3.3.
국자감 國子監 6.3.2.
국중대회 國中大會 3.1. 6.5.4. 9.14.2.
  9.15.1.
국풍 國風 5.1. 6.5.2. 6.5.3. 6.6.4
  7.4.1. 8.1.5. 9.4.2~4. 10.8.5.
  11.3.1.
군사귀족 5.1.1.
굿 5.2.1. 5.3.1. 5.6.1. 5.6.3. 6.5.2.
  7.6.2. 7.7.2. 8.11.1. 8.11.4.
  9.14.2. 9.15.2.
권농가사 勸農歌辭 9.9.5. 10.3.2.
권문세족 1.4. 7.6.1. 7.9.1.
귀족문학 5.8.1~5. 6.6.1~6.
규방가사 8.3.6. 9.5.1. 9.9.7. 10.3.5.
극예술연구회 11.11.5. 11.12.1.
  11.12.2.
극작가동호회 11.12.5.
근대극 9.15.5. 10.11.2. 11.7.1~5.
  11.12.1~6.
근대소설 11.1.1. 11.2.1. 11.4.1~5.
  11.6.1~4. 11.11.1~6. 11.14.1~7.

근대문학 1.4. 11.1.1.~11.19.3.

근대시 11.4.1~5. 11.6.1~4.
  11.11.1~6. 11.14.1~7.

근대시조 11.10.1~6.

금석문 5.1.2. 5.8.2.

기 氣 7.2.2. 8.6.3. 9.4.2. 9.6.2.

기녀 妓女 (문학) 7.2.3. 7.6.3. 8.4.4.
  8.4.5. 8.7.5. 9.5.1. 9.8.3. 9.9.8.

기생 妓生 (문학) 8.4.5. 9.5.1. 9.8.3.
  10.10.2~3. 11.4.1.

기녀시조 8.4.5. 9.8.3.

기독교문학 9.10.4. 10.4.8. 10.11.5.
  11.18.1.

기독교시조 11.10.5.

기록문학 1.2. 1.5. 9.3.1. 9.12.3.

기속악부 紀俗樂府 9.7.5.

기악 伎樂 5.2.2.

기음노래 8.5.3. 9.7.2~3.

기행가사 8.3.4. 8.9.2. 9.9.3~4.
  9.9.7. 10.3.3.

기행문 5.4.5. 9.11.2. 9.11.4. 9.11.5.
  10.3.6. 10.10.1. 11.17.3

꼭두각시놀음 5.6.2. 7.7.3. 8.11.3.
  9.15.3. 10.8.3. 10.11.1.

나례 儺禮 7.7.3. 8.11.1. 8.11.4.
  9.15.1. 9.15.4.

나무꾼노래 9.7.2. 9.8.5.

남녀상열지사 男女相悅之詞 7.6.1.
  7.6.4~5.

남도판소리 9.14.4.

남북국 5.7.1~4. 9.6.3.

남창 男唱 10.2.2. 10.8.5.

남학 南學 10.1.4.

낭가사상 郎家思想 10.6.2.

낭만주의 11.1.3. 11.1.5. 11.2.2~4.
  11.5.2. 11.6.1~3. 11.8.3. 11.13.2.
  11.15.2. 11.17.4.

노동요 2.2. 5.2.1. 5.3.1. 7.6.4.
  9.7.2.

노동자 10.8.3. 11.8.2~3. 11.12.1.
  11.12.3. 11.14.2. 11.15.2.

노랫가락 9.14.2. 11.18.3.

노장 老莊 사상 6.6.1. 9.10.3.

녹책 錄冊 9.3.1. 9.3.3. 9.3.7. 9.13.3.

놀이 5.6.1.

놀이패 9.5.4. 9.15.3. 9.15.4.

농가 農歌 9.7.1~3. 10.2.4.

농민소설 11.11.3~4. 11.14.2.

농부가 9.9.5. 10.3.2.

농업노동요 9.7.2.

농촌소설 11.11.3~4. 11.14.2.

농촌탈춤 9.15.4. 9.15.5.

다섯 줄 향가 5.2.3. 5.2.5. 9.8.1.
  10.12.2.

단가 端歌 6.2.3.

단가 短歌 7.8.3. 9.9.9. 9.14.4.
  10.2.2.

단편소설 9.12.4~5. 10.13.1~2.

단형 서사시 11.15.2.

단형 판소리 10.2.2.

달거리 7.6.3.

담선법회 談禪法會 7.3.1.

당본풀이 3.5. 9.14.2.

당시풍 唐詩風 8.6.4. 8.7.4.

12

당악 唐樂 5.2.1. 5.6.2. 7.6.1.
당악정재 唐樂呈才 6.6.3. 7.6.1. 7.6.3.
　8.3.2.
대각 臺閣 문학 8.5.1.
대장편소설 9.13.4.
대종교 大倧敎 10.1.6. 10.4.6. 10.6.5.
　10.9.1. 10.9.3. 11.1.3. 11.8.5.
대중가요 10.2.3. 10.3.7. 11.18.3.
대중극장 大衆劇場 11.12.3.
대하소설 9.13.4.
대한제국문학 10.9.1.
대화소설 11.12.2.
도 道 1.4. 7.1.3. 7.2.3. 7.8.1. 8.1.2.
　8.6.3. 9.2.3. 9.3.1. 9.10.1.
도가 道家 5.8.2. 8.7.1~2. 8.7.5.
　8.9.1. 9.2.5. 9.3.3. 9.4.1~2.
　9.10.3. 9.12.1. 10.1.6.
도교 道敎 (문학) 5.5.3. 6.5.2. 6.6.1.
　8.3.4. 8.7.2. 8.9.3. 8.10.2. 9.2.2.
　9.5.2. **9.10.3.** 9.13.4.
도시탈춤 1.4. 9.15.4~5. 10.11.1~2.
도학 道學 6.6.2. 8.3.3. 8.4.2~4.
　8.5.1. 8.6.1~3. 8.7.3. 9.2.4.
　9.4.2. 9.9.5.
도학가사 8.4.3. 9.9.2.
독립가 10.8.1.
독서삼품과 讀書三品科 5.8.1. 5.8.3.
돈오점수 頓悟漸修 7.3.2.
동국시계혁명 東國詩界革命 10.6.2.
동도서기 東道西器 10.4.2.
동맹 東盟 3.1.
동물우화 **9.3.5.** 9.12.2. 9.14.5.
　10.9.4.
동아시아문학 1.2. 5.7.1.

동요 7.6.7. 9.7.2~3. 11.9.2.
　11.18.3. **11.19.2.**
동인지 11.1.4. **11.1.5.** 11.4.4.
　11.5.2.
동창 童唱 10.2.2.
동편제 東便制 9.5.4. 9.14.4. 10.2.2.
동포 10.2.2.
동학 東學 10.1.1~2. 10.5.1.
　10.7.1~2. 11.1.3. 11.17.1.
동학가사 東學歌辭 **10.1.2.** 10.1.7.
동화 11.19.1. 11.19.3.
떠돌이탈춤 8.11.4. 9.15.4. 10.11.1.

만담 漫談 9.4.2. 11.17.3. 11.18.1.
만필 漫筆 8.9.2. 9.4.2.
만화 漫畵 9.4.2. 11.17.2.
만횡청류 蔓橫淸類 9.5.3. 9.8.5.
망명지문학 10.14.1~4. 11.1.4.
　11.5.6. 1.12.6. 11.15.5.
메가폰 (극단) 11.12.3.
명경 明經 6.3.2. 8.5.1.
명혼설화 冥婚說話 6.5.5. 8.10.2.
명혼소설 冥婚小說 8.10.2.
모노래 1.3. 2.2. 8.7.4. 9.7.2. 9.7.3.
모더니즘 11.13.2.
몽고란 7.1.4~6.
몽유록 夢遊錄 **8.9.3.** 9.1.6. 9.10.4.
　9.11.6. 9.13.3. 10.3.4. **10.9.3.**
　10.9.4. 11.17.2.
몽유소설 夢遊小說 8.10.2. 9.3.7.
　10.9.3.
묘비 墓碑 5.7.3. 9.5.2. 11.6.3.
묘지(명) 墓誌(銘) 7.5.2. 7.5.3. 7.5.4.

7.9.3. 8.9.1. 9.6.1. **9.11.5.**

무가 1.3. 1.4. 2.2. **7.7.2.** 9.14.2~4.

무당 1.4. 2.2. 3.1~4. 4.3. 5.2.3. 5.3.1. 5.6.1. 5.6.3. 6.1.2. 7.6.2. 7.6.3. 7.7.2. 8.11.2. 8.11.4. 9.5.4. 9.6.1. 9.8.2. 9.11.4. 9.14.2. 9.14.4. 9.15.2.

무당굿놀이 5.6.2. 8.11.2. 9.14.2. 9.15.2~4. 10.11.2.

무대 舞隊 7.6.3.

무명씨 無名氏 9.5.3. 9.7.4. 9.8.2. 9.8.3~5. 11.10.2.

무반 武班 8.6.3. 8.7.1. 9.6.4. 9.8.2. 9.9.3. 10.4.3.

무산계급문학 1.4. 11.1.1. 11.7.5. 11.8.2. 11.8.3. 11.14.6. 11.15.2.

무속서사시 9.14.2.

무신란 1.4. 6.2.4 6.5.1. 6.6.2. 6.6.5. 7.1.1~6. 7.2.4. 7.2.5. 7.3.1. 7.3.2. 7.4.1. 7.6.1. 7.8.1. 7.9.1. 8.1.1.

무정부주의 11.1.3. 11.8.2. 11.10.6. 11.15.3.

문 文 1.2. 1.3. 1.4. 6.3.1. 7.2.3. 8.1.5. 8.6.3. 8.9.1. 10.6.2.

문벌귀족 門閥貴族 1.4. 6.3.2. 6.4.1. 6.5.2. 6.6.1~4. 7.8.1.

문선 文選 5.8.1. 7.2.1.

문예사조 11.2.2. 11.6.1. 11.6.3. 11.8.4.

문체반정 文體反正 9.4.1. 9.4.5. 9.6.2. 9.6.4. 9.11.2. 9.12.5.

문학 1.2. 5.7.1~4. 7.1.1~6. 9.1.1~6. 10.1.1~7. 10.4.6.

10.5.1~5. 11.1.5. 11.17.2. 11.18.1.~3.

문학갈래 1.3. 7.8.3. 9.14.2. 10.8.6. 10.9.4. 11.1.1. 11.1.4.

문학개론 1.4.

문학담당층 1.4. 5.1.1. 5.2.5. 7.8.2. 7.8.3. 8.5.2. 9.4.1. 9.5.1~5. 11.1.1. 11.3.1.

문학사 1.1~5. 2.3. 5.4.1. 7.2.3. 7.8.1. **10.6.5.** 11.8.3. 11.8.5.

문학잡지 11.1.5. 11.16.1.

물 物 1.4. 7.9.5. 8.1.2. 9.6.2. 9.6.4. 10.6.1.

물아일체 物我一體 7.9.5. 8.8.4. 9.5.1. 11.10.4.

민간전승 **6.5.1.** 6.5.5. 7.6.1. 9.7.5. 10.1.5.

민담 **4.2.** 5.5.3. 8.2.5.

민본 民本 2.3.

민속극 **9.15.1~5. 10.11.1~2.** 10.11.3. 11.7.1. 11.12.1.

민요 1.3. 5.2.1~5. 5.3.1. **9.7.1~5.** 9.14.3. **10.2.3~4.** 11.9.1~4.

민요개작 10.2.4.

민요시 **9.7.3.** 10.2.4. **11.9.1~4.** 11.10.2. 11.15.2.

민족 1.4. **2.3.** 3.2. 4.1. 5.1.1. 5.4.1. 7.4.3. 9.1.2~6. 9.14.1. 10.1.2. 10.1.3. 10.2.2~3. 10.4.6. 10.6.2. 10.7.3. 10.14.3. 11.1.3. 11.8.2. 11.8.5. 11.10.2. 11.10.6. 11.14.1. 11.15.1. 11.15.4. 11.16.1. 11.16.3.

민족문학 9.4.4. 10.2.2. 11.1.1~2.

11.8.2~4.

민족사 3.2. 7.2.5. 7.3.1. 7.4.1~4.
10.1.6. 10.2.3. 10.4.6. 10.5.1.
10.5.5. 10.9.1. 11.1.3. 11.9.4.
11.10.5. 11.15.1. 11.15.3~4.
11.17.1.

민족사관 1.5. 9.11.3.

민족주의 1.4. 2.3. 3.1. 5.1.1. 6.5.6.
7.4.1. 9.4.4. 9.6.2. 9.10.3. 9.13.7.
10.1.1. 10.1.6. 10.5.3. 10.6.1.
10.6.2. 10.7.3. 11.1.1. 11.1.3.
11.8.2. 11.8.3. 11.18.1.

민족해방투쟁 10.1.1. 10.2.2. 10.2.4.
10.3.4. 10.4.6. 10.8.5. 10.9.1.
10.14.3. 11.1.1. 11.2.1. 11.6.2.
11.14.1.

민주 民主 2.3. 10.8.1.

민중문학 1.4. 9.7.1. 11.1.3.

민중종교운동 10.1.1~7. 11.1.3.

반시 槃詩 5.4.3.

발탈 9.15.3. 10.11.2.

발해 (문학) **5.7.2~3.**

방각본 坊刻本 9.3.1. 9.3.7. 9.5.5.
9.11.7. 9.13.5. 9.14.5. 10.2.2.
10.3.7. 10.6.4. 10.10.1~3.

방외인 方外人 (문학) 1.4. 8.1.3.
8.7.1~5. 8.8.1. 8.9.1. 8.9.3.
9.10.1. 9.10.3.

배우 5.6.3. 5.6.4. 7.7.3. 8.11.2.
9.15.5. 10.6.4. 10.11.4. 11.7.4.

번안 9.3.6. 10.10.7. 10.11.4. 11.7.4.

번역 8.2.5. 9.3.6. 10.9.2. 10.10.7.

11.2.3.

법상종 法相宗 6.4.1.

변려문 騈儷文 5.1.3. 5.8.4. 6.3.5.
6.6.4. 7.9.4. 9.2.3.

변문 騈文 9.3.4.

변사 辯士 11.8.1. 11.12.4. 11.18.1.
11.18.2.

변증법 1.5. 11.8.2.

별산대놀이 9.15.4~5.

병자호란 9.1.4~6.

보언 補言 8.5.3.

보편주의 1.4. 2.3. 3.2. 5.1.1. 5.4.1.
5.7.3. 6.1.1. 6.3.1. 6.5.6. 7.1.1.
7.2.1. 7.2.4. 7.4.1. 7.4.3. 7.8.4.
8.1.5. 8.2.1. 8.5.2. 9.4.4. 9.6.2.
9.12.2. 10.5.3. 10.7.3. 11.1.1.
11.2.2.

본사가 本事歌 8.14.3.

본산대놀이 9.15.4~5.

부 賦 1.2. 1.4. 6.3.2. 8.5.4. 8.6.2.
8.9.1. 9.4.4.

부여 (문학) 3.3. 3.5. 4.1.

불교극 8.11.4.

불교 (문학) 5.3.4. **6.4.1~4. 7.3.1~5.**
8.2.3~4. 8.8.1~4. 9.3.4.
9.10.1~2. 10.3.2. 11.4.5. 11.5.4.

불교가사 9.9.5. 9.9.7. **9.10.2.**
9.10.4.

불교서사시 7.3.3. 8.2.3. 9.14.2.

불교시조 11.10.5.

불교전설 9.3.4.

불립문자 不立文字 7.3.1.

비문 碑文 4.1. 5.1.2. 7.5.2. 7.7.2.
9.11.5.

비가비 10.2.2.

비기 秘記 3.2. 8.7.2. 8.9.1. 9.10.3.
9.10.4. 10.1.6.

비명 碑銘 5.8.1. 5.8.4.

비지전장 碑誌傳狀 7.5.2.

비평 7.2.1~5. 9.4.1~5. 10.6.1~5.
11.8.1~5.

빈공과 賓貢科 5.7.4.

사 師 5.3.2~3.

사 詞 6.6.1. 6.6.3. 7.9.3. 9.3.2.

사 辭 1.3. 1.4. 8.9.1.

사뇌가 5.2.3. 5.2.4~5. 5.3.2~4.
6.2.2~4. 6.4.2. 7.6.4. 7.8.1.
7.8.3. 9.8.1. 11.3.2. 11.5.4.

사당패 9.11.4. 9.15.3. 9.15.4.
10.2.1. 10.11.2.

사대부 士大夫 (문학) 1.4. 7.9.1~6.
8.3.4. 9.8.1~2. 9.9.1~2.

사림 士林 (문학) 1.4. 8.6.1~4.

사상도고 私商都賈 9.15.4.

사설 辭說 9.9.9. 9.14.5. 10.2.2.
10.2.3.

사설시조 辭說時調 1.4. 1.5. 7.8.3.
9.5.3. 9.7.2. 9.8.5~6. 9.9.8.
10.3.1. 10.8.5. 10.12.2. 11.3.1.
11.10.1. 11.10.3. 11.10.4.
11.11.2. 11.15.3.

사실주의 9.6.5. 9.8.6. 10.2.3.
11.1.1. 11.2.2. 11.6.2. 11.6.3.
11.6.4. 11.7.4. 11.8.3. 11.14.4.

사자놀음 5.6.2. 8.11.4.

사장시조 四章時調 11.10.2.

사장파 詞章派 8.1.5. 8.5.1. 9.2.3.

사학 私學 6.3.2. 6.3.4.

사행가사 使行歌辭 9.9.3. 9.11.2.

사회사소설 11.14.3.

산대놀이 8.11.4. 9.15.4. 10.11.1.

산대희 山臺戲 5.6.3. 8.11.1~2.
8.11.4. 9.15.1. 9.15.4.

산림 山林 8.6.1.

산문 7.5.1~5. 8.9.1~5. 9.11.1~7.
10.9.1~5. 11.17.1~4.

산문시 10.8.4. 10.12.2. 10.12.4.
11.5.1. 11.13.3.

삼국 (문학) 5.1.1.~5.8.5.

상원갑 上元甲 10.1.2.

산유화회 山有花會 11.5.2. 11.7.4.

삼한 三韓 (문학) 3.4.

상인 5.4.5. 9.10.2. 9.12.2. 9.13.4.
9.15.4. 9.15.5. 10.11.1. 11.9.2.
11.14.3~4.

상징주의 10.12.4. 10.12.5. 11.2.2.
11.2.3. 11.3.3. 11.5.1. 11.5.3.
11.13.2.

생극론 生克論 1.5. 8.11.3. 9.15.1.

생명파 11.13.3. 11.13.4.

서간 書簡 8.9.5. 9.11.7. 11.17.4.

서기체 書記體 5.1.1.

서도판소리 9.14.4.

서사 1.3. 1.4. 5.5.1~5. 6.5.1~5.
7.7.1. 8.9.4. 9.1.6. 9.12.1.
8.10.1~3. 9.3.1~7. 9.4.5.
9.12.1.~9.13.7. 10.2.5~6.
10.6.3. 10.10.1~7. 11.4.1~5.
11.6.1~4. 11.11.1~6.
11.14.1~7.

16

서사무가 1.4. **9.14.2.**

서사민요 9.7.2. **9.14.1**. **9.14.3**.

서사시 3.1. **7.3.3.** 7.4.1. **8.2.2~3.**
9.14.1~6. **11.15.1.**

서사시극 11.15.1.

서양문학 11.2.1~4.

서얼 庶孽 9.2.6. 9.3.3. 9.5.2. 9.6.3.
10.11.1.

서정 1.3. 1.4. **11.3.1~3. 11.5.1~4.**
1.13.1~5. 11.15.2~5.

서정서사시 11.15.1.

서정시 1.4. 5.1.4. 5.2.3. 5.3.2. 7.5.5.
7.8.1. 7.8.3. 8.4.1. 8.4.5. 9.7.6.
10.2.5. **11.3.1~3. 11.5.1~5.**
11.13.1~5. 11.15.2~5.

서정적 소설 1.3. 11.4.5. 11.14.7.

서편제 西便制 9.5.4. 9.14.4. 10.2.2.

선가문학 禪家文學 7.3.2. 7.3.5.

선명 善鳴 8.6.3. 9.7.2.

선문답 禪問答 7.3.2.

선승 禪僧 7.3.2. 7.4.3. 7.8.2. 7.8.4.

선시 禪詩 7.3.1. 7.3.2. 7.3.4 7.8.4.
8.8.1.

선문구산 禪門九山 5.8.3. 6.2.2. 6.4.1.
7.3.1. 7.4.3.

설화 1.4. 2.1 4.1. **5.5.1~5. 6.5.1~5.**
7.7.1. 8.9.4. 9.1.6. **9.12.1.**
10.2.5~6.

성령 性靈 9.4.2. 9.5.2. 9.6.5.

성리학 性理學 7.2.5. 7.9.3~6.
8.1.1~3. 8.6.1~4. 9.2.4.

성상융회 性相融會 6.4.2.

성정 性情 **8.6.1~4.** 9.4.2.

세계문학사 1.2. 11.16.1.

세덕가 世德歌 10.3.2.

세속서사시 1.4. 9.14.2.

세책(가) 貰冊(家) 9.3.1. 9.5.5.
9.13.4. 10.6.3. 10.10.1.

세태소설 9.7.5. **9.13.6.** 11.4.5
11.6.3. 11.8.4. **11.14.4.**

소리패 10.2.1~3.

소설 小說 1.4. 3.3. 4.2. 5.5.1. 5.5.4.
8.10.1~3. 9.3.1~7. 9.4.5.
9.12.1.~9.13.7. 10.6.3.
10.10.1~7. 11.4.1~5. 11.6.1~4.
11.11.1~6. 11.14.1~7.

소악부 小樂府 **7.6.6.** 9.2.6. 9.7.4.
9.7.5.

소학지희 笑謔之戲 8.11.1~**2.** 9.15.2.
11.18.1.

속담 9.4.4. 10.2.6. 10.7.4. 11.16.3.

속악 俗樂 5.2.1. 5.2.2. 8.3.2. 9.7.1.

속악가사 俗樂歌詞 6.6.3. **7.6.1~5.**
7.8.1~3. 8.4.5. 10.4.1.

송도 頌禱 7.6.3. 8.3.2.

송시풍 宋詩風 8.6.4.

수수께끼 3.3. 9.7.6. 10.2.6.

수신굿 褖神— 3.1. 5.6.1.

수연장 壽延長 7.6.1.

수필 1.3. 5.4.5. 9.11.1. 10.6.4.
11.17.4.

수필시 11.15.1.

순수시 9.8.1. 11.13.3.

시 詩 1.2. 1.3. **5.1.4. 5.8.1~5.**
6.3.1~5. 6.6.1~6. 7.9.1~7.
8.1.1~5. 8.6.1.~8.7.5. 9.2.1~6.
9.6.1.~9.7.6. 10.4.1~8.
11.4.1~5. 11.6.1~4. 11.11.1~6.

11.14.1~7.

시극 詩劇 11.5.2. 11.7.2. 11.15.1.

시나리오 11.12.3. 11.18.2.

시대구분 **1.4**. 3.1. 5.2.1. 9.1.1.
9.3.1. 11.18.3.

시마 詩魔 7.2.2. 11.10.4.

시무책 時務策 5.8.4. 6.3.2.

시문학파 11.13.1.

시사토론문 **10.9.5**. 11.13.1. 11.17.2.

시문학파 11.13.1.

시민 (문학) 1.4. 9.1.1. 9.5.2~5.
9.9.6. 9.9.8. 10.10.1. **11.1.3**.
11.8.3.

시사 詩社 9.5.2. 9.5.3. 9.8.4.

시사토론문 **10.9.5**. 10.10.6. 11.3.1.
11.17.2.

시조 時調 1.4. 7.8.1. **7.8.3**. **8.4.1~5**.
9.8.1~6. **10.3.1**. **10.8.5**.
11.10.1~6.

시조놀이 11.10.2.

시조부흥 10.8.5. 10.8.6. **11.10.1~6**.

시집살이노래 8.7.5. 9.7.2. 10.2.5.
11.9.4.

시화 詩話 7.1.3. 7.2.1. 7.7.1. 9.4.1.

신건설 新建設 11.12.3.

신경향파 11.8.2. 11.13.2.

신기절묘 神奇絶妙 7.2.3.

신라 (문학) **3.4**. **5.2.3~5**.
5.3.1.~5.8.5. 7.5.3.

신문 10.2.4. 10.4.7. 10.8.4. 10.10.4.
11.4.3.

신문소설 10.10.4. 10.13.3. 11.1.5.
11.4.3. 11.4.4. 11.6.2~3. 11.8.1.
11.11.2. 11.11.6. 11.14.3.

신석기시대 (문학) 1.4. 2.2.

신소설 10.6.2~4. **10.10.5~6**.
10.11.4. 10.13.3. **11.4.1**. 11.14.3.

신선전 神仙傳 7.5.1. 9.3.2. 9.12.4.

신앙서사시 1.4. 2.1. 2.2. 3.1. 3.5.

신유학 1.4. 7.2.3. 7.2.5. 7.7.2.
7.8.1. 7.9.3~6. **8.1.1~3**. 8.2.1.
8.5.1. **8.6.1~4**. 9.2.4.

신의 新意 7.2.1~2.

신작구소설 10.10.2. 11.4.1.

신체시 10.12.1~5. 10.14.2. 11.3.1.
11.3.2.

신파극 9.15.5. 10.10.6. 10.10.7.
10.11.4~5. **11.7.1~2**. 11.12.4.
11.18.2.

신화 1.4. 2.2. **3.1~5**. 4.2. 4.3. 5.1.1.
5.5.1. **6.1.1~2**. 6.5.2. 7.4.3.
8.2.2. 8.2.4.

신흥극장 新興劇場 11.12.2.

신흥사대부 1.4. **7.1.1~6**. 7.2.3.
7.3.1. 7.5.5. 7.6.7. 7.8.1~2.
7.9.1~6. 8.1.1.

실기 實記 9.1.1~4. 9.3.6. 9.5.1.
9.11.3. **11.17.1**.

실록 實錄 8.2.2. 8.9.1. 8.9.5. 8.11.2.
9.1.2. 9.11.3. 10.9.1.

실사구시 實事求是 9.6.5. 10.6.4.

실중대기 室中待機 7.3.2.

실증주의 1.5. 11.8.5.

실학 實學 (파) 1.4. **9.6.1~5**. 9.7.1.
9.10.4. 9.11.3.

심 心 1.4. 5.4.2~4. 6.4.2~4.
7.3.2~5. **8.6.1~4**. 8.9.2. 10.6.4.
10.12.5.

18

심성론 心性論 **8.6.1~4**. 9.4.2.
십이가사 十二歌詞 9.9.9.

아기장수 이야기 9.12.1. 11.6.4.
　11.14.5.
아동문학 11.19.1~3.
아랑형 설화 阿娘— 9.13.6.
아악 雅樂 7.6.1. 7.6.5. 9.7.1.
아언 雅言 8.5.3.
아전 衙前 8.7.1. 9.8.6. 9.9.6. 9.11.4.
　10.2.1. 10.2.2.
악 樂 5.2.1. 5.2.3. 5.2.4. 7.6.1.
악부시 樂府詩 9.7.5.
악장 樂章 1.3. 7.6.6. **8.3.2**. 8.5.2.
　9.2.1. **9.7.4~6**. 9.12.5. 10.4.1.
　11.16.1.
암각화 2.1. 2.2.
애국가 10.8.1. 10.8.2. 10.14.2.
애국계몽운동 10.1.1. 10.4.2. 10.4.5.
　10.5.1. 10.6.2. 10.6.5. 10.9.1.
　10.10.2.
애민시 7.1.1. 7.1.3. 7.9.3. 8.6.4.
　9.7.3. 10.4.2.
애사 哀詞 7.1.3. 7.5.2. 10.10.7.
　11.4.3.
애정가사 **9.9.8~9**. 9.10.2.
애정소설 9.9.3. 9.9.8. 9.13.1.
　9.13.2. **9.13.5**. 9.13.6. 10.10.6.
야담 野談 1.5. 5.1.1. 5.5.5. 7.7.1.
　9.2.1. 9.4.5. 9.7.5. 9.11.3.
　9.12.2~3. 9.13.6. 10.2.6. 10.3.7.
　10.9.1. 11.18.1.
야사 野史 5.5.1. 5.8.2. 8.9.1~2.

9.1.2. 9.4.5. 9.11.3. 9.12.2.
　10.9.1. 11.4.1. 11.11.1. 11.16.3.
　11.18.1.
야승 野乘 5.5.5. 8.9.2. 9.11.3.
　9.12.2.
야류 野遊 5.6.3. 9.15.4~5. 10.11.1.
양명학 陽明學 9.2.3. 9.2.5. 9.4.2.
　9.9.3. 9.11.3. 10.4.3. 10.6.2.
　10.6.5. 10.12.1. 11.6.1. 11.10.5.
양반 兩班 1.5. **7.9.1~6**. 8.1.2.
　8.11.2. 8.11.4. **8.3.4**. 9.1.1~2.
　9.2.6. **9.8.1~2**. **9.9.1~2**. 9.15.5
　10.7.3. 10.11.1. 11.1.3. 11.14.3.
　11.16.1. 11.17.2.
양수척 楊水尺 9.7.5.
양장시조 兩章時調 11.10.2.
어가 漁歌 9.7.1~2. 10.2.4.
어록 語錄 7.3.1. 9.2.3.
어부가 漁父歌 7.8.3. 8.4.3. 9.7.2.
　9.8.1.
어사용 9.7.2~3. 9.8.5.
언간 諺簡 8.2.1. 9.5.1. 9.11.7.
　11.17.4.
언론문학 10.9.5. **11.17.2**.
언문풍월 **9.7.6**. **10.8.6**. 10.10.3.
　10.12.3. 10.14.2. 11.9.3. 11.10.1.
언서방문 諺書榜文 9.1.2.
언해 諺解 8.2.1. **8.2.5**. 9.3.6. 10.7.2.
엇시조 9.8.5. 10.8.5. 11.10.1.
　11.10.3.
에세이 11.17.4.
여성 (문학) 1.4. 1.5. 5.1.1. 5.2.2.
　7.6.3~4. 8.2.1. **8.3.6**. **8.7.5**.
　8.9.5. **9.5.1**. **9.11.7**. **11.13.5**.

여음 2.2. 5.2.2~3. 5.2.5. 7.6.1.
7.6.3~5. 7.8.2. 8.3.2~3.
9.7.2~3. 9.9.9. 10.1.7. 10.2.1.
10.2.3~4. 10.3.7. 11.5.6. 11.9.2.
11.9.4.
여항인 閭巷人 (문학) 9.5.1~2. 9.5.3.
역사 (문학) 6.5.1~4. 7.4.1~4. 8.9.1.
10.9.1.
역사소설 9.1.6. 9.12.2. 10.9.1.
10.10.2. 11.4.3. 11.5.2.
11.11.1~2. 11.17.2. 11.18.1.
엮음 9.8.5. 11.5.3. 11.10.4. 11.11.2.
11.15.3.
연극 5.4.4. 5.6.1~4. 7.6.2. 7.7.3.
8.11.1~4. 9.15.1~5. 10.6.4.
10.11.1~5. 11.7.1~5.
11.12.1~6.
연극공장 11.12.3.
연등회 燃燈會 5.6.3. 6.5.2. 7.7.3.
연쇄극 連鎖劇 11.7.1. 11.12.4.
11.18.2.
연애소설 11.1.4. 11.4.2. 11.11.5.
연행가 燕行歌 10.3.3.
연행록 燕行錄 9.6.2~3. 9.9.3.
9.11.2. 9.11.4.
연희 7.7.3. 8.11.~2. 9.14.4. 9.15.1.
10.2.1. 10.6.3.
연희창 演戲唱 9.14.4.
열전 列傳 9.2.5. 9.3.1. 9.10.3.
9.11.7. 9.12.4.
염불 念佛 5.3.4. 5.4.1. 5.4.4. 9.10.2.
염정시 艶情詩 8.4.4. 8.7.4.
영가무도교 詠歌舞蹈敎 10.1.4.
영고 迎鼓 3.1. 3.3.

영사시 詠史詩 7.4.4. 8.1.2. 9.6.1.
9.9.4.
영사악부 詠史樂府 9.2.1. 9.2.6. 9.6.4.
9.7.5. 9.9.4.
영웅 3.1. 5.5.3. 6.5.3. 7.4.1. 8.2.3.
영웅서사시 1.4. 3.1. 3.5. 7.4.1.
8.2.3. 9.14.1. 9.14.2.
영웅소설 9.3.3. 9.3.5. 9.11.2.
9.13.1~2. 9.13.3. 9.14.1. 10.9.1.
11.11.1~2.
영웅의 일생 9.14.2.
영화 10.11.5. 11.7.1. 11.12.4.
11.18.2.
영화소설 11.18.2.
예악 禮樂 5.2.1~3. 5.6.1. 6.1.3.
6.3.4. 8.3.1~2. 8.5.2. 9.7.1.
예원좌 藝苑座 11.12.4.
오광대 五廣大 5.6.4. 8.11.4.
9.15.4~5. 10.11.1.
오기 五伎 5.6.4.
오도시 悟道詩 9.10.1.
왈자 曰者 9.14.5. 10.2.1.
왕도 王道 정치 8.4.2. 8.6.2. 10.4.2.
왕조서사시 8.2.3. 10.4.2.
외교문서 5.1.1~4. 5.7.4. 10.7.1.
요민 妖民 7.7.2.
용사 用事 7.1.3. 7.2.1~2. 7.2.5.
8.5.3. 10.6.1.
우국문학 10.4.5. 10.6.1.
우리문학사 1.1. 1.5. 2.3. 7.8.1.
8.10.1. 10.6.5.
우언 寓言 5.8.1. 8.5.3. 8.7.1.
9.2.1~2. 9.2.6. 9.5.2. 9.11.6.
10.9.3. 11.4.2. 11.16.2.

20

우인 優人 5.6.3. 7.7.3. 8.11.1.
8.11.2.
우화 5.5.4. 9.12.2. 9.14.5. **10.9.4.**
우화소설 **9.3.5.** 9.8.6. 9.14.6.
우화시 9.6.4. 9.8.6.
우흥촉물 寓興觸物 7.2.2.
원각사 圓覺社 10.2.2. 10.6.3.
10.10.5. 10.11.3. 11.7.1.
원불교 圓佛敎 10.1.4.
원시문학 1.4 **2.1~3.** 9.14.2.
원종 元宗 10.1.7.
월과법 月課法 6.3.2.
월령체 月令體 9.8.1.
월평 月評 11.8.1.
위항인 委巷人 (문학) 8.7.3. 9.4.1~2.
9.5.1~2. 9.5.3~5. 9.7.1. 9.11.5.
10.2.6.
유교 儒敎 (문학) 5.1.1. 6.3.2. 7.2.5.
7.9.3~6. **8.1.1.** 8.1.2. **8.1.3.**
8.6.1~4. 9.2.3~6. 9.9.5. 10.1.4.
10.3.2.
유배가사 8.3.4. 9.9.3. 9.11.4.
유식 唯識 5.4.2~3. 6.4.2.
유언비어 10.1.3.
유행가 10.2.3. 10.3.7. 11.18.3.
유행민요 10.2.3. 11.9.1.
유협 游俠 9.11.5.
육담풍월 9.7.6
육두품 六頭品 1.4. 5.1.1. 5.1.3.
5.4.4. 5.5.5. 5.7.4. 5.8.1~3.
6.1.1. 6.2.1. 6.3.1~3: 9.5.2.
율격 1.4. **5.2.5.** 6.2.2. 7.6.4.
7.8.2~4. 8.2.2. 9.8.5. 9.14.2.
10.6.4. 10.8.2. 10.8.5. 10.12.1~4.

11.3.1. **11.3.3.** 11.5.4. 11.9.3~4.
11.15.4.
은자 隱者 5.8.3.
은일가사 隱逸歌辭 8.3.4~5. 9.9.1.
9.9.3.
음담패설 8.5.3. 8.9.2. 8.9.4. 9.12.2.
9.14.3. 10.2.2 10.2.5.
음보 5.2.5. 7.8.3. 11.3.3.
음서 蔭敍 6.3.2.
의고악부 依古樂府 9.7.5.
의병 9.1.2. 9.10.1. 10.2.5. 10.3.5.
10.5.1~5. 11.17.1.
이기론 理氣論 **8.1.1~3.** **8.6.1~4.**
9.2.4 9.4.2.
이동식소극장 移動式小劇場 11.12.3.
이속 吏屬 9.12.3. 9.15.2. 9.15.4~5.
10.2.6. 10.11.1.
이인 異人 5.3.1. 6.5.5. 7.6.6. 8.1.2.
9.1.6. 9.3.3. 9.10.3. 9.12.1.
9.12.4. 9.12.5. 10.1.3.
이천만 동포 2.3. 10.2.2. 10.4.5.
10.8.2. 10.8.4.
일기 8.9.2. 9.1.1~5. 9.4.5. 9.6.2.
9.8.2. 9.11.2. 10.3.3.
일사소설 逸士小說 9.3.2. 9.12.5.
일사전 逸士傳 7.5.3. 9.3.2. 9.11.5.
일본문학 10.6.4. 10.10.7. 11.1.3.
11.12.5. 11.15.5.
일제강점기 (문학) 11.1.1.~11.19.3.
임진왜란 1.4. 8.8.4. 9.1.1~6. 9.2.1.
9.8.1.

자가의사정신 自家意思精神 9.4.4.

자기중심주의 1.4. 2.3. 3.1~5. 7.4.1.
7.4.3. 9.10.4.

자서전 7.5.4. 9.11.7. 10.5.3.
10.13.1. 11.17.1.

자연주의 11.2.2. 11.2.4. 11.4.4.
11.6.1. 11.6.3. 11.11.3.

자유시 1.4. 9.8.6. 10.12.1~4.
10.14.2. 11.2.3. 11.3.1. 11.3.3.
11.5.1. 11.9.3. 11.10.5. 11.13.1.

작문법 7.9.3. 9.11.1. 10.6.1. **10.7.5.**
11.17.4.

잡가 雜歌 9.5.3. 9.7.2. 9.8.2. **9.9.9.**
9.14.4. 10.2.3. **10.3.7.** 10.4.1.
10.10.2. 10.11.3. 10.12.1. 11.5.4.
11.9.3. 11.18.3.

잡가집 10.2.3~4. **10.3.7.** 11.18.3.

잡기 雜記 **8.9.2.** 8.9.4. 9.11.1.
11.17.4.

잡록 雜錄 7.2.1. 7.7.1. 8.7.3. 9.2.1.
9.11.1. 9.11.3. 9.12.1. 11.17.4.

잡지 10.4.7. 10.10.4. 11.1.5.
11.5.1~3.

잡지소설 10.10.4. 11.4.4.

장단구 長短句 7.9.3. 9.7.5.

장르 1.3.

장시조 9.8.5.

장편소설 10.10.4~6. **10.13.3.**
11.1.5. 11.4.2~4. 11.5.5. 11.6.1.
11.11.2. 11.11.5~6. 11.12.2.
11.14.2~4.

재담 8.11.2~3. 9.15.4. 10.2.5~**6.**
10.18.1.

재도 載道 8.1.2. 8.1.5. 8.5.1~2.
8.6.3. 8.8.2. 9.2.3. 9.4.1.

적강 謫降 6.5.3. 9.13.3.

전 傳 5.5.5. 7.5.1~2. **7.5.3.** 9.3.1.
9.3.2. 9.3.3. 9.3.7. 9.6.4. **9.11.5.**
9.11.7. 9.12.3~4. 9.14.5~6.
10.4.3. 10.4.5. 10.7.5. 10.9.1.
10.13.2. 11.17.2.

전기 傳記 10.9.1. 11.17.1.

전기 傳奇 5.5.5. 6.5.5. 8.10.1. 9.4.5.
10.10.7.

전기수 傳奇叟 9.3.1. 9.5.5. 9.13.1.

전설 2.2. **4.2.** 5.5.1~3. 5.8.4.
6.1.1~2. 6.5.2~5. 7.4.1. 7.7.1.
8.2.4. 8.7.2. 8.9.2. 8.10.2~3.
9.3.3. 9.12.1~3. 10.1.1. 10.2.5.
11.11.2~3. 11.12.2. 11.18.1.

전원시 11.5.1.

전책 傳冊 9.3.1. 9.3.7. 9.13.3.
9.13.5.

정대업 定大業 7.6.5.

정치문서 **5.1.3.** 5.8.1. 6.3.5. 8.1.5.

정형시 10.12.1. 10.12.2. 10.12.4.
10.14.2. 11.2.3. 11.3.1. 11.3.3.
11.5.1. 11.9.3. 11.10.2~4.
11.15.1. 11.19.2.

정혜쌍수 定慧雙修 7.3.2.

제문 祭文 8.7.5. 8.9.1. 8.9.5. 9.11.7.

제술 製述 6.3.2. 8.5.1.

조계종 曹溪宗 7.3.1. 7.3.5.

조상기 造像記 5.8.2.

조선(왕조) (문학) **8.1.1.~10.5.5.**

조선문학사 1.1.

조선성악연구회 朝鮮聲樂研究會

11.7.1. 11.12.5.

조선시대문학 8.1.1.

조선심 朝鮮心 11.1.4. 11.10.3.

조선전기문학 8.1.1.~8.11.4.

조선후기문학 9.1.1.~9.15.5.

조선프롤레타리아예술가동맹 11.8.2.

좌주 座主 6.3.2.

좨주 祭主 6.6.2.

주유희 侏儒戱 7.7.3.

주자학 朱子學 7.2.5. 7.9.3~6.
8.1.1~3. 8.6.1~4. 9.2.4.

주지주의 11.8.4.

죽림고회 竹林高會 7.1.3. 7.1.5. 7.2.1.

죽지사 竹枝詞 9.6.4. 9.7.5. 9.9.9.
10.4.2.

중고제 9.5.4.

중국문학 1.2. 5.1.1. 5.7.1. 9.3.6.
10.13.1. 11.1.1.

중세문학 1.4 5.1.~8.11.4.

중세에서 근대로의 이행기문학 1.4
9.1.1.~10.14.4.

중세전기문학 1.4 5.1.~6.6.6.

중세후기문학 1.4 7.1.1.~8.11.4.

중인 中人 1.4. 8.7.3. 9.4.2. 9.5.2.
9.5.5. 9.8.3~4. 9.11.3. 9.11.5.
9.13.4. 10.4.1~4. 10.4.8.
10.6.4~5. 10.10.1. 10.11.1.
11.1.3~4. 11.3.1. 11.6.2. 11.14.4.

증산교 甑山敎 10.1.5.

지공거 知貢擧 6.3.2~4. 6.6.2. 6.6.4.
8.5.1.

지식인소설 11.4.2. 11.14.5.

지정의 知情意 10.6.4. 10.13.2.

진골 眞骨 1.4. 5.1.1. 5.3.2~3.

5.4.2~3. 5.7.2. 5.8.1~2. 5.8.5.

진사 進士 6.3.2.

진여 眞如 5.4.2.

진인 眞人 9.10.4. 9.12.1. 10.1.1~2.
10.9.3. 11.6.4.

진작 眞勺 6.2.4. 7.6.6.

집현전 集賢殿 8.5.2.

차사사뇌격 差辭詞腦格 5.2.3.

찬불가 讚佛歌 5.2.4. 8.5.2. 8.8.1.

참요 讖謠 7.6.7. 9.7.2. 10.1.3.
10.2.4.

창가 唱歌 1.3. 10.2.4. 10.8.1~2.
10.14.2. 11.3.1. 11.10.6. 11.8.3.

창가집 10.8.2.

창극 唱劇 10.2.2. 10.6.3. 10.10.5.
10.11.3. 10.11.4. 11.7.1. 11.15.1.

창우 倡優 5.6.3. 7.7.3. 9.5.4.

창우희 倡優戱 7.7.3.

창작동요 11.19.2.

창작방법론 9.4.3.

처사문학 處士文學 8.1.1.

처사접물 處事接物 1.4. 7.5.5. 8.1.2.

척사위정 斥邪衛正 10.1.1. 10.1.4.
10.3.2. 10.4.1. 10.5.1. 10.5.3.

천기 天機 7.3.3. 9.2.1. 9.2.3~4.
9.2.6. 9.4.1~2. 9.5.2. 9.7.1.
10.6.5.

천도교 天道敎 10.1.3. 10.1.7.
10.10.3~4. 11.1.3. 11.1.5.

천주교 (문학) 9.2.1~2. 9.6.1~3.
9.10.4. 10.1.2. 10.1.4. 10.3.2.
10.7.1. 10.8.4. 10.10.4. 11.4.3.

천주교가사 10.3.2.

천지공사 天地公事 10.1.5.

천취 天趣 6.4.4.

천태종 天台宗 6.4.1~3. 6.5.1. 7.3.1.
7.3.3. 8.1.3.

천하동문 天下同文 5.1.1.

청춘좌 靑春座 11.7.1. 11.12.4~5.

초가 樵歌 9.7.2.

촌극 寸劇 11.12.2.

출판 10.2.6. 10.3.6. 10.3.7. 10.6.3.
10.9.2. 10.9.5. 10.10.1~5.
11.12.4. 11.13.5. 11.15.2.
11.16.1. 11.17.1~4.

치세지음 治世之音 8.5.1.

치어 致語 6.6.3.

카프 11.1.4. 11.6.4. 11.8.2~3.
11.12.3. 11.13.1. 11.14.2.
11.15.2. 11.18.2.

쾌가 儈家 9.5.5.

탁물우의 托物寓意 7.2.1~2.

탁전 托傳 7.5.4. 8.9.3. 10.7.5.

탈춤 7.7.3. 8.11.1~2. **8.11.4**. 9.6.5.
9.15.1. **9.15.4~5**. 10.11.1~2.
11.7.1.

탐라국 1.4. 2.3. **3.5**.

토론소설 10.6.3. 10.9.5. 10.10.4.

토막 5.2.2. **5.2.5**. 5.3.1~3. 6.2.3.
7.6.1~2. 7.6.4. 7.6.5. 7.8.2.
7.8.3. 10.8.1~2. 10.8.5.
10.12.1~4. 11.2.3. **11.3.3**. 11.5.2.

11.5.4. 11.9.4. 11.10.2. 11.13.1.
11.17.2. 11.19.2.

토월회 土月會 11.5.2. **11.7.4**.
11.12.1. 11.12.3.

통문 通文 5.7.4. 9.11.2.

통속극 11.12.4.

통속소설 9.13.1. 10.10.2. 10.10.4.
10.10.7. 11.4.1. **11.11.6**. 11.14.3.

파자 破字 수수께끼 9.7.6.

파형시조 9.8.5.

판소리 1.4. **9.5.4**. 9.9.9. 9.13.5~6.
9.14.1~3. **9.14.4~6**. 9.15.1.
9.15.3. 10.2.1~**2**. 10.4.1. 10.6.3.
10.8.3. 10.10.1. 10.10.5. 10.11.1.
10.11.3. 11.1.1. 11.14.3. 11.5.3.
11.7.1. 11.14.3. 11.15.1. 11.15.3.

판소리계 소설 9.13.1. 9.13.4~5.
9.14.5~6. 10.10.1~2. 10.13.3.
11.1.2~3.

판책 板冊 10.6.3.

팔관회 八關會 5.6.1. 5.6.3. 6.2.3.
6.5.2. 7.6.3. 7.7.3.

편지 8.9.5. 9.11.7. 11.17.4.

표전 表箋 8.1.5. 8.9.1. 9.6.1.

표해록 漂海錄 8.9.2.

품격 品格 5.7.4. 7.2.3. 9.2.4. 9.3.7.
9.4.4. 10.4.1. 10.6.1.

풍수가사 9.10.3.

풍자 8.11.4. 9.12.4. 9.13.6. 9.15.5.
11.14.3.

프롤레타리아문학 11.1.3~4. 11.5.2.
11.8.2. 11.14.2. 11.15.2.

*

나. 사항색인

나1. 작가색인

각훈 覺訓 6.5.5. **7.4.2.**

갈부손 葛扶孫 10.11.1.

강경문 10.4.4.

강경애 姜敬愛 11.1.1. 11.8.2.
　11.11.3~4. 11.14.1.

강남매화랑 江南賣畵郞 11.17.3.

강복중 姜復中 9.8.1. 9.9.2.

강소천 姜小泉 11.19.2.

강수 强首 5.1.3.

강운송 姜雲松 11.10.1.

강위 姜瑋 9.5.2. 10.4.3.

강응환 姜膺煥 9.1.6. 9.9.3.

강의영 姜義永 10.2.6. 10.10.2.

강이천 姜彝天 9.15.4.

강익 姜翼 8.4.3.

강일순 姜一淳 10.1.4~**5.** 10.1.6.

강전 姜荃 10.7.3.

강정일당 姜靜一堂 9.5.1.

강지재당 姜只在堂 9.5.2.

강항 姜沆 **9.1.3.** 9.11.3.

강효석 姜斅錫 11.18.1.

강희맹 姜希孟 8.5.3. 8.9.4.

강희안 姜希顔 8.5.3.

거칠부 居柒夫 5.1.1.

겸익 謙益 5.4.1.

경명왕 景明王 5.8.3.

경섬 慶暹 9.1.3.

경애왕 景哀王 5.8.4.

경주김씨 慶州金氏 10.3.6.

경한 景閑 **7.3.5.**

계용묵 桂鎔默 11.14.7.

계응 戒膺 **6.4.4.**

계정식 桂貞植 11.17.3.

계종 啓宗 10.3.2.

계항패사씨 桂巷稗史氏 10.10.3.

고경명 高敬命 8.6.4.

고교형 高橋亨 11.9.1.

고성겸 高聖兼 9.7.5.

고수관 高壽寬 9.5.5. 10.2.2.

고시언 高時彦 9.5.2. 9.7.1.

고영만 高永萬 10.11.1.

고위민 高渭民 11.9.3.

고응척 高應陟 **9.8.1.** 9.8.5. 9.9.1.

고제신 10.4.4.

고조기 高兆基 6.6.6.

고한승 高漢承 11.7.3.

고　흥 高興 5.1.1.

공　결 孔潔 8.11.2.

공　길 孔吉 8.11.2.

공　부 孔俯 7.8.3.

공　월 共月 11.4.2.

곽리자고 霍里子高 4.3.

곽 여 郭輿 **6.6.1**. 7.2.1.

곽재우 郭再祐 **9.1.2**. 9.3.3.

곽종석 郭鍾錫 10.5.1.

곽 주 郭澍 9.11.7.

곽하신 郭夏信 11.14.7.

관준언 關俊彦 11.5.6.

광 덕 廣德 5.3.4.

구 강 具康 **9.9.2**. 9.9.6.

구연학 具然學 10.10.7.

국국도인 局局道人 10.2.6.

권구현 權九玄 11.10.6.

권극중 權極中 9.10.3.

권 근 權近 7.7.3. **8.1.2**. 8.3.2~3.

권 람 權擥 8.1.2. **8.9.1**.

권문해 權文海 6.5.5.

권사윤 權思潤 9.7.3.

권사인 權士仁 10.2.2.

권삼득 權三得 9.5.4.

권상로 權相老 11.10.5.

권 섭 權燮 **9.8.2**. 9.9.3. 9.13.4.

권순구 權純九 10.4.8.

권술조 權述朝 11.16.3.

권용정 權用正 9.7.4.

권 적 權適 6.6.2.

권 제 權踶 8.1.2. 8.2.2. 8.9.1.

권진구 權晋九 10.11.1.

권철신 權哲身 9.6.1.

권 칙 權伕 9.1.6.

권 필 權韠 9.1.5. **9.2.2**. 9.3.2.
　9.11.6.

권호문 權好文 8.3.3. 8.4.3.

권 환 權煥 11.8.2~3. 11.11.3.
　11.15.2. 11.19.2.

귀 석 貴石 8.11.2.

균 여 均如 5.2.4. 5.4.3. 6.2.1. **6.2.2**.
　6.4.1. **6.4.2**. 6.5.3. 8.3.3.

근 파 11.5.6.

금 원 錦園 9.5.1.

금 의 琴儀 7.1.4.

금 혜 琴兮 10.2.4.

금화산인 金華山人 10.10.3.

기대승 奇大升 8.4.4.

기우만 奇宇萬 10.5.2.

기정진 奇正鎭 10.4.1.

기 화 己和 8.3.3. **8.8.2**.

길 재 吉再 8.1.2~**3**. 8.4.1. 8.6.1.

김가기 金可紀 5.7.4.

김 건 金健 11.12.4~**5**.

김경선 金景善 9.11.2.

김 계 金啓 9.8.2.

김계철 金啓哲 10.2.2.

김관의 金寬毅 **6.1.2**. 6.5.2.

김광균 金光均 11.1.5. **11.13.2**.

김광섭 金珖燮 11.13.4.

김광수 金光洙 10.9.3.

김광욱 金光煜 9.8.2.

김굉필 金宏弼 8.6.2.

김교신 金敎臣 11.17.4.

김교제 金敎濟 10.10.5~**6**.

김교헌 金敎獻 10.1.6.

김 구 金坵 7.1.6.

김 구 金絿 8.3.3. **8.4.2**.

김 구 金九 11.17.1.

김구용 金九容 7.9.5.

김규식 金奎植 10.7.4.

김규택 金奎澤 11.17.2.

김극기 金克己 7.1.1~**2**. 8.1.5.

김 근 金覲 6.3.4.

28

김기림 金起林 11.13.2.
김기수 金綺秀 10.4.2.
김기전 金起田 11.11.1. 11.17.2~3.
김기진 金基鎭 11.7.4. **11.8.2~3.**
　11.11.2. 11.17.4.
김기호 金起浩 10.3.2.
김기홍 金起弘 9.9.5.
김낙서 金洛瑞 9.5.2. 10.3.3.
김남인 金嵐人 11.13.4.
김남천 金南天 11.1.5. 11.8.2~3.
　11.11.6. **11.14.2.** 11.14.4.
　11.14.5.
김내성 金來成 11.11.5.
김대락 金大洛 10.3.2. **10.5.5.**
김대문 金大問 5.5.2. **5.8.2.** 7.4.2.
김대봉 金大鳳 11.15.3.
김대은 金大隱 11.10.5.
김덕령 金德齡 9.1.2. 9.1.5.
김도산 金陶山 11.7.1. 11.18.2.
김돈중 金敦中 6.6.5.
김동리 金東里 11.14.7.
김동명 金東鳴 11.13.4.
김동인 金東仁 1.4. 11.1.3. 11.1.5.
　11.4.3~4. 11.6.2~3. **11.8.1.**
　11.11.2. 11.13.5. 11.18.1.
김동환 金東煥 11.1.5. **11.5.3.** 11.7.4.
　11.8.2. 11.9.3~4. 11.10.3.
　11.15.1. 11.15.5. 11.17.3.
김두만 金斗滿 10.3.4.
김득련 金得鍊 10.4.2.
김득신 金得臣 9.4.1~2.
김득연 金得硏 9.8.1. 9.9.1.
김 려 金鑢 9.7.5. **9.12.5.**
김 립 金笠 9.7.6.

김만중 金萬重 1.2. **9.3.7.** 9.4.1.
　9.4.4. 9.5.5. 9.7.1. 9.7.4~5.
　9.11.5.
김말봉 金末峰 11.11.5.
김매순 金邁淳 9.2.6. 9.4.5.
김 면 金沔 9.1.5.
김명순 金明淳 **11.4.2.** 11.13.5.
　11.17.4.
김묵수 金默壽 9.5.3.
김문집 金文輯 11.8.4.
김병연 金炳淵 9.7.6.
김병호 金炳昊 11.19.2.
김봉혁 金鳳爀 11.18.3.
김부식 金富軾 1.4. 6.4.3. 6.5.3.
　6.5.6. 6.6.3~4. 6.6.5.
김부용당 金芙蓉堂 **9.5.2.** 10.10.2.
김부의 金富儀 6.6.4.
김부일 金富佾 6.6.4.
김부필 金富弼 6.6.4.
김사량 金史良 11.14.2.
김사엽 金思燁 11.9.4.
김삼의당 金三宜堂 9.5.1.
김삼현 金三賢 9.5.3.
김삿갓 9.7.6.
김상숙 金相肅 9.7.4.
김상용 金尙鎔 11.10.5. **11.13.4.**
김상직 金商稷 9.9.5.
김상헌 金尙憲 **9.1.4.** 9.7.4.
김석주 金錫冑 **9.2.4.** 9.10.1.
김성기 金聖器 9.5.3.
김성운 金盛運 10.11.1.
김성원 金成遠 8.4.4.
김성일 金誠一 **8.6.4.** 9.1.2. 9.2.1.
김세종 金世宗 10.2.2.

김소랑 金小浪 11.7.1~**2**.

김소엽 金沼葉 11.14.4.

김소운 金素雲 11.9.2.

김소월 金素月 1.4. 11.1.2~3. 11.2.3.
  11.3.2~3. 11.4.5. **11.5.4**. **11.9.4**.
  11.13.1.

김소행 金紹行 **9.4.5**. 9.13.7. 10.10.3.

김 송 金松 **11.12.2**~3.

김수민 金壽民 **9.7.5**. 9.11.6.

김수안 金壽安 10.11.1.

김수온 金守溫 **8.5.2**. 8.7.1. 8.8.1.

김수장 金壽長 1.4. **9.5.3**~4.
  9.8.4~5. 10.3.1.

김수항 金壽恒 9.11.6.

김숙자 金叔滋 8.6.1.

김승구 金承久

김시습 金時習 1.4. **8.7.1**~2. **8.9.3**.
  8.10.1~2. 9.2.5. 9.10.3. 11.5.4.

김시양 金時讓 9.11.3.

김 식 金湜 8.4.2. **8.6.2**.

김안국 金安國 8.2.5. **8.6.2**.

김암덕 金岩德 10.11.2.

김양경 金良鏡 7.8.2.

김양택 金陽澤 9.11.5.

김 억 金億 **10.12.4**. 11.1.3. 11.2.3.
  11.3.3. **11.5.1**~2. 11.5.4. 11.8.2.
  11.9.4. 11.10.3. 11.15.1. 11.17.3.
  11.17.4.

김여제 金輿濟 10.12.4.

김여집 金汝輯 10.11.1.

김연창 金演昌 10.9.1.

김영걸 金永杰 11.16.2.

김영근 金永根 **10.4.6**. 11.16.1.

김영돈 金永旽 7.8.3.

김영랑 金永郎 11.3.3. **11.13.1**.

김영보 金泳俌 11.7.2.

김영수 金永壽 **11.12.1**. 11.12.4.

김영팔 金永八 **11.7.5**. 11.8.2.
  11.14.2. 11.18.2.

김오남 金午男 11.13.5.

김오성 金午星 11.8.3.

김옥균 金玉均 10.4.2.

김용제 金龍濟 11.15.5.

김용호 金容浩 11.15.3.

김우규 金友奎 9.5.4.

김우옹 金宇顒 8.9.3. 9.11.6.

김우진 金宇鎭 10.10.6.

김우진 金祐鎭 11.4.2. **11.7.3**~4.
  11.18.3.

김우철 金友哲 11.15.1.

김운경 金雲卿 5.7.4.

김원근 金元根 9.11.4.

김원근 金瑗根 11.8.5.

김원주 金元周 11.4.2.

김유기 金裕器 9.5.3.

김유방 金惟邦 11.2.3. 11.7.2. **11.8.1**.

김유영 金幽影 11.18.2.

김유정 金裕貞 11.1.2. 11.8.4.
  11.14.2.

김 육 金堉 9.11.2.

김윤식 金允植 10.3.5. **10.4.3**. 10.4.8.
  10.6.1. 10.8.1.

김응정 金應鼎 9.8.2.

김이익 金履翼 **9.8.2**. 9.9.3.

김 익 金瀷 9.9.5.

김인겸 金仁謙 9.5.2. 9.9.3. **9.11.2**.

김인경 金仁鏡 7.1.4.

김인문 金仁問 5.7.4.

김인존 金仁存 6.5.1. **6.5.2.**
김인후 金麟厚 8.2.5. **8.4.4. 8.6.4.**
김일손 金馹孫 8.6.1~2.
김일엽 金一葉 11.13.5.
김임벽당 金林碧堂 8.7.5.
김입지 金立之 5.7.4.
김자혜 金慈惠 11.14.1.
김장생 金長生 9.10.3.
김 전 金詮 8.1.5.
김 정 金淨 8.6.1. **8.9.2.**
김정국 金正國 **8.6.2.** 8.9.2.
김정진 金井鎭 **11.7.5.** 11.12.1.
김정한 金廷漢 **11.14.2.** 11.14.4.
김정혜 金定慧 10.3.2.
김정희 金正喜 9.4.2. 9.5.2. **9.6.5.**
  9.11.7.
김조규 金朝奎 11.15.5.
김조식 金祚植 10.3.2.
김종근 金從根 10.4.4.
김종서 金宗瑞 8.4.1. 8.9.1.
김종수 金宗壽 9.11.7.
김종직 金宗直 8.1.5. 8.5.3. **8.6.1~2.**
  8.9.2. 9.2.1. 11.15.3.
김종한 金鍾漢 **11.13.4.** 11.15.5.
김좌진 金佐鎭 **10.5.3.** 11.14.1.
김주희 金周熙 10.1.7.
김중건 金中建 10.1.7.
김중열 金重說 9.5.3.
김지성 金志誠 5.8.2.
김지수 金芝叟 9.9.3.
김지장 金地藏 5.7.4.
김진구 金振九 11.18.1.
김진규 金鎭圭 9.11.5.

김진섭 金晋燮 11.2.4. 11.17.4.
김진수 金震粹 9.11.5.
김진태 金振泰 9.8.4.
김진형 金鎭衡 9.9.3.
김 집 金集 9.3.2.
김창걸 金昌傑 11.14.2.
김창숙 金昌淑 **11.16.2~3.**
김창술 金昌述 11.15.2.
김창업 金昌業 9.11.2.
김창협 金昌協 **9.2.4.** 9.4.2. 9.5.2.
  9.11.4~5. 10.4.5.
김창환 金昌煥 10.2.2. 10.11.3.
  11.7.1.
김창흡 金昌翕 9.2.4.
김천택 金天澤 1.4. 9.4.1. 9.4.4.
  9.5.2. **9.5.3.** 9.8.4. 10.3.1.
김춘광 金春光 11.12.4.
김춘택 金春澤 9.3.7. **9.4.5.** 9.9.3.
  9.11.5.
김충선 金忠善 9.1.5.
김태오 金泰午 11.19.2.
김태준 金台俊 10.4.3. **11.8.5.**
김태현 金台鉉 7.2.4. 8.1.5.
김택영 金澤榮 10.4.3. **10.4.5~6.**
  10.6.1. 10.9.1. 11.17.3.
김필봉 金弼奉 10.8.6.
김필수 10.9.4.
김필오 金弼奧 5.8.2.
김하락 金河洛 10.5.2.
김학규 11.5.6. 11.9.2.
김한용 金翰容 11.1.5.
김한홍 金漢弘 10.3.3.
김 항 金恒 10.1.4.
김해강 金海剛 11.13.4. **11.15.1.**

김 헌 金獻 10.1.6.
김현구 金炫耉 11.13.1.
김형복 金亨復 10.7.3.
김형원 金炯元 **11.5.5.** 11.8.2.
김형준 金亨俊 11.18.3.
김호연당 金浩然堂 9.5.1.
김호직 金浩直 10.3.4.
김홍기 金弘基 10.3.5.
김홍집 金弘集 10.4.2.
김화산 金華山 11.8.2. **11.15.3.**
김화진 金 鎭 11.18.1.
김 환 金煥 **11.1.5.** 11.7.2. **11.8.1.**
김환태 金煥泰 11.8.4.
김황원 金黃元 **6.3.5.** 7.2.5.
김후직 金后稷 5.1.3. 5.8.2.
김희규 金禧圭 11.10.5.
까마귀 11.12.6.

나도향 羅稻香 1.4. 11.1.3. 11.1.5.
  11.4.3. **11.6.1~2.**
나만갑 羅萬甲 9.1.4. 9.11.5.
나 옹 懶翁 7.8.4.
나운규 羅雲奎 11.7.1. **11.18.2.**
나위소 羅緯素 9.8.1.
나주정씨 羅州丁氏 9.11.5.
나 철 羅喆 10.1.6. 10.8.4. 11.17.3.
나혜석 羅蕙錫 11.4.2. **11.13.5.**
낙서거사 洛西居士 8.10.3.
낙천자 樂天子 10.8.5.
남 곤 南袞 **8.5.4.** 8.6.2~3.
남구만 南九萬 9.5.1. 9.7.4. **9.8.2.**
남궁벽 南宮璧 11.1.5. 11.5.2.
남극엽 南極曄 9.8.1.

남도진 南道振 9.9.1.
남상철 南相喆 10.3.2.
남성중 南聖重 9.11.6.
남 엽 南璞 9.1.4.
남영로 南永魯 9.5.5. **9.13.3.**
남용익 南龍翼 9.2.4. **9.4.1.** 9.11.2.
  9.11.6.
남원윤씨 南原尹氏 **9.9.7.** 9.11.7.
남 이 南怡 8.4.1.
남정일헌 南貞一軒 9.5.1.
남종삼 南鍾三 10.3.2.
남평조씨 南平曺氏 9.1.4.
남하정 南夏正 9.11.6.
남효온 南孝溫 **8.6.1.** 8.7.1~2. **8.9.3.**
노명선 盧明善 9.9.3.
노수신 盧守愼 **8.5.4.** 8.7.4.
노수현 盧壽鉉 11.17.2.
노익조 盧益祚 10.11.1.
노 인 魯認 9.1.3.
노자영 盧子泳 **11.5.2.** 11.10.5.
  11.15.1. 11.17.3~4.
노정일 盧正一 11.17.3.
노천명 盧天命 11.10.5. **11.13.5.**
눌지왕 訥祗王 5.1.2. **5.2.3.**

단 로 丹老 10.4.7.
단실거사 丹室居士 9.1.2.→ 민순지
단 향 檀香 10.8.4.
담 욱 曇旭 5.4.1.
담 운 澹雲 9.5.1.→ 강담운
대 구 大矩 5.2.4.
대구여사 大丘女史 10.8.5.
대시생 大視生 10.14.2.

대야발 大野勃 10.1.6.

돌 샘 10.12.3.

동 초 東初 10.8.6.

동해수부 10.14.3. 10.14.4. **11.10.5.**
　→ 홍언

뒤바보 11.17.1.

득 오 得烏 5.3.2.

마악노초 磨嶽老樵 9.4.4.

마해송 馬海松 11.19.3.

만와옹 晚窩翁 9.4.5.

만 호 晚湖 11.16.2.

매 창 梅窓 8.4.5. 8.7.5.

매 화 梅花 9.5.1. 9.8.3.

맹사성 孟思誠 8.4.1.

명성대비 明聖大妃 9.11.7.

명성왕후 明成王后 10.3.6.

명 옥 明玉 9.8.3.

명 효 明皛 5.4.3~4.

모윤숙 毛允淑 11.13.5. 11.17.4.

모흥갑 牟興甲 9.5.4. 10.2.2.

목단산인 荻丹山人 10.8.6.

목태림 睦台林 9.13.6.

몽 몽 夢夢 10.10.4.→ 진학문

묘 단 妙丹 8.9.5.

무 극 無極 7.4.3.

무 옥 巫玉 8.3.6.

무 학 無學 8.8.2.

문도갑 文道甲 9.9.6.

문무왕 文武王 5.1.3.

문비실주인 捫鼻室主人 10.12.3.

문세영 文世榮 11.1.2.

문일평 文一平 11.8.5.

물계자 勿稽子 5.2.3.

미마지 味摩之 5.6.2. 5.6.3. 8.11.4.

민 규 閔圭 8.3.3.

민사평 閔思平 7.6.6.

민소천 閔素泉 11.12.5.

민순지 閔順之 9.1.2.

민영환 閔泳煥 10.4.2.

민용호 閔龍鎬 10.5.1. 10.5.4.

민우룡 閔雨龍 9.9.2.

민천식 閔天植 10.9.4.

민태원 閔泰瑗 10.10.7. 11.10.3.

박건회 朴健會 10.10.2.

박계숙 朴繼叔 9.8.2. 9.11.4.

박계주 朴啓周 11.11.5.

박광현 朴光鉉 10.11.1.

박 권 朴權 9.9.3. 9.11.4.

박귀송 朴貴松 11.13.4.

박규수 朴珪壽 **10.4.2**~3. 10.6.1.

박길서 朴吉緒 11.16.1.

박남수 朴南秀 11.13.4.

박노갑 朴魯甲 11.14.5.

박노철 朴魯哲 11.17.3.

박노춘 朴魯春 11.13.4.

박대양 朴戴陽 10.4.2.

박동근 朴東根 11.12.3.

박동운 11.12.6.

박두세 朴斗世 9.11.4.

박두진 朴斗鎭 11.13.4.

박루월 11.4.1.

박만순 朴萬順 10.2.2.

박목월 朴木月 11.13.4.

박문욱 朴文郁 9.5.3. 9.8.5.

박 봄 11.17.3.
박사형 朴士亨 9.9.2.
박 상 朴祥 8.5.4.
박선장 朴善長 9.8.1.
박성건 朴成乾 8.3.3.
박성원 朴盛源 9.11.4.
박세당 朴世堂 9.2.5.
박세영 朴世永 **11.15.2.** 11.19.2.
박 순 朴淳 **8.6.4.** 8.7.4.
박순우 朴淳愚 9.9.3.
박승극 朴勝極 11.14.1. 11.14.5.
박승희 朴勝喜 11.7.4. 11.12.1.
박시규 朴時奎 11.16.3.
박시옹 朴時顒 10.3.3.
박아지 朴芽枝 11.15.1.
박아지 朴我知 11.18.1.
박영만 11.5.6.
박영운 朴永運 10.10.4.
박영준 朴榮濬 11.11.4.
박영진 朴永鎭 10.7.5.
박영호 朴英鎬 11.7.1. 11.12.3.
  11.12.5. 11.18.3.
박영효 朴泳孝 10.4.2. 10.7.2.
박영희 朴英熙 11.1.5. 11.5.2.
  11.8.2~3. 11.14.2. 11.15.5.
박용만 朴容萬 10.4.7.
박용철 朴龍喆 **11.8.4.** 11.10.5.
  11.13.1.
박유전 朴裕全 9.5.4. 10.2.2.
박윤묵 朴允默 9.5.2.
박 은 朴誾 **8.5.4.** 8.6.2. 8.9.3.
박은식 朴殷植 10.4.2. 10.6.1~2.
  10.6.3. 10.6.4~5. 10.8.3. **10.9.1.**
  10.9.2~3. 10.10.7. 11.1.5.

  11.16.3. 11.17.1. 11.17.3.
박응면 朴應冕 11.18.1.
박이화 朴履和 9.9.4.
박인량 朴寅亮 **6.3.4**~5. 6.5.2. **6.5.5.**
  7.2.1.
박인로 朴仁老 9.1.5. 9.8.1. **9.9.1.**
박인범 朴仁範 5.7.4. **5.8.5.**
박인수 朴仁壽 9.13.6.
박일권 朴一權 11.13.4.
박장원 朴長遠 9.11.7.
박재규 朴在奎 10.11.1.
박재륜 朴載崙 11.13.2.
박정수 朴貞洙 10.5.2.
박제가 朴齊家 **9.6.3.** 9.7.1. 9.7.3.
  9.7.6. 9.11.4.
박 종 朴淙 9.11.4.
박종화 朴鍾和 11.1.3. 11.1.5. 11.5.2.
  11.7.2. 11.10.5. **11.11.2.** 11.18.1.
박죽서 朴竹西 9.5.1.
박중빈 朴重彬 10.1.4.
박지원 朴趾源 1.2. 9.4.1. 9.4.3~5.
  9.5.2. 9.6.2. 9.11.2. 9.11.5.
  9.12.4. 9.13.5. 10.4.3.
박 진 朴珍 11.12.4.
박철혼 朴哲魂 11.4.1.
박취문 朴就文 9.11.4.
박치한 朴致翰 10.4.4.
박태원 朴泰遠 11.14.4~5.
박팔양 朴八陽 11.15.2.
박팽년 朴彭年 8.5.2.
박한영 朴漢永 11.16.2.
박현환 朴賢煥 10.10.7.
박 호 朴浩 6.6.2.
박화성 朴花城 11.11.3. **11.11.6.**

34

11.14.2. 11.14.4.
박효관 朴孝寬 9.5.3. 9.8.4. 10.3.1.
박희도 朴熙道 11.11.1.
박희현 朴熺鉉 9.9.3.
방만춘 方萬春 9.5.4.
방인근 方仁根 11.11.5.
방정환 方定煥 11.19.2~3.
배 구 裵 璆 5.7.3.
배이도 裵爾度 9.9.5.
배 전 裵 婰 9.12.2.
배 정 裵 頲 5.7.3.
백 곡 白谷 9.10.1.
백광홍 白光弘 8.3.4. 8.9.2.
백광훈 白光勳 8.7.4.
백기만 白基萬 11.5.3. 11.5.5.
백남신 白南信 11.4.1.
백 농 白農 11.6.1.
백대붕 白大鵬 8.7.3.
백대진 白大鎭 10.8.5. 10.12.4.
백문보 白文寶 7.7.4. 7.9.4.
백 민 白民 11.8.3.
백 석 白石 11.15.3.
백수광부처 白首狂夫妻 4.3.
백수회 白受繪 9.1.5.
백신애 白信愛 11.11.3.
백악산인 白岳山人 11.5.6.
백악춘사 白岳春史 10.10.4.→ 장응진
백이정 白頤正 7.9.2.
백 철 白鐵 11.8.3~4.
백홍인 白弘寅 10.4.6.
법 장 法藏 6.4.2. 7.8.4.
벽미산인 碧眉山人 10.8.5.
벽오당 碧梧堂 10.4.7.
변계량 卞季良 8.1.2. 8.3.3.

변기종 卞基鍾 11.7.2.
변안렬 邊安烈 7.8.3. 7.9.7.
변영로 卞榮魯 11.1.5. 11.2.3. 11.5.2.
11.10.5.
변영만 卞榮晚 11.16.2.
병문장석생 屛門長席生 10.8.3.
보 우 普愚 7.3.5. 7.8.4.
보 우 普雨 8.8.3.
봉림대군 鳳林大君 9.1.5.
부 도 夫道 5.1.1.
부묵자 副墨子 9.12.2.
부 휴 浮休 9.10.1.→ 선수

ㅅㅅ생 一生 11.17.3.
사공수 司空檖 10.3.4.
사명당 泗冥堂 9.1.2. 9.10.1.
산 암 山岩 10.14.3.
상 진 尙震 8.3.2.
서거정 徐居正 1.4. 8.1.2. 8.5.1.
8.5.3. 8.9.1. 8.9.4.
서 견 徐甄 8.1.3.
서경덕 徐敬德 8.6.3. 8.9.3. 9.6.2.
서광제 徐光霽 11.18.2.
서 기 徐起 8.7.3.
서명응 徐命膺 9.11.4.
서상일 徐尙一 10.6.4.
서상필 徐相弼 11.18.1.
서상호 徐相昊 11.18.1.
서성관 徐成寬 10.2.2.
서영수각 徐令壽閣 9.5.1.
서유문 徐有聞 9.11.2.
서유영 徐有英 9.1.2.2. 9.13.7.
10.10.3.

서응순 徐膺淳 9.2.6.
서익성 徐翊聖 9.11.3.
서정주 徐廷柱 11.10.5. 11.13.3.
서현우 徐賢宇 10.11.1.
석지형 石之珩 9.1.4.
석 천 石泉 10.12.3. 11.7.5.
선 수 善修 9.10.1.
선우일 鮮于日 10.2.6. 10.10.6.
선 조 宣祖 9.1.2. 9.11.7.
설 순 楔循 7.9.7.
설 요 薛瑤 5.7.4. 9.5.1.
설의식 薛義植 11.17.2.
설 총 薛聰 5.8.1. 6.3.3. 8.2.5.
성 간 成侃 8.5.3. 8.9.3.
성관호 成琯鎬 11.17.3.
성낙윤 成樂允 10.8.3.
성 농 惺儂 10.4.7.
성동호 成東鎬 11.18.1.
성삼문 成三問 8.1.5. 8.4.1. 8.5.2.
성여학 成汝學 8.9.4. 9.12.2.
성 우 惺牛 10.3.2.
성 임 成任 8.9.2.
성 현 成俔 8.1.2. 8.5.3. 8.6.1.
  8.9.2~4. 8.10.3. 8.11.3.
성 혼 成渾 8.6.4.
세 조 世祖 8.2.4. 8.2.5. 9.7.1.
세 종 世宗 8.2.1. 8.2.2. 8.3.2. 8.8.1.
  10.7.3.
소세양 蘇世讓 8.7.5. 8.9.2.
소 순 蘇巡 8.9.2.
소 요 逍遙 9.10.1.→ 태능
소춘풍 笑春風 8.4.5.
소필오 小必誤 10.14.3.
소혜왕후 昭惠王后 8.2.5. 8.9.5.

손병희 孫秉熙 10.1.7.
손진태 孫晋泰 11.1.3. 11.10.3.
송계연월옹 松桂煙月翁 9.8.2.
송계월 宋桂月 11.14.1.
송광록 宋光祿 10.2.2.
송 남 松南 10.8.6.
송당생 松堂生 11.7.2.
송덕봉 宋德奉 8.7.5.
송만갑 宋萬甲 11.18.3.
송만재 宋晩載 9.5.4. 9.14.4~5.
송상도 宋相燾 11.16.3.
송석하 宋錫夏 11.7.1. 11.9.4.
송세림 宋世琳 8.9.4.
송 순 宋純 8.3.4. 8.4.4. 8.6.4.
송시열 宋時烈 9.2.5. 9.4.1. 9.7.4.
  9.9.4. 9.11.5. 9.11.7.
송 영 宋影 11.8.2. 11.10.3. 11.11.3.
  11.12.3. 11.14.2. 11.14.5.
송완식 宋完植 10.9.5.
송욱현 宋旭鉉 10.8.4.
송 이 松伊 9.5.1. 9.8.3.
송익필 宋翼弼 8.7.3.
송주석 宋疇錫 9.9.3.
송진우 宋鎭禹 11.11.1.
송흥록 宋興祿 9.5.4. 10.2.2.
수양대군 首陽大君 8.2.4.
수 초 守初 9.10.1.
수휘옹주 淑徽翁主 9.11.7.
순원왕대비 純元王大妃 9.11.7.
순천김씨 順天金氏 8.9.5.
승 랑 僧郎 5.4.1.
식영암 息影庵 7.5.5.
신 경 申炅 9.1.2.
신경준 申景濬 9.4.1. 9.4.3.

신계영 申啓榮 9.1.5. 9.8.2. 9.9.1.
신고송 申鼓頌 11.12.3.
신고송 申孤松 11.19.1.
신광수 申光洙 9.2.6. 9.6.1. 9.7.5.
신광하 申光河 9.11.4.
신광한 申光漢 8.9.3. 8.10.3.
신규식 申圭植 10.1.6. 10.4.7. 11.6.3.
신기선 申箕善 10.4.2.
신남철 申南澈 11.8.3.
신돈복 申敦復 9.12.2.
신득청 申得淸 7.8.4.
신만엽 申萬葉 12.2.2.
신 미 信眉 8.8.1.
신복흥 申福興 10.11.1.
신불출 申不出 **11.10.6**. 11.12.3.
  11.18.1.
신사임당 申師任堂 8.7.5. 9.5.1.
신석정 辛夕汀 11.13.1.
신 숙 申淑 6.6.5.
신숙주 申叔舟 8.2.2. 8.5.2~3. 8.9.2.
신영순 申永淳 10.8.2.
신영철 申瑛澈 11.10.5.
신 위 申緯 8.6.4. 9.2.6. 9.5.4. 9.7.4.
  10.4.5.
신 유 申瀏 9.11.2.
신유한 申維翰 9.1.2. 9.2.6. 9.11.2.
  9.13.2.
신재효 申在孝 1.4. 9.14.5. 10.2.1.
  10.2.2.
신정언 申鼎言 11.18.1.
신 착 愼 9.1.6.
신채호 申采浩 10.1.6. 10.4.7.
  10.6.1~3. 10.9.1~3 10.10.4~5.
  10.14.1. 11.1.4~5. 11.2.4. 11.8.2.

신 충 信忠 5.3.2.
신태식 申泰植 10.5.5.
신해영 申海永 10.7.3.
신헌조 申獻朝 9.8.2.
신후담 愼後聃 9.10.4.
신 흠 申欽 9.2.3. 9.5.3. 9.7.5. 9.8.1.
  9.8.3.
실 혜 實兮 5.2.3.
심광세 沈光世 9.2.1~2. 9.7.5.
심남일 沈南一 10.5.3.
심능숙 沈能淑 9.5.5. **9.13.3**~4.
심선옥 沈善玉 10.11.2.
심 의 沈義 8.9.3.
심의린 沈宜麟 11.19.1.
심 훈 沈薰 11.1.4. 11.8.2. 11.10.3.
  11.11.4. **11.15.4**. 11.18.2.
쌍 기 雙冀 6.3.3. 7.9.7.

아양자 莪洋子 10.2.4.
안겸제의 어머니 安兼濟— 9.5.5.
  9.13.4.
안국선 安國善 10.7.5. 10.9.2. 10.9.4.
  10.10.6. 11.14.6.
안동권씨 安東權氏(잡록) 9.9.7.
안동권씨 安東權氏(유한당언행실록)
  9.10.4.
안 막 安漠 11.8.2. 11.15.2.
안면조 安冕朝 10.11.1.
안민영 安玟英 9.5.3. 9.8.4. 10.3.1.
안민학 安敏學 8.9.5.
안방준 安邦俊 9.1.2.
안병한 安秉翰 11.18.1.
안서우 安瑞羽 9.8.2.

안석경 安錫儆 9.12.2.
안석영 安夕影 11.18.2.
안수길 安壽吉 11.14.2.
안인수 安仁壽 9.1.5.
안재홍 安在鴻 11.11.1. 11.17.3.
안정복 安鼎福 9.6.1. 9.10.4. 9.11.3.
  9.11.6.
안조원 9.9.3. → 안조환
안조환 安肇煥 9.9.3.
안종화 安鍾和 11.18.2.
안중근 安重根 10.5.3.
안 지 安止 8.2.2.
안창후 安昌後 9.8.1.
안 축 安軸 1.4. 7.8.2~3. 8.3.3.
안치묵 安致默 10.3.4.
안평대군 安平大君 8.5.2.
안함광 安含光 11.8.3.
안 향 安珦 7.9.3.
안 확 安廓 10.6.5. 11.8.5. 11.10.1.
  11.10.5. 11.17.1.
안회남 安懷南 11.14.6.
양건식 楊建植 10.13.1. 11.13.2.
양근환 梁僅煥 11.16.1.
양기탁 梁起鐸 10.8.3.
양사언 楊士彦 8.3.4. 8.7.2.
양사준 楊士俊 8.3.4. 8.7.4.
양우정 楊雨庭 11.9.4.
양운한 楊雲閒 11.15.3.
양재일 梁在日 10.8.2.
양주동 梁柱東 11.1.5. 11.2.4. 11.5.3.
  11.10.3. 11.17.4.
양태사 楊泰師 5.7.3.
어무적 魚無迹 8.7.3.
어숙권 魚叔權 8.9.2. 8.10.3. 8.11.2.

어윤적 魚允迪 10.7.4.
어한명 魚漢明 9.1.4.
언 기 彦機 9.10.1.
엄필진 嚴弼鎭 11.9.2. 11.19.1.
엄흥섭 嚴興燮 11.11.6. 11.14.1.
여규형 呂圭亨 10.4.3. 10.4.7. 10.4.8.
  10.6.1. 10.7.4. 11.8.5.
여 옥 麗玉 4.3.
연 기 緣起 5.4.4.
연안이씨 延安李氏(쌍벽가) 9.9.7.
연안이씨 延安李氏(제문) 9.11.7.
  10.3.6.
염계달 廉季達 9.5.4.
염불사 念佛師 5.4.4.
염상섭 廉想涉 1.4. 11.1.1~3. 11.1.5.
  11.2.2. 11.6.2~3. 11.8.1. 11.11.6.
  11.14.3~5.
영양남씨 英陽南氏 10.3.5.
영 재 永才 5.3.4.
영 태 永泰 7.7.3.
예 종 睿宗(고려) 6.2.2. **6.2.3.** 6.6.1.
오경석 吳慶錫 9.5.2. 10.4.2.
오광운 吳光運 9.5.2. 9.7.5.
오명선 吳明善 10.11.1.
오상순 吳相淳 11.1.5. 11.5.2.
오상준 吳尙俊 10.8.6.
오세문 吳世文 7.1.5. 7.4.4.
오세재 吳世才 7.1.1. 7.1.3. 7.2.1.
오신혜 吳信惠 11.10.5.
오윤겸 吳允謙 9.1.3.
오일도 吳一島 11.13.4. 11.16.2.
오 잠 吳潛 7.6.3.
오장환 吳章煥 11.1.5. 11.13.3.
오준선 吳駿善 10.5.2.

유재건 劉才建 9.5.2. 9.11.5. 9.12.1.

유 정 惟政 9.1.2. 9.10.1.

유종석 柳鍾石 10.13.4.

유준근 兪濬根 10.5.2.

유중교 柳重教 10.3.2.

유지영 柳志永 11.19.1.

유 진 柳袗 9.1.2.

유진오 兪鎭午 11.9.2. 11.11.6.
  11.12.2. 11.14.5.

유진한 柳振漢 9.7.4. 9.14.4.

유춘섭 柳春燮 11.1.5. 11.4.2. 11.5.4.

유충기 劉冲基 7.8.2.

유치구 柳致球 9.11.6.

유치진 柳致眞 11.12.1. 11.12.5.

유치환 柳致環 11.10.6. 11.13.3.

유형원 柳馨遠 9.6.1.

유호인 兪好仁 8.5.3. 8.6.1.

유홍석 柳弘錫 10.5.4~5.

유 희 柳僖 10.7.4.

유희경 劉希慶 8.7.3.

유희령 柳希齡 8.9.1.

유희춘 柳希春 8.4.4. 8.7.5. 8.9.2.

육정수 陸定洙 10.10.4. 10.10.6.

윤계선 尹繼善 9.1.6. 9.11.6.

윤곤강 尹崑岡 11.15.3.

윤극영 尹克榮 11.18.3.

윤기정 尹基鼎 11.8.2. 11.19.2.

윤달선 尹達善 9.7.4.

윤동주 尹東柱 11.1.1. 11.1.4.
  11.15.4.

윤두수 尹斗壽 8.5.4.

윤백남 尹白南 10.11.4~5. 11.1.5.
  11.7.2. 11.11.1~2. 11.18.2.

윤백단 11.18.1.

윤사로 尹師路 8.8.1.

윤석중 尹石重 11.19.2.

윤선도 尹善道 9.8.1~2. 9.9.1.
  9.10.2. 9.11.7. 10.8.5. 11.10.6.

윤 숙 尹塾 9.11.7.

윤언이 尹彦頤 6.6.3.

윤여형 尹汝衡 7.9.4.

윤우병 尹禹炳 10.3.2.

윤이후 尹爾厚 9.9.1.

윤정기 尹廷琦 9.7.5.

윤정하 尹定夏 10.3.3.

윤종현 尹宗鉉 10.11.1.

윤치호 尹致昊 10.2.6. 10.8.2.
  10.14.2.

윤태영 尹泰榮 10.4.8.

윤해영 尹海榮 11.5.6. 11.15.5.

윤 회 尹淮 8.3.2.

윤 휴 尹鑴 9.2.5.

윤희구 尹喜求 10.4.8. 10.6.1. 10.7.3.
  11.16.1.

윤희순 尹熙順 10.5.4~5. 10.5.6.

융천사 融天師 5.2.3. 5.3.2. 11.15.1.

은진송씨 恩津宋氏 9.9.7.

을지문덕 乙支文德 5.1.4.

읍화맹 泣花矴 10.8.4.

의령남씨 宜寧南氏 9.11.4. 9.11.5.

의 상 義湘 5.3.3. 5.4.2. **5.4.3.** 6.4.2.

의 상 義相 8.3.3. 8.8.2.

의성김씨 義城金氏 10.3.5.

의 순 義恂 9.10.2.

의 적 義寂 5.4.3~4. 6.4.3.

의 점 義沾 9.10.2.

의 천 義天 6.4.1. **6.4.3.**

의 첨 義沾 9.10.1.

의 통 義通 6.4.2.

이가원 李家源 11.16.3.

이가환 李家煥 9.6.1. 9.10.4.

이각종 李覺鍾 10.7.5.

이강년 李康秊 10.5.3.

이 개 李塏 8.4.1. 8.5.2.

이 건 李健 9.114.

이건승 李建昇 10.8.2.

이건창 李建昌 **10.4.3.** 10.4.5. 10.6.1.

이경민 李慶民 9.5.2.

이경석 李景奭 9.11.5.

이경엄 李景嚴 9.1.5.

이경직 李景稷 9.1.3.

이경직 李庚職 10.1.6.

이계랑 李桂娘 8.4.5.

이고성 李高城 10.1.5.

이 곡 李穀 7.1.6. 7.4.4. 7.5.2~3.
7.5.5. 7.7.1. **7.9.4.**

이공로 李公老 7.8.2.

이관빈 李寬彬 9.9.5.

이광래 李光來 11.9.2. 11.12.1.

이광명 李匡明 9.9.3.

이광사 李匡師 9.2.6. 9.7.5.

이광수 李光洙 1.2. 10.6.4. 10.7.3.
10.8.5. 10.11.5. **10.12.2. 10.13.2.**
10.13.3. 11.1.3~5. 11.3.2. **11.4.1.**
11.5.1. 11.5.6. 11.8.1~2. 11.9.3.
11.10.2. 11.10.4~5. 11.11.1~2.
11.11.4~5. 11.14.5. 11.17.3~4.

이광수 李光秀 11.16.2.

이광정 李光庭 9.2.6. 9.7.5. 9.11.5.

이규경 李圭景 9.4.1. 9.6.5.

이규보 李奎報 1.4. 5.1.4. 6.5.6.
6.6.1. 6.6.3. 7.1.1. 7.1.3. **7.1.5.**
7.2.2~3. 7.4.1. 7.4.4. 7.5.3~5.
7.7.3. 7.8.1.

이규용 李圭瑢 10.4.8.

이규환 李圭煥 11.18.2.

이극로 李克魯 11.16.2. 11.17.3.

이근영 李根榮 11.14.4.

이 금 伊金 7.7.2. 10.1.1.

이긍익 李肯翊 9.11.3.

이 기 李沂 10.7.5.

이 기 李琦 10.4.8.

이기경 李基慶 9.10.4.

이기세 李基世 10.11.4. 11.7.1.
11.7.2.

이기영 李琪榮 10.7.4.

이기영 李箕永 11.1.3. 11.8.2.
11.11.3. 11.14.2. 11.14.4~5.
11.18.1~2.

이기원 李基遠 9.3.2. 9.9.5.

이날치 李捺致 9.5.4.

이남규 李南珪 10.4.6.

이능화 李能和 10.7.3~4.

이 달 李達 8.7.4.

이달충 李達衷 7.9.4.

이담명 李聃命 9.8.2.

이덕무 李德懋 8.7.5. 9.4.5. 9.5.1.
9.5.5. **9.6.3.** 9.11.5~6.

이덕일 李德一 9.1.5.

이덕형 李德泂 9.11.2. 9.11.3.

이돈화 李敦化 11.11.1.

이동규 李東珪 11.11.2. 11.14.2.

이동백 李東伯 10.2.2. 11.7.1.
11.18.3.

이동춘 李東春 10.3.2.

이동항 李東沆 9.11.4.

이 로 李魯 9.1.2.

이 륙 李陸 8.9.2.

이만도 李晩燾 10.5.1.

이만부 李萬敷 9.3.7. 9.4.4. 9.6.1.
  9.11.5.

이명우 李明雨 11.18.2.

이명한 李明漢 9.2.4. 9.8.3.

이무영 李無影 11.11.4. 11.12.2.

이문진 李文眞 5.1.1.

이민성 李民宬 9.2.1. 9.7.4.

이방원 李芳遠 7.8.3.

이방익 李邦翊 9.9.3.

이방익 李邦翼 9.9.3. 10.4.4.

이 벽 李蘗 9.10.4.

이 별 李鼈 8.4.3.

이병각 李秉珏 11.15.5.

이병기 李秉岐 11.8.5. **11.10.4.**
  11.17.4.

이병도 李丙燾 10.6.5.

이병헌 李炳憲 10.1.4.

이보경 李寶鏡 10.6.4. 10.7.3.

이봉운 李鳳雲 10.3.7. 10.7.4.

이봉환 李鳳煥 9.11.7.

이북만 李北滿 11.8.2.

이북명 李北鳴 11.14.2.

이빙호당 李氷壺堂 8.7.5.

이사질 李思質 9.7.3.

이 상 李箱 11.13.2. 11.14.5. 11.17.4.

이상계 李商啓 9.9.5.

이상룡 李相龍 10.5.3.

이상수 李象秀 9.9.3.

이상익 李相益 10.9.2.

이상적 李尙迪 9.5.2.

이상준 李尙俊 11.18.3.

이상춘 李常春 10.8.2. 10.13.4.

이상춘 李相春 11.12.3.

이상협 李相協 10.10.6~7. 10.11.4.
  10.13.3.

이상호 李祥昊 10.1.5.

이상화 李相和 11.1.1. 11.1.3. 11.1.5.
  11.3.2. 11.3.3. **11.5.5.** 11.8.1.
  11.8.2. 11.13.1.

이 색 李穡 1.4. 7.2.5. 7.4.4.
  7.5.2~3. 7.5.5. 7.6.2. 7.7.3.
  7.8.1. 7.8.3~4. 7.9.3. **7.9.5~6.**
  8.1.2. 8.5.1. 8.6.1.

이 서 李緖 8.3.4.

이서구 李書九 9.6.3.

이서구 李瑞求 11.7.4. 11.12.4.
  11.12.5.

이서향 李曙鄕 11.12.3.

이석봉 李錫鳳 11.19.2.

이석용 李錫庸 10.5.2~3.

이석형 李石亨 8.5.2.

이석훈 李石薰 11.11.5.

이 선 李選 9.11.5.

이선희 李善熙 11.14.4.

이성구 李聖九 10.11.1.

이성환 李晟煥 11.8.3.

이세보 李世輔 9.8.2. 9.11.4. 10.3.1.

이세춘 李世春 9.5.3.

이세황 李世黃 7.2.1.

이수광 李晬光 9.2.1. 9.4.1. 9.4.5.
  9.10.4. 9.13.6.

이수형 李琇馨 9.8.6.

이숙량 李叔樑 8.4.3.

이순신 李舜臣 9.1.2. 9.1.5.

이순오 李順五 10.11.1.

이순탁 李順鐸 11.17.3.

이숭인 李崇仁 7.5.3. 7.9.6. 8.1.5.

이승소 李承召 8.5.3.

이승휴 李承休 7.1.6. 7.4.4. 8.9.1.

이시명 李時明 9.5.1.

이 식 李植 9.2.3~4. 9.3.3. 9.4.5.
9.10.3.

이신의 李愼儀 9.8.1.

이안눌 李安訥 9.1.5. 9.2.4.

이안중 李安中 9.11.5.

이양연 李亮淵 9.7.3.

이양오 李養吾 9.4.5.

이언적 李彦迪 8.6.3. 9.11.7.

이언진 李彦瑱 9.5.2. 9.12.4.

이 엽 李曄 9.1.3.

이영언 10.8.1.

이 옥 李鈺 9.2.6. 9.4.3~4. 9.7.3.
9.11.5~6. **9.12.5.**

이옥봉 李玉峰 8.7.5. 9.5.1.

이 용 李溶 9.9.3.

이용식 李容植 10.3.3.

이용악 李庸岳 11.15.3.

이용휴 李用休 9.6.1. 9.11.5.

이우준 李遇駿 9.4.5.

이 욱 李旭 11.15.5.

이운곡 李雲谷 11.18.2.

이운규 李雲圭 10.1.4.

이운방 李雲芳 11.12.4~5.

이운영 李運永 9.9.2. 9.9.6.

이원명 李源命 9.12.2.

이원수 李元壽 11.18.3.

이원익 李元翼 9.9.1.

이원조 李源朝 11.8.3~4.

이위보 李渭輔 9.18.6.

이 유 李渘 9.7.4.

이유승 李裕承 9.7.4.

이유원 李裕元 9.7.4. 10.4.1.

이육사 李陸史 11.1.1. 11.1.3. 11.3.3.
11.15.4.

이은상 李殷相 11.9.3. 11.10.2.
11.10.4. 11.17.3. 11.19.1.

이의백 李宜白 9.10.3.

이 이 李珥 1.2. 8.2.5. **8.4.3.** 8.6.3.
8.9.1. 9.9.5.

이이순 李頤淳 9.4.5. 9.11.6. 9.13.3.

이 익 李翼 9.4.1. **9.6.1.** 9.7.5.
9.10.4. 9.11.5.

이익보 李益輔 10.11.1.

이익상 李益相 11.8.2. 11.11.3.

이인건 李寅健 10.3.6.

이인로 李仁老 6.4.4. 6.6.1. 7.1.1.
7.1.3. 7.2.1. 7.2.2~3.

이인수 李寅銖 10.8.5.

이인직 李人稙 10.6.4. 10.10.2.
10.10.4~5. 10.11.3. 11.8.3.

이인하 李仁夏 11.4.2.

이인형 李仁亨 8.3.4.

이 일 李一 10.12.3~4. 11.1.5.

이 자 李籽 8.9.2.

이자현 李資玄 6.6.1.

이장산 李獐山 10.11.1.

이장희 李章熙 11.1.5. 11.5.3.

이 재 李縡 9.4.5.

이재욱 李在郁 11.9.3.

이정구 李廷龜 8.8.4. 9.2.3.

이정규 李正奎 10.5.2.

이정균 李鼎均 10.10.3.

이정보 李鼎輔 9.8.2~3. 9.8.5.

이정암 李廷馣 9.1.2.
이정작 李廷綽 9.5.5. 9.13.3.
이정환 李廷煥 9.1.5.
이제신 李濟臣 8.11.4.
이제영 李濟永 9.7.3.
이제현 李齊賢 6.2.4. 7.2.5. 7.4.4.
　7.5.2. 7.6.5~6. **7.9.3.** 9.2.3.
　9.7.4.
이조년 李兆年 7.8.3.
이존오 李存吾 7.8.3. 7.9.6.
이종린 李鍾麟 10.4.7. 10.7.5. 10.8.6.
　10.10.3~4.
이종명 李鍾鳴 11.18.2.
이종응 李鍾應 10.3.3.
이종인 李鍾仁 10.1.3.
이종일 李鍾一 10.8.6.
이종정 李鍾楨 10.10.2.
이종학 李鍾學 7.9.6.
이종휘 李鍾徽 9.11.3.
이 주 李冑 8.6.1.
이준영 李準榮 10.7.4.
이중열 李中悅 8.9.2.
이중원 10.8.1.
이중전 李中銓 10.3.2.
이지저 李之氏 6.6.3.
이지함 李之菡 8.7.3.
이지항 李志恒 9.11.2.
이진상 李震相 10.4.1.
이신유 李眞儒 9.9.3.
이창식 李昌植 10.4.8.
이철영 李喆榮 10.3.2.
이 첨 李詹 7.5.5.
이춘강 李春岡 10.11.1.
이태식 李台植 10.3.3.

이태일 李泰一 10.3.2.
이태준 李泰俊 11.8.4. 11.10.3.
　11.11.6. **11.14.4.** 11.14.6.
　11.14.7. 11.17.4. 11.19.3.
이필균 10.8.1.
이하윤 異何潤 11.1.5. 11.2.3. 11.9.4.
　11.13.1.
이하응 李昰應 10.2.1.
이학규 李學逵 **9.6.4.** 9.7.3. 9.7.5.
　9.14.3.
이학인 李學仁 11.1.5.
이한직 李漢稷 11.13.4.
이한진 李漢鎭 9.8.1.
이 항 李恒 8.3.4.
이항로 李恒老 10.4.1.
이항복 李恒福 9.3.2.
이해문 李海文 11.13.4.
이해조 李海朝 10.2.2. 10.3.7. 10.6.3.
　10.9.5. **10.10.5.** 11.17.2.
이 행 李荇 8.5.4.
이헌구 李軒求 11.2.4.
이 현 李俔 9.1.5.
이현보 李賢輔 8.4.3. 9.8.1. 9.9.9.
이형상 李衡祥 9.7.4~5. 9.8.1.
　9.11.4~5. 10.4.4.
이 황 李滉 1.4. 6.6.1. 7.8.2. 8.2.1.
　8.3.3. 8.3.5. 8.4.3. 8.6.1.
　8.6.3~4. 9.8.1. 9.9.1. 9.9.5.
　10.4.2.
이효석 李孝石 11.1.5. 11.2.1.
　11.11.6. **11.14.6.** 11.14.7.
이후백 李後白 8.4.2.
이휘일 李徽逸 9.8.2.
이희승 李熙昇 11.10.5.

이희평 李義平 9.11.3. 9.12.2.
이희현 李義玄 9.9.7.
인두표 印斗杓 11.7.5.
인목대비 仁穆大妃 9.11.3. 9.11.7.
인 악 仁岳 9.10.1. → 의첨
인 정 仁貞 5.7.3.
인평대군 麟坪大君 9.1.5.
일 선 一禪 8.9.1. 9.10.1.
일 연 一然 5.2.4. 5.3.3. 5.5.1. 5.5.5.
 7.1.6. **7.4.3**~4. 7.7.1.
일 옥 一玉 9.10.1.
일학산인 一鶴散人 10.10.3.
임경일 林耕一 11.18.1.
임 렴 林廉 9.4.1.
임 린 林麟 11.15.1.
임상덕 林象德 9.11.3.
임선규 林仙圭 11.4.1. 11.7.2.
 11.12.4~5. 11.18.2.
임성구 林聖九 10.11.4. 11.7.1.
임성국 11.14.2.
임성주 任聖周 7.1.5. 9.4.2. 9.6.2.
 9.6.5.
임숙영 任叔英 9.2.4.
임순득 任淳得 11.8.2.
임아상 任雅相 10.1.6.
임억령 林億齡 8.6.4.
임 영 林泳 9.11.6.
임영빈 任英彬 11.4.4. 11.7.3. 11.7.5.
임유후 任有後 9.9.1.
임윤지당 任允摯堂 9.5.1.
임재현 任在鉉 10.11.1.
임 제 林悌 8.4.4. 8.4.5. **8.7.4.**
 11.13.3. 11.15.3.
임창택 林昌澤 9.7.5.

임 춘 林椿 7.1.1. 7.1.3. 7.2.1~2.
 7.5.5.
임학수 林學洙 11.13.4. 11.15.1.
임현극 林玄極 11.9.4.
임 화 林和 11.8.2~3. 11.12.5.
 11.15.2. 11.18.1~2.

자 초 自超 8.8.2.
자하산인 紫霞山人 10.8.5.
장경세 張經世 9.8.1.
장계택 張啓澤 10.8.4.
장도빈 張道斌 11.2.3. 11.17.1.
장만영 張萬榮 11.13.2.
장복겸 張復謙 9.8.1.
장 섭 蔣鑷 9.9.5.
장소석 張素石 11.16.1.
장연우 張延祐 6.2.3.
장용기 張容基 10.11.1.
장 유 張維 9.2.3. 9.4.1~2. 9.12.2.
 11.15.1.
장응진 張膺震 10.10.4.
장이자 長耳子 10.9.5.
장재봉 張在奉 10.11.1.
장정심 張貞心 11.10.5.
장지연 張志淵 9.5.2. 9.12.1. 10.2.6.
 10.4.2. 10.4.8. 10.6.1~2. 10.6.4.
 10.7.3. 10.7.5. 10.9.2. 10.10.7.
장지완 張之琬 9.5.2. 9.6.5.
장진공 張晋公 6.2.3.
장춘도인 長春道人 10.2.6.
장학고 張鶴皐 10.3.4.
장학종 張漢宗 9.12.2.
장한철 張漢喆 9.11.2. 10.4.4.

장혁주 張赫宙 11.11.5.

장 혼 張混 9.5.2. 9.11.5.

장흥효 張興孝 9.5.1.

전녹생 田祿生 7.9.4.

전봉준 全琫準 10.1.3. 10.1.5. 10.7.2.

전수용 全垂鏞 10.5.1~3.

전영택 田榮澤 10.1.5. **11.4.4.**
11.19.1.

전우치 田禹治 8.7.2.

전유덕 田有德 11.4.2.

전의이씨 全義李氏 9.9.7.

전주이씨 全州李氏 9.13.4. 10.10.5.

전창근 全昌根 11.18.3.

정경득 鄭慶得 9.1.3.

정경석 鄭敬晳 11.4.1.

정 관 靜觀 9.10.1. → 일선

정광천 鄭光天 9.1.5.

정 교 鄭喬 10.9.1.

정극영 鄭克永 6.6.2.

정극인 丁克仁 8.3.3~4.

정기화 鄭琦和 9.11.6.

정내교 鄭來僑 9.4.2. 9.4.4. 9.5.2~3.
9.7.2. 9.11.5.

정노풍 鄭蘆風 11.8.2. 11.9.4.

정대현 鄭大鉉 11.11.1.

정도전 鄭道傳 7.2.5. 7.5.5. 7.7.2.
7.8.1. 7.9.6. 8.1.1. **8.1.2.** 8.3.2.
8.4.1. 8.5.1. 8.8.1. 8.9.1.

정독보 鄭獨步 11.1.5.

정동유 鄭東愈 9.11.1.

정두경 鄭斗卿 9.2.4. 9.10.1.

정래기 鄭來驥 10.3.3.

정 렴 鄭碟 8.7.2.

정마부 鄭馬夫 11.4.2.

정만조 鄭萬朝 10.4.3. 10.4.7. 10.4.8.
10.6.1. 11.8.5. 11.16.1.

정몽주 鄭夢周 7.8.3. **7.9.6.** 8.1.2.
8.4.1.

정 방 鄭枋 9.9.5.

정법사 定法師 5.1.4.

정부인장씨 貞夫人張氏 9.5.1.

정비석 鄭飛石 11.14.7.

정사룡 鄭士龍 8.5.4. 8.9.4.

정 서 鄭敍 6.2.1 **6.2.4.**

정 소 貞素 5.7.3.

정수강 丁壽岡 8.9.3.

정수동 鄭壽銅 9.5.2. 9.12.1. 10.2.5.
11.18.1. → 정지윤

정순대비 貞純大妃 9.11.7.

정순철 丁純鐵 11.19.1.

정습명 鄭襲明 6.6.5.

정시한 丁時翰 9.11.4.

정약용 丁若鏞 1.4. 7.3.3. 9.4.1.
9.4.3~4. 9.4.5. 9.6.1. **9.6.4.**
9.7.1. 9.7.3. 9.7.5. 9.11.3~4.
9.11.5. 9.15.3. 10.4.2. 10.6.1.
11.2.4.

정약전 丁若銓 9.10.4.

정약종 丁若鍾 9.10.4.

정언유 鄭彦儒 9.9.3.

정여령 鄭與齡 7.2.1.

정여창 鄭汝昌 8.6.2.

정연규 鄭然圭 11.4.2.

정영방 鄭榮邦 9.1.2.

정우량 鄭羽亮 9.1.5.

정운향 鄭雲鄉 11.1.5.

정원용 鄭元容 9.5.2. 10.4.1.

정원택 鄭元澤 11.17.3.

정이오 鄭以吾 7.5.3. 8.1.4.

정인보 鄭寅普 11.10.5. 11.13.1.

정인섭 鄭寅燮 11.2.4. 11.7.1.
11.10.3. 11.17.3.

정인지 鄭麟趾 8.2.2. 8.9.1.

정인택 鄭人澤 11.14.5.

정 작 鄭碏 8.7.2.

정재홍 鄭在洪 10.8.2.

정제두 鄭齊斗 9.2.5.

정 조 正祖 9.4.1. 9.4.5. 9.12.5.

정지상 鄭知常 6.6.3. 9.6.1.

정지용 鄭芝溶 11.8.4. 11.10.4.
11.13.1. 11.13.2.

정지윤 鄭芝潤 9.5.2. 9.6.5. 9.12.1.
10.4.5.

정 철 鄭澈 **8.3.5.** 8.3.6. 8.4.4~5.
8.6.4. 8.9.2. 9.4.4. 9.7.4. 9.8.3.
9.9.1. 9.9.3.

정청산 鄭靑山 11.19.2.

정 추 鄭樞 7.9.5.

정춘풍 鄭春風 10.2.2.

정치업 丁致業 9.9.5.

정태제 鄭泰齊 9.11.6.

정 포 鄭誧 7.9.4.

정하상 丁夏祥 9.10.4.

정학유 丁學游 9.9.5.

정 현 鄭玹 10.7.4.

정현덕 鄭顯德 10.3.3.

정현석 鄭顯奭 9.7.4.

정호면 鄭鎬冕 10.4.7.

정호승 鄭昊昇 11.13.4.

정호인 鄭好仁 9.1.3.

정 훈 鄭勳 9.7.4. 9.8.2. 9.9.1.

정희득 鄭希得 9.1.3.

정희량 鄭希良 8.7.2. 9.10.3.

제 관 諦觀 6.4.2.

조경남 趙慶男 9.1.2. 9.1.6.

조광조 趙光祖 8.3.3. 8.4.2. 8.5.4.
8.6.2. 8.6.3. 8.7.2. 8.11.3.

조구상 趙龜祥 9.11.5.

조귀명 趙龜命 9.4.4.

조긍섭 曺兢燮 11.16.2.

조대호 趙大鎬 11.7.2.

조두순 趙斗淳 9.5.2. 10.4.1.

조명희 趙明熙 11.1.4. **11.5.5.** 11.7.3.
11.7.5. 11.8.2. 11.11.3.

조벽암 趙碧巖 11.13.4.

조병균 趙秉均 10.3.6.

조성기 趙聖期 9.3.7. 9.13.3.

조성신 趙星臣 9.9.1.

조세림 趙世林 11.15.3.

조수삼 趙秀三 9.5.2. 9.5.5. 9.10.2.
9.11.5. 9.13.1.

조시한 趙時漢 11.18.1.

조 식 曺植 8.4.3. 8.6.3. 8.7.1. 8.9.3.
9.9.5.

조 신 曺伸 8.7.3.

조 엄 趙曮 9.11.2.

조영출 趙靈出 11.13.2.

조용만 趙容萬 11.12.2.

조우각 趙友慤 9.1.5. 9.9.4. 10.3.4.

조우인 曺友仁 9.9.1.

조 운 曺雲 11.10.6.

조운흘 趙云仡 7.2.4. **8.1.4**~5.
9.10.3.

조 위 曺偉 8.2.5. 8.3.5. 8.6.1.

조위한 趙緯韓 9.1.6. 9.3.2.

조윤제 趙潤濟 11.3.3. 11.8.5.

11.10.2. 11.10.4.

조 익 趙翼(翼) 6.3.3.

조 정 趙靖 9.1.2. 9.1.5.

조정철 趙貞喆 9.11.4.

조존성 趙存性 9.8.1.

조종순 趙鍾洵 10.11.1.

조종현 趙宗玄 11.10.5.

조중환 趙重桓 10.10.7. 10.11.4.
  10.11.5. 10.13.3.

조지훈 趙芝薰 11.13.4. 11.15.3.

조춘광 趙春光 11.7.3.

조현범 趙顯範 9.7.5.

조 황 趙榥 9.8.2.

조희룡 趙熙龍 9.5.2. 9.11.5.

조희백 趙熙百 10.3.3.

주낙양 朱洛陽 10.13.4.

주덕기 朱德基 10.2.2.

주도윤 朱燾允 11.13.5.

주세붕 周世鵬 8.3.3. 8.4.3~4.

주시경 周時經 10.1.6. 10.7.2. 10.7.4.
  10.9.2. 11.1.2.

주영섭 朱永涉 11.12.3. 11.18.2.

주요섭 朱耀燮 11.6.4.

주요한 朱耀翰 11.1.4~5. 11.3.2~3.
  11.5.1. 11.5.6. 11.8.1. 11.9.3~4.
  11.10.2~3. 11.10.5.

주의식 朱義植 9.5.3. 9.8.4.

죽산안씨 竹山安氏 8.9.5.

중 관 中觀 9.10.1. → 해안

지눌 知訥 7.3.1~**2.** 7.3.3. 7.4.3.

지산음수 智山吟叟 10.4.7.

지석영 池錫永 10.7.3. 10.8.6.

지창한 池昌翰 10.4.7.

지 형 智瑩 9.10.2.

진덕여왕 眞德女王 5.1.4. 5.4.4.
  5.7.4.

진동명 11.12.6.

진 묵 震默 9.10.1. → 일옥

진 옥 眞玉 9.8.3.

진우촌 秦雨村 11.7.5. 11.18.3.

진종혁 秦宗赫 11.7.5.

진주하씨 晋州河氏 9.11.7.

진채선 陳彩仙 10.2.1~2.

진학문 秦學文 10.10.4.

진 화 陳澕 7.1.4. 7.8.2.

차상찬 車相瓚 10.1.3. 11.18.1.

차좌일 車佐一 9.5.2.

차천로 車天輅 8.4.5. 9.2.3. 9.9.1.

채기중 蔡基中 10.4.6.

채득기 蔡得沂 9.1.5.

채만식 蔡萬植 11.1.1. 11.1.4~5.
  11.12.2. 11.14.2. **11.14.3.**
  11.14.5. 11.18.1.

채무이 蔡無易 8.9.5.

채 수 蔡壽 8.10.3.

채제공 蔡濟恭 9.5.5. 9.7.5. 9.10.1.
  9.11.5. 9.11.7.

채충순 蔡忠順 6.2.3.

채팽윤 蔡彭胤 9.5.2.

채홍철 蔡洪哲 7.9.1.

처 능 處能 9.10.1.

천 금 千錦 9.8.3.

천뢰자 天籟子 10.8.5.

천수경 千壽慶 9.5.2. 9.11.5.

천 우 天友 11.17.3.

천 인 天因 7.3.3.

천 책 天賾 7.3.3.

천청송 千靑松 11.15.5.

철각생 鐵脚生 10.14.2.

청엽훈 靑葉薰 11.12.5.

청천자 聽泉子 10.10.3.

초계정씨 草溪鄭氏 9.11.5.

초 의 草衣 9.10.1.

최경창 崔慶昌 8.4.5. 8.7.4.

최경흠 崔景欽 9.5.2.

최곤술 崔坤述 11.16.2.

최광옥 崔光玉 10.7.4.

최광유 崔匡裕 5.8.5.

최기남 崔奇男 9.5.2.

최남선 崔南善 9.5.2. 10.6.4. 10.7.5.
10.8.5. 10.10.7. **10.12.1.** 10.12.4.
10.13.3~4. 11.1.3. 11.2.4. 11.3.3.
11.10.1~3. **11.10.4.** 11.11.1.
11.16.2. 11.17.3~4. 11.19.2.

최독견 崔獨鵑 11.11.5~6. 11.12.4.
11.12.5.

최돈성 10.8.1.

최두선 崔斗善 10.6.4.

최 립 崔笠 9.2.3.

최명길 崔鳴吉 9.1.4.

최명익 崔明翊 11.14.5.

최병헌 崔炳憲 10.8.1. 10.9.3.

최 부 崔溥 8.9.2.

최서해 崔曙海 **11.6.4.** 11.10.4.
11.11.3. 11.11.5. 11.14.2.

최선달 崔先達 9.5.4.

최성대 崔成大 9.2.6. 9.7.3.

최성환 崔瑆煥 9.5.2.

최세진 崔世珍 8.2.5.

최송설당 崔松雪堂 10.3.5.

최수성 崔壽城 8.6.2.

최승구 崔承九 10.12.3.

최승로 崔承老 6.1.2. **6.3.3.**

최승만 崔承萬 11.1.5. 11.2.2. 11.7.2.

최승우 崔承祐 5.7.4. **5.8.5.** 9.10.3.

최 약 崔瀹 6.6.3.

최양업 崔良業 9.10.4. 10.3.2.

최언위 崔彦撝 **5.8.5.** 6.3.1.

최 영 崔瑩 7.8.3.

최영년 崔永年 10.4.8. 10.10.2.
10.10.6.

최영택 崔永澤 10.12.4.

최영표 崔永彪 10.9.5.

최영한 崔榮翰 11.9.3.

최원식 崔瑗植 10.2.6.

최유선 崔惟善 6.3.4.

최유청 崔惟淸 6.6.5.

최 응 崔凝 6.3.1. 6.5.3.

최익현 崔益鉉 10.4.6~7. 10.5.1.
10.5.3.

최인욱 崔仁旭 11.14.6.

최인화 崔仁化 11.18.1. 11.19.1.

최 자 崔滋 6.6.2. 7.1.4. 7.1.6. **7.2.3.**
7.3.3. 7.4.2. 7.4.4. 7.7.1. 8.4.5.

최재서 崔載瑞 11.2.3. 11.8.4.

최재학 崔在學 10.7.5. 11.17.4.

최정희 崔貞熙 11.14.1. 11.14.5.

최제우 崔濟愚 1.4. 10.1.1. 10.1.2.
10.1.4. 10.1.5. 11.17.1.

최제학 崔濟學 10.5.2.

최찬식 崔瓚植 10.8.4. 10.10.6.
11.4.1.

최 충 崔冲 6.3.4.

최취허 崔就虛 10.3.2.

최치원 崔致遠 1.4. 3.4. 5.4.1. 5.4.3.
  5.5.5. 5.6.4. 5.7.4. 5.8.3~4.
  5.8.5. 6.3.1. 6.5.5. 7.9.3. 8.1.5.
최한기 崔漢綺 9.4.2. 9.6.5. 10.4.1.
  10.4.3.
최한복 崔漢福 10.11.1.
최 항 崔恒 8.2.2. 8.3.2.
최 해 崔瀣 **7.2.4**~5. 7.5.2~5. 7.9.3.
  8.1.5.
최행귀 崔行歸 5.2.4. 6.2.3.
최 현 崔睍 8.9.3. 9.1.5.
최현배 崔鉉培 11.1.2. 11.10.5.
추 붕 秋鵬 9.10.1.
추 호 秋湖 10.8.2.
춘몽자 春夢子 10.2.4.
춘산노인 春山老人 10.1.5. 10.1.7.
충담사 忠談師 5.2.4. **5.3.3.**
충 지 沖止 7.1.6. **7.3.4.** 7.8.4.
충혜왕 忠惠王 7.6.6.
취 미 翠微 9.10.1.
침 굉 枕肱 9.10.2.

탄빙생 呑氷生 10.4.7.
탄 연 坦然 6.4.4.
태 능 太能 9.10.1.
태 조(고려) 2.2. 6.1.3. 6.2.3. 6.3.1.
  6.3.3.
태 현 太賢 5.4.3~4.

편 양 鞭羊 9.10.1.
표연말 表沿沫 8.6.1.
표 훈 表訓 5.3.3. 5.4.3~4.

하서생 何書生 10.14.2.
하위지 河緯地 8.5.2.
하한담 河漢譚 9.5.4.
학 명 鶴鳴 10.3.2.
학보생 鶴步生 10.18.1.
한광세 韓光世 11.17.4.
한만용 韓晚容 10.4.8.
한산거사 漢山居士 9.9.6.
한석지 韓錫地 9.9.5.
한설야 韓雪野 11.1.4. 11.8.2.
  11.14.2. 11.14.4.
한승곤 韓承坤 10.7.5.
한용운 韓龍雲 **10.12.5.** 10.13.4.
  11.1.1. 11.1.3~4. 11.2.3.
  11.3.2~3. 11.4.5. **11.5.4.** 11.10.5.
  11.13.1. 11.17.3.
한유한 11.5.6. 11.12.6.
한인택 韓仁澤 11.11.6. 11.14.5.
한적선 韓笛仙 11.15.1.
한정동 韓晶東 11.19.2.
한진호 韓鎭戶 9.11.4.
한휴휴 韓休休 9.10.3.
한흥교 韓興敎 10.7.3.
함대훈 咸大勳 11.1.5. 11.11.5.
  11.12.5.
함석헌 咸錫憲 11.17.4.
함세덕 咸世德 11.12.1. 11.12.5.
함일돈 咸逸敦 11.10.3.
함형수 咸亨洙 11.13.3. 11.15.5.
해 안 海眼 9.10.1.
해양어부 11.18.1.
해 일 海日 11.5.6.
허 강 許橿 8.3.4. 8.4.2.

허 균 許筠 1.5. 8.5.3~4. 8.6.1~2.
8.7.2~3. 8.7.5. 8.10.3. 9.1.5.
9.2.2. 9.3.2~3. 9.4.1~5. 9.5.5.
9.7.1. 9.10.4.
허금파 許錦波 10.2.2.
허난설헌 許蘭雪軒 8.7.5.
허 목 許穆 9.2.5. 9.4.1.
허문일 許文日 11.9.4.
허 보 許保 11.13.1.
허 봉 許篈 8.9.2.
허삼봉 許三峰 11.9.4.
허 성 許筬 8.7.3.
허수만 許水萬 11.9.4.
허 엽 許曄 8.7.5. 9.4.2.
허 자 許磁 8.4.2.
허 전 許傳 10.4.1.
허초희 許楚姬 8.3.6. 8.7.5. 9.9.7.
10.6.5.
허 훈 許薰 10.4.1.
혁련정 赫連挺 6.2.2.
현경준 玄卿俊 11.17.3.
현 덕 玄德 11.14.4.
현 변 懸辯 9.10.2.
현상윤 玄相允 10.6.4. 10.10.4.
10.12.3. 10.13.1~4. 10.14.3.
현석문 玄錫文 9.10.4.
현 종 顯宗(고려) 6.1.3. 6.2.3. **6.3.4.**
6.4.1.
현진건 玄鎭健 1.4. 11.1.3. 11.1.5.
11.6.2~4. 11.8.1. 11.9.2. 11.11.2.
11.14.3. 11.14.5. 11.17.3.
현 채 玄采 10.7.2. 10.9.2.
현 철 玄哲 11.7.4. 11.8.1.
혜경궁홍씨 惠慶宮洪氏 9.11.3.

9.11.7.
혜 근 惠勤 **7.3.5.** 7.8.4. 8.3.3. 9.9.5.
9.10.2.
혜 소 惠素 6.4.4.
혜 심 慧諶 7.3.1~**2.** 7.4.3. 7.5.5.
혜 인 惠仁 5.4.1.
혜 초 慧超 5.4.5.
홍계영 洪啓榮 9.9.2.
홍난파 洪蘭坡 11.4.2. 11.7.3.
11.17.4. 11.18.3.
홍대용 洪大容 9.4.1~2. 9.4.4. **9.6.2.**
9.6.5. 9.7.1. 9.11.2. 9.12.4.
홍 랑 洪娘 8.4.5.
홍만종 洪萬宗 7.2.2. 7.5.1. 8.7.2.
9.2.5. 9.4.1~2. 9.4.4~5. 9.5.3.
9.7.3. 9.9.4~5. 9.10.3. 9.12.2.
홍명희 洪命熹 11.1.3. 11.1.5.
11.10.4. 11.11.2. 11.17.4.
11.18.1.
홍사용 洪思容 11.1.5. 11.3.2. 11.4.5.
11.5.2. 11.7.1. 11.7.4. 11.9.3.
11.9.4. 11.10.1.
홍석주 洪奭周 9.2.6.
홍 섭 11.1.5.
홍세태 洪世泰 9.1.6. 9.4.2. 9.5.2.
홍순학 洪淳學 10.3.3.
홍신유 洪愼猷 9.5.2. 9.15.4.
홍양호 洪良浩 9.4.2. 9.5.2. 9.7.3~4.
홍 언 洪焉 10.14.3~4. 11.10.5.
홍여하 洪汝河 9.11.3.
홍유손 洪裕孫 8.7.2.
홍유한당 洪幽閑堂 9.5.1.
홍직필 洪直弼 9.10.1.
홍촌나생 洪村羅生 10.7.3. 10.9.3.

홍필주 洪弼周 10.4.8.

홍해성 洪海星 11.7.1. 11.7.3.
　11.12.1.

홍효민 洪曉民 11.8.3.

홍희복 洪羲福 9.4.5. 9.5.5. 9.13.4.
　10.6.3.

홍희춘 洪熙春 10.4.7.

화장산인 花藏山人 11.2.4.

황경원 黃景源 9.11.5.

황석우 黃錫禹 10.12.4. 11.1.5.
　11.2.2~3. **11.5.1.** 11.8.1.

황순원 黃順元 11.14.7. 11.15.3.

황 신 黃愼 9.1.3.

황유첨 黃有詹 9.11.3.

황윤석 黃胤錫 9.8.1.

황윤중 黃允中 9.11.6.

황일호 黃一浩 9.8.1.

황 전 黃㙉 9.9.3.

황정욱 黃廷彧 8.5.4.

황중윤 黃中允 9.1.6. 9.11.6.

황진이 黃眞伊 8.4.4~5. 8.7.4~5.
　9.5.1.

황해청 黃海淸 10.2.2.

황 현 黃玹 10.4.3. 10.4.5. 10.6.1.
　10.9.1.

황 희 黃喜 8.4.1.

효 종 孝宗 9.1.4~5. 9.7.4. 9.11.5.
　9.11.7.

휴 정 休靜 8.3.4. **8.8.4.** 9.9.5.
　9.10.1. 9.10.2.

흥덕왕 興德王 5.8.3.

희 명 希明 5.3.4.

*

나2. 작품 · 문헌색인

가곡 개량의 의견 歌曲改良— 10.2.4.

가곡보감 歌曲寶鑑 11.18.3.

가곡선 歌曲選 11.10.1.

가곡원류 歌曲源流 8.4.5. 9.5.3.
 9.8.4. **10.3.1**

가독구신문 可讀舊新聞 10.2.6.

가돈상경 家豚上京 11.12.2.

가두로 울며 헤매는 자여 街頭—
 11.15.3.

가두의 선언 街頭— 11.15.3.

가락국기 駕洛國記 3.4. 6.5.2. **6.5.4.**

가람시조집 嘉藍時調集 11.1.5.
 11.10.4.

가랑가 嘉郎歌 9.7.5.

가려거든 가거라 11.15.2.

가련홍 可憐紅 10.10.4.

가루지기타령 9.14.5. 10.2.2.

가무 茄舞 5.2.3.

가보세〔甲午歲〕11.12.2.

가사장 假社長 11.12.3.

가산오광대駕山五廣大 9.15.5.

가상 街相 11.5.5.

가성덕 歌聖德 8.3.3.

가수재전 賈秀才傳 9.12.5.

가시리 7.6.1. **7.6.5.** 11.5.4.

가신 어머니 11.10.5.

가실(이광수) 11.4.3.

가역비장 歌亦悲壯 10.8.3.

가을의 노래 11.2.3.

가인미담집 佳人美談集 11.18.1.

가자송실솔전 歌者宋蟋蟀傳 9.11.5.

가장 비통한 기욕 — 祈慾 11.5.5.

가정잡지 10.7.3.

가주사애화해당화 賈珠謝哀話海棠花
 10.10.7.

가추샤 이별곡 11.18.3.

가짜신선타령 9.14.5.

가톨릭청년 11.13.2.

카프시인집 11.13.1. **11.15.2.**

각간실기 角干實記 10.10.3.

각로선생전 却老先生傳 9.11.6.

각성력 覺醒力 10.8.5.

각시풀 11.9.4.

간도행 間島行 11.12.2.

간양록 看羊錄 **9.1.3.** 9.11.3.

간폐석교소 諫廢釋敎疏 9.10.1.

간화결의론看話決疑論 7.3.2.

갈등 葛藤 11.6.4.

갈망 渴望 11.15.3.

갈잎피리 11.19.2.

감군은 感君恩 8.3.2.

감독의 아내 11.12.2.

감사론 監司論 9.6.4.

감산사미륵조상기 甘山寺彌勒造像記
5.8.2.

감산사미타조상기 甘山寺彌陀造像記
5.8.2.

감의록 感義錄 9.4.5. 9.13.3.

감자 11.4.4.

감자와 쪽제비와 여교원 11.12.1.

갈처사십보가 葛處士十步歌 10.2.2.

감춘사 感春詞 11.10.5.

감탄 感歎 10.4.6.

감회 感懷 9.8.2.

감흥 感興(장유) 9.2.3.

감흥 感興(정도전) 8.1.2.

갑민가 甲民歌 9.9.6.

갑신일록 甲申日錄 10.4.2.

강감찬전 姜邯贊傳 10.9.1. 11.17.2.

강남녀 江南女 5.8.4.

강남악부 江南樂府 9.7.5.

강도기담 講道奇談 11.18.1.

강도몽유록 江都夢遊錄 9.1.6. 9.11.6.

강도일기 江都日記 9.1.4.

강로전 姜虜傳 9.1.6.

강릉관노희 江陵官奴戲 9.15.4.

강릉추월 江陵秋月 9.3.6. 9.13.1.
10.10.2.

강명화실기 康明花實記 11.4.1.
11.17.2.

강상련 江上蓮 10.2.2. 10.10.2.

강상여자가 江上女子歌 9.7.5.

강양죽지사 江陽竹枝詞 10.4.2.

강원각경발사 講圓覺經發辭 6.4.3.

강원도금강산 조리장수 9.14.3.

강유실기 姜維實記 9.3.6.

강촌별곡 江村別曲 9.9.1.

강호구가 江湖九歌 9.8.1.

강호사시가 江湖四時歌 8.4.1.

강호연군가 江湖戀君歌 9.8.1.

강화양란 江華洋亂 10.5.3.

개교가 開校歌 10.8.2.

개국기원절경축가 開國紀元節慶祝歌
10.8.2.

개몽편 開夢篇 9.9.5.

개벽 開闢 11.1.3~5. 11.2.2~3.
11.4.3. 11.4.5. 11.5.5. 11.6.1~4.
11.7.3~5. 11.8.1~2. 11.9.2.
11.11.3. 11.14.1~3. 11.16.1~2.
11.17.1~3.

개설신문학사 11.8.3.

개성과 예술 11.2.2. 11.6.3.

개성이 눈뜬 뒤 11.7.3.

개소문 蓋蘇文 11.17.1.

개수작 11.10.6.

개암정가 皆巖亭歌 9.9.1.

개암집 介菴集 8.4.3.

개언로 開言路 8.3.2.

개원천보영사시 開元天寶詠史詩 7.4.4.

개척자 開拓者 10.13.3. 11.4.3.

개척자(영화) 11.18.2.

개혁 11.7.5.

거러지 11.5.5.

거룩한 죽음 11.4.3.

거리 距離 11.13.4. 11.14.6.

거리굿 9.15.2.

거리에 나리는 비 10.12.4.

거부오해 車夫誤解 10.10.4.

거사가 擧事歌 10.5.3.

거사련 居士戀 7.6.6.

54

거산 居山 7.3.5.

거울 11.13.2.

거중기몽 車中記夢 9.5.2.

거창가 居昌歌 9.9.6.

거창산중 居昌山中 8.6.2.

거화 炬火 11.5.3.

건설과 문학 11.8.4.

건차록 巾車錄 9.1.3.

걸리버유람기 10.10.7.

걸작소화집 11.18.1.

걸죄표 乞罪表 5.1.3.

걸환압강동안위계장
  乞還鴨江東岸爲界狀 6.3.4.

검결 劍訣 10.1.2.

검사국대합실 檢事局待合室 11.6.3.

검사와 여선생 11.2.4.

검은 밤 11.13.1.

게우사 9.14.5.

겨울의 황혼 10.12.4.

격가 檄歌 10.5.4.

격고문 檄告文 10.5.4.

격고팔도열읍 檄告八道列邑 10.5.1.

격조시론소고 格調詩論小考 11.9.3.

격중가 檄衆歌 10.5.4.

격중견월 隔中見月 9.1.5.

격해군반당문 檄該郡反黨文 10.5.1.
  10.5.2.

격황소서 檄黃巢書 5.8.4.

견 犬 11.7.4.

견우 牽牛 11.13.4. 11.15.1.

견우화 牽牛花 11.6.3.

결고국강산 訣故國江山 10.5.3.

결방연이팔낭자 結芳緣二八娘子
  9.12.3.

겸곡문고 謙谷文稿 10.9.1.

경계가 10.3.5.

경국대전 經國大典 8.5.2.

경남일보 慶南日報 10.10.4.

경도잡지 京都雜誌 8.11.4. **9.6.3.**
  9.7.5. 10.2.1.

경몽가 警蒙歌 9.9.5.

경민편언해 警民篇諺解 8.2.5.

경복궁가 景福宮歌 10.2.1.

경복궁창건가 景福宮刱建歌 10.2.1.

경복궁영건가 景福宮營建歌 10.2.1.

경복궁타령 景福宮打令 10.2.1.
  10.2.3. 10.3.7.

경복궁타령(김동환) 11.9.4.

경부철도노래 10.12.1.

경성가 10.8.2.

경성백인백색 10.10.1.

경세가 警世歌 10.3.7.

경세가 警世歌(김주희) 10.1.7.

경세가 警世歌(이가환) 9.10.4.

경세종 10.9.4.

경숙의 마지막 11.12.6.

경연일기 經筵日記 8.9.2.

경영 經營 11.14.5.

경장묘 竟長畝 8.5.3.

경제문감 經濟文鑑 8.1.2.

경주반월성 慶州半月城 11.17.3.

경축가 慶祝歌 10.1.4.

경춘맥 耕春麥 10.8.5.

경포대 鏡浦臺 11.4.1.

경학원잡지 經學院雜誌 10.4.7.

경향신문 京鄉新聞 10.2.6. 10.3.2.
  10.8.4. 10.10.4.

경향잡지 京鄉雜誌 10.3.2.

경허집 鏡虛集 10.3.2.

계곡만필 鷄谷漫筆 9.2.3. 9.4.1~2.

계급문학시비론 11.8.2.

계급예술론의 신전개 11.8.2.

계녀서 戒女書 9.9.7. 9.11.7.

계림잡전 鷄林雜傳 5.8.2.

계림팔관 鷄林八觀 8.6.1.

계명 啓明 11.10.5. 11.18.1.

계백료서 誠百僚書 6.3.1.

계서야담 溪西野談 **9.12.2**~3.

계서잡록 溪西雜錄 9.12.2.

계심잠 戒心箴 8.6.2.

계압만록 鷄鴨漫錄 9.12.2.

계우 啓宇 8.3.2.

계원필경집 桂苑筆耕集 5.8.4.

계자사 戒子詞 9.9.5.

계축일기 癸丑日記 9.11.3.

계해반정가 癸亥反正歌 9.8.2.

계해반정록 癸亥反正錄 9.11.3.

계해정사록 癸亥靖社錄 9.11.3.

계후학 戒後學 8.7.3.

고객음병 孤客吟病 10.14.2.

고공가 雇工歌 9.9.1.

고공답주인가 雇工答主人歌 9.9.1.

고국을 떠나 망명하여 오는 학생의
  고국을 생각하는 노래 10.14.2.

고금가곡 古今歌曲 9.8.2.

고금록 古今錄 6.3.4. 6.5.2.

고금영물근체 古今詠物近體 9.5.2.

고금잡가 古今雜歌 10.3.7.

고금창가제씨 古今唱歌諸氏 9.5.3.

고기 古記 6.5.6.

고 나운규씨의 생애와 예술 11.18.2.

고난을 뚫고 11.14.2.

고난의 노래 11.5.6.

고려강시중전 10.10.2.

고려사 高麗史 3.5. 6.1.2~3. 6.2.2.
  6.2.4. 6.3.3~5. 6.5.1~3.
  6.6.1~3. 6.6.5~6. 7.4.4.
  7.5.3~4. 7.7.1~3. 7.9.3. 8.2.2.
  8.5.2. 8.9.1. 8.9.3~4. 8.11.2.
  9.11.3. 11.11.2.

고려사 악지 高麗史樂志 5.2.1~2.
  6.1.2. 6.2.3. 7.6.1~3. 7.6.5~6.
  7.8.2. 7.9.1.

고려사절요 高麗史節要 8.9.1.

고루가 枯髏歌 7.3.5. **7.8.4**.

고림가 苦霖歌 11.10.1.

고목화 枯木花 10.10.4~**5**.

고문비략 顧問備略 9.5.2.

고민 苦憫 11.11.6.

고발의 정신과 작가 11.8.3.

고병정가사 告兵丁歌辭 10.5.4.

고본수이전 古本殊異傳 **5.5.5**. 6.5.5.

고산구곡가 高山九曲歌 **8.4.3**. 8.6.3.
  10.8.3.

고산별곡 孤山別曲 9.8.1.

고상사곡 10.3.7.

고상사별곡 10.3.7.

고성오광대 固城五廣大 8.11.4.

고성즉사 固城卽事 9.2.1.

고승전 高僧傳 5.5.2. 5.8.2.

고시경군여병영이교시민
  告示京軍與兵營而敎示民 10.7.2.

고시위장원경처심씨작
  古詩爲張遠卿妻沈氏作 9.7.5.

고시이십칠수 古詩二十七首 9.6.4.

고양이 11.13.3.

고염곡 古艶曲 9.7.3.

고인동산군 古引洞散軍 10.5.3.

고인정기 故人亭記 8.6.1.

고잡곡 古雜曲 9.7.3.

고주몽 11.19.3.

고청유고 孤靑遺稿 8.7.3.

고초당초 맵다한들 11.9.4.

고풍의상 古風衣裳 11.13.4.

고학생 10.13.4.

고향 故鄕(박승희) 11.7.4.

고향 故鄕(이기영) 11.11.3.

고향 故鄕(조세림) 11.15.3.

고향 故鄕(현진건) **11.6.2.** 11.9.2.

고향 생각 11.5.1.

고향의 봄 11.18.3.

고환당수초 古歡堂收草 10.4.3.

곡상 穀象 11.14.5.

곡시사 哭時事 9.1.5.

곡자 哭子 8.7.5.

곤언 困言 11.16.2.

골동품 骨董品 11.15.3.

골목 안 11.14.4.

곰 10.12.2.

곰보타령 9.9.9.

곱창칼 11.7.5.

공립신보 共立新報 10.2.4. 10.8.2.
　10.14.2.

공무도하가 公無渡河歌 4.3.

공방전 孔方傳 7.1.3. **7.5.5.**

공상가 ABC 11.18.1.

공상문학 空想文學 11.4.2. 11.7.3.

공신연곡 功臣宴曲 8.3.2.

공심판가 公審判歌 9.10.4.

공우회 工友會 11.14.2.

공장신문 工場新聞 11.14.2.

공진회 共進會 10.10.6.

공초오상순시선 空超吳相淳詩選
　11.5.2.

공후인 箜篌引 4.3.

과거거리 9.15.2.

과거급과문 科擧及科文 11.8.5.

과부청산가 9.9.7.

과송강묘유감 過松江墓有感

과정록 過庭錄 9.6.2. 9.12.2.

과철주 過鐵州 7.1.6.

과학 11.17.4.

관군점 觀軍點 10.4.4.

관극절구 觀劇絶句 9.2.6. 9.5.4.

관극팔령 觀劇八令 10.4.1.

관내정사 關內程史 9.12.4.

관동별곡 關東別曲(안축) **7.8.2.** 7.9.3.
　8.3.3~4.

관동별곡 關東別曲(정철) **8.3.5.** 8.4.5.
　8.9.2. 9.4.4. 9.7.4. 9.9.1. 9.9.3.
　9.11.4.

관동사유감효악부체오장
　觀東史有感效樂府體五章 9.6.1.

관동와주 關東瓦注 7.8.2. **7.9.3.**

관동창의록 關東倡義錄 10.5.4.

관동창의소포유문 關東倡義所布喩文
　10.5.1.

관란사루 觀瀾寺樓 6.6.4.

관례거리 9.15.2.

관물재잠 觀物齋箴 7.9.5.

관산융마 關山戎馬 9.2.6.

관서명물김봉이 關西名物金鳳伊
　11.18.1.

관서별곡 關西別曲 **8.3.4~5.** 8.9.2.

관서악부 關西樂府 9.2.6. **9.7.5.**

관서평란록 關西平亂錄 9.12.1.

관시 觀市 9.6.4.

관어 觀魚 7.9.6.

관어대부 觀魚臺賦 7.9.5. 8.6.1.

관우희 觀優戱 9.5.4. 9.14.4~5.

관자허전 管子虛傳 9.11.6.

관정제호록 灌頂醍醐錄 10.10.4.

광개토왕릉비 廣開土王陵碑 1.4. 3.3.
 5.1.2.

광대가 廣大歌 10.2.2.

광문자전 廣文者傳 9.5.2. 9.12.4.
 9.15.4.

광변 狂辯 7.2.2.

광복군가 11.5.6.

광복군늴리리야 11.9.2.

광복군석탄가 11.5.6. 11.9.2.

광복군아리랑 11.5.6. 11.9.2.

광분 狂奔 11.6.3.

광쇠 光釗 10.4.1.

광수공덕가 廣修功德歌 6.2.2.

광야 曠野(이육사) 11.3.3. **11.15.4.**

광야 曠野(주영섭) 11.18.2.

광야 曠野(현상윤) 10.13.1.

광염소나타 狂炎— 11.4.4.

광주사상표 廣州謝上表 6.6.3.

광주적 廣州鏑 10.4.3.

광풍 狂風 11.12.1.

광한루악부 廣寒樓樂府 9.7.4.

광해군일기 光海君日記 9.11.3.

광화사 狂畵師 11.18.1.

괘씸한 서양되놈 10.2.2.

괴뢰세계 傀儡世界 **10.8.3.** 10.11.1.

교문 밖에서 11.19.2.

교방가요 敎坊歌謠 9.7.4.

교수잡사 攪睡襍史 9.12.2.

교주별곡 9.9.2.

교훈가 敎訓歌 **10.1.2.** 10.1.4.

구가정의 끝날 11.7.5.

구곡춘경 九曲春境 10.8.3.

구—구구구 11.19.2.

구구음 九九吟 10.1.4.

구나행 驅儺行 7.6.2. 7.7.3. 7.9.5.

구력세제봉우술회 舊歷歲除逢友述懷
 10.4.7.

구루마꾼 11.5.5.

구리 십자가 11.7.2.

구마검 驅魔劍 10.10.5.

구미호 九尾狐 11.4.1.

구봉집 龜峰集 8.7.3.

구부러진 평행선 11.14.5.

구삼국사 舊三國史 6.5.6. **7.4.1.**

구시마문…… 驅詩魔文…… 7.2.2.

구역인왕경 舊譯仁王經 8.2.5.

구운기 九雲記 9.13.3.

구운몽 九雲夢 1.5. 9.3.1. **9.3.7.**
 9.4.5. 9.5.5. 9.13.3. 10.6.3.
 10.10.1.

구월산별곡 九月山別曲 8.3.3.

구의산 九疑山 10.10.5.

구작삼편 舊作三篇 10.12.1.

구정록 求正錄 9.2.3.

구주동란 歐洲動亂 10.8.2.

구지가 龜旨歌 3.5. **4.3.** 5.3.1.

구천 九天 7.6.2.

구토지설 龜兎之說 9.3.5. 5.5.4.

국가 國歌 10.8.2.

국강상광개토경평안호태왕릉비

58

國岡上廣開土境平安好太王陵碑
5.1.2.
국경 國境(윤백남) 10.11.5. 11.7.2.
국경 國境(김도산) 11.18.2.
국경을 넘어서서 11.17.3.
국경의 밤 國境— **11.5.3.** 11.15.1.
국경의 주막 11.12.2.
국문과 한문의 과도시대 10.7.3.
국문과 한문의 관계 10.7.3.
국문관계론 國文關係論 10.6.2.
국문론 10.7.3.
국문보감 國文寶鑑 10.7.5.
국문일정법의견서 國文一定法意見書
10.7.3.
국문정리 10.3.7. **10.7.3.**
국문편리급한문폐해의 설
國文便利及漢文弊害— 10.7.3.
국문풀림가 10.8.4.
국문풍월삼수 國文風月三首 10.8.6.
국민가 10.14.2.
국민문학 國民文學 11.12.1. 11.14.2.
11.14.4. 11.14.6.
국민소학독본 國民小學讀本 **10.7.2.**
10.9.1.
국민연극의 현단계 11.12.5.
국민회는 재묵한인에 그만 —
在墨韓人— 10.14.2.
국선생전 麴先生傳 7.5.5.
국순전 麴醇傳 7.1.3. **7.5.5.**
국어문법 10.7.4. 11.1.2.
국어문전음학 國語文典音學 10.7.4.
국어철자첩경 國語綴字捷徑 10.7.5.
국제연맹 11.13.4.
국조시산 國朝詩刪 8.5.3~4. 8.6.2.

8.7.2~3. 9.2.2. 9.2.4. 9.4.1.
국조오례의 國朝五禮儀 8.1.5.
8.5.2~3.
국풍사수 國風四首 10.8.5.
국학예의규식 國學禮儀規式 6.6.2.
국한회어 國漢會語 10.7.4.
군막우음 軍幕偶吟 6.6.4.
군말 11.5.4.
군사연습시에 살인 내력 10.10.4.
군상 群像 11.4.3.
군웅본풀이 5.5.3.
군중정류 群衆停留 11.11.3.
궁수분 窮獸奔 8.3.2.
권고대한인사 勸告大韓人士 10.9.2.
권국진가 權國珍歌 9.2.6.
권념요록 勸念要錄 8.8.3.
권농가 勸農歌 9.9.5.
권도가 勸道歌 10.1.4.
권리사상론 權利思想論 10.7.5.
권선곡 勸善曲 9.10.2.
권선지로가 勸善指路歌 9.9.5.
권수정혜결사문 勸修定慧結社文 7.3.2.
권왕가 勸往歌 10.3.2.
권주가 勸酒歌 9.9.9.
권학가 勸學歌 10.8.2.
권학가(최제우) 10.1.2.
귈리가 闕里歌 9.9.5.
귀국 貴國 11.15.5.
귀국가 10.14.2.
귀산곡 歸山曲 9.10.2.
귀신론 鬼神論 8.6.1.
귀신사생론 鬼神死生論 8.6.3.
귀의성 鬼—聲 10.10.2. 10.10.4.
10.10.5.

귀일가 歸一歌 10.3.2.

귀향 歸鄕 11.4.5.

귀호곡 歸乎曲 7.6.5.

규방문학 閨房文學 10.6.5.

규방필독 閨房必讀 10.3.6.

규수상사곡 9.9.8.

규원가 閨怨歌 **8.3.6.** 8.7.5. 9.9.7.

규원사화 揆園史話 **9.10.3.** 10.1.6.

규중칠우쟁론기 閨中七友爭論記
9.11.6.

규한 閨恨 10.11.5.

규한록 閨恨錄 9.11.7.

균여전 均如傳 5.2.4~5. 6.2.2. 6.4.2.
6.5.3.

그것은 모두 꿈이었지마는 11.5.2.

그날이 오면 11.15.4.

그리운 강남 11.18.3.

그리움 11.13.3.

그 먼 나라를 아십니까 11.13.1.

그 사람들 11.7.5.

그 여자의 눈물 10.10.7. 11.4.1.
11.11.5.

그 여자의 운명 11.11.6.

그의 가정 풍경 11.12.2.

그의 손 10.12.1.

그의 얼굴 11.6.2.

그 후의 대학생 11.7.5.

극계개량론 劇界改良論 10.6.3.

극계로 본 우리의 민족운동 劇界—
11.7.4.

극기 克己 10.4.1.

극웅행 極熊行 10.12.2.

〈근고팔도사민서〉(謹告八道士民書)
10.4.6.

근금국문소설 저자의 주의 近金—注意
10.6.3.

근대소설고 11.8.1.

근대소설의 승리 11.8.1.

근재집 謹齋集 7.8.2. 7.9.3.

근화악부 槿花樂府 9.8.4.

금강 金剛 11.10.6.

금강경 金剛經 9.3.7.

금강곡 金剛曲 9.9.2.

금강경언해 金剛經諺解 8.2.5.

금강록 9.3.6.

금강문 金剛門 10.10.6.

금강별곡 金剛別曲(박순우) 9.9.3.

금강별곡 金剛別曲(이상수) 9.9.3.

금강산 金剛山 8.1.2.

금강산가 金剛山歌 9.9.3.

금강산대도회 金剛山大圖繪 11.16.2.

금강산완경록 金剛山玩景錄 9.9.3.

금강산유기 金剛山遊記 11.17.3.

금강산유록 9.9.3.

금강산유산록 金剛山遊山錄 9.9.3.

금강산유산일기 金剛山遊山日記
9.11.4.

금강삼매경론 金剛三昧經論 5.4.1.
5.4.2. 5.4.4.

금강성 金剛城 6.1.2.

금강영언록 金剛永言錄 9.8.2.

금강예찬 金剛禮讚 11.17.3.

금강중용도가 金剛中庸圖歌 9.8.2.
9.9.3.

금강취류 10.10.2.

금계일기 錦溪日記 9.1.3.

금계필담 錦溪筆談 9.12.2.

금고기관 今古奇觀 9.3.6. 10.10.7.

60

금골산록 金骨山錄 8.6.1.

금공작의애상 金孔雀—哀想 11.13.5.

금관죽지사 金官竹枝詞 9.6.4. 9.7.5.

금남표해록 金南漂海錄 8.9.2.

금낭비결 金囊秘訣 9.10.3.

금당별곡 金塘別曲 9.9.3.

금 따는 콩밭 11.14.2.

금령전 金鈴傳 9.13.2.

금루사 金縷辭 9.9.2.

금릉별곡 金陵別曲 9.9.6.

금릉죽지사 金陵竹枝詞 9.7.5.

금마별가 金馬別歌 9.7.5.

금방울전 9.13.2.

금보가 琴譜歌 9.9.5.

금부가 琴賦歌 9.9.5.

금산몽유록 錦山夢遊錄 9.11.6.

금삼의 피 錦衫— 11.11.2.

금생이문록 琴生異聞錄 8.9.3.

금선 琴線 11.10.5.

금성 金星 11.1.5. 11.2.3. **11.5.3.**
  11.9.2.

금성별곡 錦城別曲 8.3.3.

금송아지전 9.3.4.

금수회의록 禽獸會議錄 10.7.5.
  10.9.4. 10.10.6. 11.14.6.

금십자가 金十字架 11.4.3.

금양잡록 衿陽雜錄 8.5.3.

금오신화 金鰲新話 8.7.1. 8.10.1.
  8.10.2~3. 9.3.1. 9.13.5.

금옥총부 金玉叢部 9.8.4. **10.3.1.**

금우태자전 金牛太子傳 9.3.4.

금의 정열 金— 11.14.3.

금일문학가의 책임 今日文學家—
  10.6.5.

금일 아한 청년과 정육 —我韓—
  10.13.2.

금일의 문학, 명일의 문학 11.18.2.

금잔디 11.2.3. **11.5.4.**

금전의 눈물 11.4.1.

금파 金坡 10.4.3.

금하영추홍 金河詠秋虹 8.7.4.

금행일기 錦行日記 9.9.7.

금향정기 9.3.6.

금화사몽유록 金華寺夢遊錄 9.11.6.

금환 金丸 5.6.2. **5.6.4.**

급암선생시고 及庵先生詩藁 7.6.6.

기경기사 己庚紀事 9.6.4.

기년전지 紀年傳志 7.4.4.

기념가 紀念歌 10.3.2.

기려수필 騎驢隨筆 11.16.3.

기로 岐路 10.13.4.

기묘록 己卯錄 8.9.2.

기문 奇聞 9.12.2.

기문총화 記聞叢話 9.12.2.

기물타령 9.14.5.

기미전후의 문화상 己未前後—文化相
  11.1.3.

기민탄 飢民歎 10.4.1.

기상도 氣象圖 11.13.2.

기생 妓生 10.10.6.

기서린초부 寄西隣樵夫 9.5.2.

기속 記俗 9.2.6.

기수가 9.9.2.

기아 箕雅 **9.2.4.** 9.4.1.

기아와 살육 饑餓—殺戮 11.6.4.

기언 記言 9.2.5.

기연 奇緣 11.7.2.

기우록 奇遇錄 9.3.2.

기우목동가 騎牛牧童歌 8.3.3. 8.8.2.

기우인 寄友人 7.1.3.

기유기사 己酉記事 9.11.3.

기음노래 9.7.2. 9.9.6.

기재기이 企齋記異 8.9.3. 9.10.2.

기적 불 때 汽笛— 11.7.5.

기탄잘리 11.2.3.

기해년홍적 己亥年紅賊 7.9.5.

기해일기 9.10.4.

기행일수증청주참군

　紀行一首贈淸州參軍 7.9.4.

기현거사 寄玄居士 6.4.3.

기회 記懷 8.5.4.

길군악 9.9.9.

길몽가 吉夢歌 9.9.5.

길손 11.15.2.

길처럼 11.13.4.

김강사와 티교수 —T— 11.14.5.

김거사집서 金居士集序 7.1.2.

김경 金鏡 10.13.2.

김광택전 金光澤傳 9.11.5.

김녕괴내깃당본풀이 3.5. 9.14.2.

김덕령전 金德齡傳 11.17.1.

김립시집 金笠詩集 9.7.6.

김방경전 金方慶傳 8.9.1.

김봉본전 金鳳本傳 10.10.3.

김부식전 金富軾傳 8.9.1.

김성기전 金聖基傳 9.11.5.

김신부부전 金申夫婦傳 9.12.5.

김신선전 金神仙傳 9.12.4.

김씨행렬록 金氏行烈錄 10.10.5.

김연실전 金姸實傳 11.4.4.

김영일의 사 金英一 —死 11.7.3.

김영철전 金英哲傳 9.1.6.

김옥균의 사 金玉均 —死 11.12.5.

김유신 金庾信 11.11.2.

김유신실기 金庾信實記 11.4.1.

김유신전 金庾信傳 10.9.1. 10.10.3.
　11.4.1. 11.17.1.

김인문비 金仁問碑 5.1.2.

김충장공유사 金忠壯公遺事 9.1.2.

김학공전 金鶴公傳 9.13.6. 10.10.2.

김현감호 金現感虎 5.5.4. 7.7.1.

김희경전 金喜慶傳 9.13.2.

깃발 11.13.3.

까마귀 11.14.6.

까마귀의 노래 11.13.3.

까치전 9.3.5.

깔깔웃음 10.2.6.

꼭독각시전 9.9.8.

꼭두각시놀음 5.6.2. 7.7.3. 8.11.2.
　8.11.3. 9.15.1~2. 9.15.3. 10.11.1.

꽃 11.15.4.

꽃나무는 심어놓고 11.14.7.

꽃다발 11.2.3.

꽃 두고 10.12.1.

꿈은 아니언만 11.4.2.

꿈이면은? 11.5.2.

꿈하늘 10.9.3.

나그네(박목월) 11.13.4.

나그네(박일권) 11.13.4.

나그네(영화) 11.18.2.

나는 가오

나는 귀머거리 11.12.4.

나는 왕이로소이다 11.3.2. 11.5.2.

나례가 儺禮歌 7.6.2.

62

나루 11.12.3.
나를 만나거든 11.15.3.
나무꾼으로 신선 10.12.1.
나무리벌 노래 11.5.4.
나옹삼가 懶翁三歌 7.3.5. **7.8.4.**
나옹집 懶翁集 7.3.5.
나왔다 11.19.2.
나의 가슴 10.12.3.
나의 거문고 11.13.4.
나의 꿈 11.15.3.
나의 노래 11.13.5.
나의 본 일본 서울 11.17.3.
나의 세계로 11.7.2.
나의 적은 새야 10.12.4.
나의 침실로 11.5.5.
나의 행진곡 11.15.2.
나의 화환: 문예미문서간집
　─文藝美文書簡集 11.17.4.
나팔절 喇叭節 11.18.3.
낙도가 樂道歌 7.8.4. 9.10.2.
낙도음 樂道吟 6.6.1.
낙동강 洛東江(김용호) 11.15.3.
낙동강 洛東江(조명희) 11.1.4.
　11.11.3.
낙동요 洛東謠 8.6.1.
낙빈가 樂貧歌 9.9.5.
낙서 11.17.4.
낙엽 11.5.1.
낙은별곡 樂隱別曲 9.9.1.
낙일 落日 11.12.2.
낙제 11.14.2.
낙중유감 洛中有感 8.7.4.
낙지가 樂志歌(이서) 8.3.4.
낙지가 樂志歌 9.9.5.

낙천등운 落泉登雲 9.13.1. 9.13.4.
낙토만주 樂土滿洲 11.15.5.
난륜 亂倫 11.4.4.
난리가 9.9.6.
난봉가 10.2.4. 10.3.7.
난중일기 亂中日記 9.1.2.
난중잡록 亂中雜錄 9.1.2. 9.1.6.
난랑비서 鸞郎碑序 5.8.4.
난파 難破 11.7.3.
날개 11.14.5.
낡은 우물이 있는 풍경 11.13.4.
낡은 집 11.15.3.
남강의 가을 10.14.3.
남강철교 南江鐵橋 10.1.7.
남궁선생전 南宮先生傳 9.3.2.
남령전 南靈傳 9.11.6.
남만주를 다녀와서 11.17.3.
남방이앙가 南方移秧歌 11.9.3.
남사당 11.13.5.
남성관희자 南城觀戱子 9.15.4.
남송연의 9.13.4.
남염부주지 南炎浮洲志 8.7.1.
　8.10.2~3.
남원고사 南原古詞 9.14.6.
남윤전 南允傳 9.1.6.
남으로 창을 내겠소 11.13.4.
남이장군실기 南怡將軍實記 11.4.1.
　11.17.1.
남정가 南征歌 **8.3.4.** 8.7.4.
남정기 南征記 9.3.7. 9.4.5. 9.13.3.
남정기(양사준) 8.3.4.
남정일기 南征日記 9.11.4.
남조선뱃노래 10.1.5.
남초가 南草歌 9.9.2.

남편, 그의 동지 11.14.2.
남폭정기 攬瀑亭記 10.4.5.
남한기략 南漢紀略 9.1.4.
남한해위록 南漢解圍錄 9.1.4.
남해문견록 南海聞見錄 9.11.4.
남행록 南行錄(이종학) 7.9.6.
남행록 南行錄(조정) 9.1.2.
남환박물 南宦博物 9.11.4.
남훈태평가 南薰太平歌 9.5.3. 9.8.4.
  10.3.7.
납씨가 納氏歌 7.6.5. 8.3.2.
납씨곡 納氏曲 8.3.2.
납월구일행 臘月九日行 9.2.6.
낭객의 신년 만필 浪客— 11.8.2.
낭만 浪漫 11.15.3.
낭만적 정신의 현실적 구조 11.8.3.
낭비 浪費 11.15.3.
낭호신사 朗湖新詞 9.9.4.
내당 內堂 7.6.2.
내 마음은 11.13.4.
내범교훈가 內範教訓歌 10.3.2.
내범요람 內範要覽 10.3.2.
내성지 奈城誌 9.11.6.
내 혼이 불탈 때 11.5.2.
내원성 來遠城 5.2.1.
내훈 內訓 8.2.5. 9.9.7. 9.11.7.
냇가에 앉아 11.15.2.
냉면 한 그릇 10.13.4.
너희들은 무엇을 얻었느냐 11.6.3.
네거리의 순이 11.15.2.
네 자신의 위에 11.17.4.
노객부원 老客婦怨 9.1.5.
노계가 蘆溪歌 9.9.1.
노구 老嫗 10.4.7.

노극청전 盧克清傳 7.5.3.
노동야학독본 勞動夜學讀本 10.7.2.
노래 11.3.2.
노래를 지으시려는 이에게 11.3.3.
  11.9.3.
노령근해 露領近海 11.14.6.
노령노래 10.2.3.
노무편 老巫篇 7.7.2.
노변의 애가 爐邊—哀歌 11.13.4.
노변잡기 爐邊雜記 11.17.4.
노산시조집 鷺山時調集 11.10.2.
  11.10.4.
노섬상좌기 老蟾上坐記 9.13.6.
노옹화구 老翁化狗 5.5.3. **6.5.5.**
노인행 老人行 8.5.3.
노장 老將 10.4.7.
노처녀가 9.9.8. 9.13.6.
노파지오락 老婆之五樂 9.2.6.
녹려잡지 鹿慮雜識 9.4.2.
녹의자탄가 9.9.8.
녹처사연회 9.3.5.
녹천관집서 綠天館集序 9.4.3. 9.6.3.
논개 論介 11.5.2.
논고국중민인 論告國中民人 10.5.3.
논국문지교 論國文之教 10.6.2.
논국운관문학 論國運關文學 10.6.2.
논시잡절 論詩雜節 10.6.1.
논시중미지약언 論詩中微旨略言 7.2.2.
논신돈소 論辛旽疏 7.9.6.
논위벌지격 論威罰之格 10.5.4.
논의원 論義員 10.5.3.
논진취모험 論進取冒險 10.14.2.
논학교용가 論學校用歌 10.2.4.
놀량가 9.9.9.

64

농가구장 農歌九章 9.7.2. 9.7.5.
　9.8.2.
농가월령 農家月令 **9.9.5.** 10.3.2.
농가월령가 農歌月令歌 9.7.4. **9.9.5.**
농가처녀 農家處女 11.16.1.
농가탄 農家歎 9.5.2.
농구 農謳 8.5.3.
농군 農軍 11.14.7.
농담 農談 8.5.3.
농민 農民 11.8.3. 11.9.4.
농민과 민요 11.9.3.
농민문학문제 11.8.3.
농민문학 문제에 대한 일고찰 11.8.3.
농민문학을 건설하자 11.8.3.
농민문학의 규정 문제 11.8.3.
농민문학의 제문제 11.8.3.
농민소설집 11.11.3.
농민의 회계보고 11.14.2.
농부 農夫(이색) 7.9.5.
농부 農夫(차좌일) 9.5.2.
농부가 農夫歌(양추호) 10.8.2.
농부가 農夫歌(윤우병) 10.3.2.
농부불평가 10.1.7.
농부사 農夫詞 9.9.5.
농부정도룡 農夫鄭道龍 11.11.3.
농암가 農巖歌 8.4.3.
농암잡지 農巖雜識 9.2.4.
농암집 聾巖集 8.4.3.
농자대 農者對 8.5.3.
농정교서 農政敎書 8.5.2.
농주지희 弄珠之戲 5.6.2.
농촌사람들 11.11.3.
뇌계시집서濡溪詩集序 8.5.3.
뇌동성문학론의 극복 雷同性文學論—

11.8.2.
누항사 陋巷詞 9.9.1.
눈 11.5.1.
눈물 10.10.6. 10.11.4.
눈물 뿌려 이별사 10.3.5.
눈물 젖은 두만강 11.18.3.
눈 오는 밤 11.7.2.
눈이여! 어서 나려다오 11.13.4.
늙은 아버지를 보내며 11.15.3.
능라도 綾羅島 11.4.1.
능성적중 綾城謫中 8.6.2.
능엄경언해 楞嚴經諺解 8.2.5.
널리리야 10.2.3.
니녕 11.4.2.
님 10.8.5.
님 나신 날 10.12.2.
님에게 11.5.4.
님을 찾으며 11.5.6.
님의 노래 **11.3.2.** 11.5.4.
님의 심금 一心琴 11.10.5.
님의 침묵 一沈默 10.12.5. 11.1.4.
　11.3.2. 11.5.4.
님의 침묵(시집) 11.1.5. 11.3.2.
　11.4.5. **11.5.4.**
님이여 강물이 몹시도 퍼렇습니다
　11.13.1.

다리목 11.12.3.
다시 이젠 천공에 성좌가 있을 필요가
　없다 —天空— 星座— 11.15.2.
다신전 茶神傳 9.10.1.
다정다한 多情多恨 10.10.4.
다정불심 多情佛心 11.11.2.

단가 短歌 10.14.2.

단곡 短曲 11.5.1.

단군고기 檀君古記 8.9.1.

단군굴에서 檀君窟— 11.10.4.

단군론 檀君論 11.17.3.

단군성적순례 檀君聖蹟巡禮 11.17.3.

단군세기 檀君世紀 10.1.6.

단군신화 檀(壇)君神話 1.4. **3.2.**
　　7.4.3.

단기고사 檀奇古史 10.1.6.

단량패사 丹良稗史 9.12.5.

단상 斷想 11.13.5.

단심가 丹心歌 **7.8.3.** 7.9.6.

단오석전 端午石戰 7.9.5.

단장사 斷腸詞 9.9.8.

단장이별곡 9.9.8.

단전 檀典 10.1.6.

단종애사 端宗哀史 11.4.3.
　　11.11.1~2.

단천절부시 端川節婦詩 9.7.5.

단체보국가 團體報國歌 10.8.2.

단층 斷層 11.12.1.

달량행 達梁行 8.7.4.

달문가 達文歌 9.5.2. 9.15.4.

달밤의 구름떼 11.5.1.

달천몽유록 達川夢遊錄(윤계선) **9.1.6.**
　　9.11.6.

달천몽유록 撻川夢遊錄(황중윤) 9.1.6.
　　9.11.6.

달·포도·잎사귀 11.13.2.

닭 잡아먹던 집 11.15.5.

담낭전 談囊傳 9.11.6.

담모퉁이 11.19.2.

담박고타령 10.2.4.

담정유고 潭庭遺藁 9.12.5.

담정총서 潭庭叢書 9.12.5.

담총 談叢 10.6.3.

담헌연기 湛軒燕記 9.6.2. **9.11.2.**

답빈이수 答賓二首 9.5.2.

답사제헌중서 答舍弟憲中書 9.2.6.

답사친가 10.3.5.

답산가 踏山歌 9.10.3.

답산가(신태식) 10.5.5.

답설인귀서 答薛仁貴書 5.1.3.

답우인논작문서 答友人論作文書
　　10.4.3. **10.6.1.**

답인논문서 答人論文書 10.6.1.

답임형오론원도서 答任亨五論原道書
　　9.4.3.

답전부 答田父 8.1.2.

답전리지논문서 答全履之論文書 7.2.2.

당금애기 **9.14.2~3.**

당나귀 11.12.1.

당랑의전설 螳螂—傳說 11.12.2.

당면 정세의 특질과 예술운동의 일반적
　　성향 11.8.2.

당성수창집 棠城酬唱集 8.6.4.

당신을 보았습니다 11.1.4. **11.5.4.**

당의통략 黨議通略 10.4.3.

당저등극시연설 當苧登極時筵說
　　9.11.3.

당태종전 唐太宗傳 9.3.4.

대각국사집 大覺國師集 6.4.3.

대각국사비문 大覺國師碑文 6.6.4.

대견훤기고려왕서 代甄萱寄高麗王書
　　5.8.5.

대고려왕답견훤서 代高麗王答甄萱書
　　5.8.5.

대관재몽유록 大觀齋夢遊錄 8.9.3.

대구담판 大邱談辦 10.5.3.

대국 大國 7.6.5.

대기 大記 5.4.3.

대도전 大盜傳 11.7.2. **11.11.1.**
11.11.2.

대동강 大同江 7.6.5.

대동강 大同江(시조) 10.8.5.

대동기문 大東奇聞 11.18.1.

대동문수 大東文粹 10.4.8.

대동사 大東史 10.4.6.

대동사천년사 大東四千年史 10.9.1.

대동시사 大東詩史 10.4.6.

대동시선 大東詩選 8.7.5. 9.5.2.
10.4.8.

대동야승 大東野乘 8.9.2. **9.11.3.**

대동역사 大東歷史 10.9.1.

대동운부군옥 大東韻府群玉 5.5.3.

대동의협행 大東義俠行 10.4.7.

대동풍요서 大東風謠序 9.4.1~2.
9.4.4.

대동학회월보 大東學會月報 10.7.3.

대마도일기 對馬島日記 10.5.2.

대망 待望 11.15.2.

대맥 對麥 9.7.5.

대면 大面 5.6.4.

대명복수가 大明復讐歌 9.1.5. 9.9.4.

대민음 代民吟 8.1.3.

대서 代書 11.6.4.

대수양 大首陽 11.11.2.

대순전경 大巡典經 10.1.5.

대승기신론소 大乘起信論疏 5.4.2.

대승육정참회 大乘六情懺悔 5.4.4.

대악 大樂 5.5.4.

대은암설 大隱庵說 9.10.1.

대인기원 代人寄遠 6.3.3.

대조 大潮 11.12.3.

대조선독립협회회보
大朝鮮獨立協會會報 10.7.3.

대조선정신 大朝鮮精神 10.8.5.

대종경 大倧經 10.1.4.

대종원부경 大倧元符經 10.1.7.

대중공론 大衆公論 11.14.6. 11.18.2.

대중없는 이야기 11.17.4.

대지 大地 11.15.3.

대지유람가 大地遊覽歌 10.3.4.

대지의 아들 大地— 11.11.3.

대추나무 11.12.5.

대춘부 待春賦 11.11.2.

대탕지의 아주머니 大湯池— 11.4.4.

대하 大河 11.14.4.

대학곡 大學曲 9.8.1.

대학생 11.7.5.

대한계년사 大韓季年史 10.9.1.

대한국어문법 10.7.4.

대한매일신보 大韓每日申報 10.1.3.
10.2.4. 10.2.6. 10.4.7. 10.6.2~3.
10.7.3. 10.8.2. **10.8.3.** 10.8.4~5.
10.9.1~3. 10.9.5. 10.10.4.
10.11.1. 10.11.3. 11.17.2.

대한문전 大韓文典 10.7.4.

대한복수가 大韓復讐歌 10.3.4.

대한유학생회보 大韓留學生會報
10.7.3. 10.8.5.

대한일보 大韓日報 10.10.3~4.

대한자강회월보 大韓自彊會月報
10.4.7. 10.7.3. 10.8.2.

대한지리 大韓地理 10.14.2.

대한학회월보 大韓學會月報 10.7.3.
　10.8.5. 10.9.3. 10.12.1.
대한협회회보 大韓協會會報 10.4.7.
　10.9.1.
대한흥학보 大韓興學報 10.12.2.
　10.13.2. 10.6.4. 10.8.4~5.
대화엄일승법계도주
　大華嚴一乘法界圖註 5.4.3.
덕사내 德思內 5.2.4.
덕봉집 德奉集 8.7.5.
덴동어미화전가 9.9.7.
도가귀감 道家龜鑑 8.8.4.
도경 道經 10.1.7.
도념 道念 11.12.1.
도달가 忉怛歌 10.4.6.
도담행정기 島潭行程記 9.11.4.
도대마도가 到對馬島歌 9.1.5.
도덕가 道德歌 9.9.5.
도덕가 道德歌(최제우) 10.1.2.
도동곡 道東曲 8.3.3.
도라지 10.2.3.
도라지 타령 11.18.3.
도리강관원놀이 9.15.2.
도리화가 桃梨花歌 10.2.2.
도산가 陶山歌 9.9.1.
도산말명거리 9.15.2.
도산별곡 陶山別曲 9.9.1.
도산십이곡 陶山十二曲 8.2.1. **8.4.3.**
　8.6.3.
도산십이곡발 陶山十二曲跋 8.2.1.
　8.4.3.
도산육곡 陶山六曲 8.4.3.
도산육곡발 陶山六曲跋 8.4.3.
도산잡영기 陶山雜詠記 8.6.3.

도생록 圖生錄 11.18.2.
도솔가 兜率歌 5.2.3. 8.3.2.
도솔가 兜率歌(월명사) 5.2.3. 5.3.3.
도수사 道修詞 10.1.2.
도암십영 道庵十詠 9.10.1.
도압록강 渡鴨綠江 11.16.2.
도원가 桃源歌 7.1.4.
도원기서 道源記書 10.1.2.
도의 낭달 島一娘達 11.12.1.
도이장가 悼二將歌 6.2.1. **6.2.3.** 6.6.1.
도장 圖章 11.14.4.
도재수필 陶齋隨筆 9.11.1.
도천수관음가 禱千手觀音歌 5.3.4.
도해가 10.3.3.
독국조제가시 讀國朝諸家詩 10.6.1.
독락당 獨樂堂 9.9.1.
독락당기 獨樂堂記 8.1.2.
독락팔곡 獨樂八曲 8.3.3. 8.4.3.
독립 獨立 11.5.6.
독립가 獨立歌 10.8.1.
독립군 獨立軍 11.5.6.
독립군가 獨立軍歌 11.5.6.
독립신문 10.4.7. 10.7.2~4.
　10.8.1~2. 10.9.5.
독립신문 獨立新聞(상해) 11.1.4.
　11.4.2~3. 11.5.6. 11.16.2.
　11.17.1.
독립이 아니면 사이 돌아갈 나라가
　없나니라 10.14.2.
독립일 獨立日 11.5.6.
독사신론 讀史新論 10.9.1.
독서기 讀書記 9.2.5.
독역 讀易 7.9.6.
독월남망국사유감 讀越南亡國史遺感

68

10.4.7.

독자에게 11.5.4.

독황성보 讀皇城報 10.4.2.

돈 11.14.5.

돈 豚(이효석) 11.14.7.

돌아 11.5.2.

돌아다볼 때 11.4.2.

돌아와 보는 밤 11.15.4.

동경 憧憬 11.13.4.

동경가는길 東京— 10.8.5.

동경대전 東經大典 **10.1.2.** 10.1.4.
  10.7.1.

동경유록 東京游錄 9.11.4.

동광 東光 11.7.4. 11.9.3. 11.10.5~6.
  11.12.2. 11.14.2. 11.16.2.

동구 東謳 9.7.4.

동국가사 東國歌辭 9.8.4.

동국군왕개국연대 東國君王開國年代
  7.4.4.

동국논선 東國論選 8.1.5.

동국문감 東國文鑑 7.2.4. 8.1.5.

동국사기 東國史記 9.11.3.

동국세년가 東國世年歌 8.1.2. 8.9.1.

동국세시기 東國歲時記 8.11.4.

동국시사 東國詩史 9.7.5.

동국악부 東國樂府 9.2.6. 9.7.5.

동국여지승람 東國輿地勝覽 7.7.1.
  8.1.5. 8.5.2. 8.11.4.

동국역대가 9.9.4. 10.3.4.

동국이상국집 東國李相國集 7.1.5.
  7.2.2.

동국정운 東國正韻 8.2.1.

동국통감 東國通鑑 7.4.4. 7.6.7. 8.1.5.
  8.5.2. 8.9.1. 9.11.3.

동국통감제강 東國通鑑提綱 9.11.3.

동다송 東茶頌 9.10.1.

동도악부 東都樂府 9.7.5.

동동 動動 7.6.1. **7.6.3.**

동란잡화 東亂雜話 10.1.3.

동래들놀음 9.15.5.

동래사월십오일 東萊四月十五日 9.1.5.

동래유감 東萊有感 9.1.5.

동리의 개들이 짖었다 11.15.3.

동명 東明 11.4.4. 11.5.2.

동명왕실기 東明王實記 11.17.1.

동명왕편東明王篇 6.5.2. 6.5.6. **7.4.1.**
  7.1.5. 7.2.2. 7.4.4. 8.2.2. 9.6.3.
  9.14.1.

동명일기 東溟日記 9.11.4.

동몽선습 童蒙先習 9.5.5.

동무여 11.5.5.

동무여 더한층 의지가 굳세라 11.15.3.

동문선 東文選 5.4.2. 5.8.1. 5.8.4~5.
  6.3.3. 7.2.4. 7.3.3. 7.5.3. 7.5.5.
  8.1.5. 8.5.2~3. 8.9.1.

동문선서 東文選序 8.1.5. 8.5.3.

동문수 東文粹 8.1.5.

동문자모분해 東文字母分解 10.4.3.
  10.7.4.

동물시집 動物詩集 11.15.3.

동방의 애인 11.11.4.

동방평론 東方評論 11.14.2.

동백꽃 11.14.2.

동백잎에 빛나는 마음 11.3.3.

동사 東史 9.11.3.

동사강목 東史綱目 9.6.1. 9.11.3.

동사록 東槎錄 9.1.3.

동사만록 東槎漫錄 10.4.2.

동사상일록 東槎上日錄 9.1.3.
동사회강 東史會綱 9.11.3.
동산재기 東山齋記 6.6.3.
동상기 東廂記 9.12.5.
동선기 洞仙記 9.3.2.
동승 童僧 11.12.1.
동심가 10.8.1.
동아일보 東亞日報 10.10.6.
　11.1.3~5. 11.4.3~4. 11.5.4~5.
　11.6.1~4. 11.7.5. 11.8.1~3.
　11.10.2~3. 11.11.1~6. 11.12.1.
　11.14.2~5. 11.16.1. 11.17.2~3.
동야휘집 東野彙輯 9.12.2~3.
동양담설 10.2.6.
동요예술의 이론과 실제 11.19.2.
동요운동의 당면임무 11.19.2.
동요 작법 11.19.2.
동유가 東游歌 9.9.3.
동유기 東游記(김창협) 9.11.4.
동유기 東遊記(이곡) 7.7.1.
동유기 東遊記(작자미상) 9.11.4.
동인논시절구 東人論詩節句 8.6.4.
　9.2.6.
동인문 東人文 7.2.4. 8.1.5.
동인문서 東人文序 7.2.4.
동인시화 東人詩話 8.5.3. 8.9.2. 8.9.4.
동인지문 東人之文 7.2.4. 8.1.5.
동인지문사륙 東人之文四六 7.2.4.
동인지문오칠 東人之文五七 7.2.4.
　8.1.5.
동자문답 童子問答 9.11.6.
동작기사 銅雀妓詞 8.7.4.
동점별곡 銅店別曲 10.3.3.
동정송 東征頌 7.3.4.

동정추월 洞庭秋月 10.10.7.
동지 冬至(이제현) 7.9.3.
동지 冬至(정몽주) 7.9.6.
동지 同志 11.11.3.
동천홍 東天紅 11.14.2.
동패낙송 東稗洛誦 9.12.2~3.
동포 10.14.4.
동학사 東學史 10.1.3.
동화 童話 11.14.2.
두견성 杜鵑聲 10.10.6.
두메 11.15.5.
두엄 뒤지기 11.10.4.
두껍전 9.3.5. 9.13.6.
두더기 시인의 환멸 11.7.3.
두류기행록 頭流記行錄 8.1.5. 8.9.2.
두만강 너 우리의 강아 11.15.3.
두만강은 얼었을걸 11.15.1.
두 배달부 11.5.1.
두시언해 杜詩諺解 8.2.5. 8.3.4. 8.6.1.
두 얼굴의 조각 그림 11.5.5.
두포관타어 豆浦觀打魚 9.5.2.
득지락부 得至樂賦 8.6.1.
들국화 11.18.3.
들쥐 11.18.2.
등대직 燈臺直 11.7.2.
등릉한산성 登凌漢山城 9.2.4.
등악양루탄관산융마
　登岳陽樓歎關山戎馬 9.2.6.
등조령 登鳥嶺(유호인) 8.6.1.
등조령 登鳥嶺(이민성) 9.2.1.
등향로봉 登香爐峰 8.8.4.
따오기 11.19.2.
딸 11.14.2.
때의 부르짖음 10.8.5.

떠나가는 배 11.13.1.
떠나면서 11.9.4.
또 다른 고향 11.15.4.
뚜쟁이 수작 10.9.5.

레디메이드 인생 11.12.2. **11.14.5.**
렌의 애가 11.13.5.

마 馬 11.5.2.
마굴 魔崛 10.10.4.
마냥모 11.14.7.
마도의 향불 魔都— 11.11.5.
마도일기 馬島日記 **10.5.2~3.**
마산오광대 馬山五廣大 10.11.2.
마약 麻藥 11.14.2.
마운령비 摩雲嶺碑 5.1.2.
마을 집 10.13.4.
마음의 조각 11.13.4.
마음이 옅은 자여 11.4.4.
마의태자 麻衣太子 11.4.3. 11.11.1.
마의태자 麻衣太子(가요) 11.18.3.
마의태자와낙랑공주
　麻衣太子—樂浪公主 11.12.1.
마인 魔人 11.11.5.
마작 麻雀 11.7.5.
마장전 馬駔傳 9.12.4.
만가 輓歌(심훈) 11.15.4.
만가 輓歌(윤곤강) 11.15.3.
만강홍 滿江紅 10.10.3.
만고가 萬古歌 9.9.4.
만고기담 萬古奇談 11.18.1.
만국대회록 蠻國大會錄 10.9.4.

만국사 萬國史 10.9.2.
만국지지 萬國地誌 10.9.2.
만기초좌시 晚起悄坐詩 9.2.3.
만덕사지 萬德寺志 7.3.3.
만덕전 萬德傳 9.11.5.
만랑가 漫浪歌 8.7.4.
만뢰 晚雷 11.12.3.
만리경 萬里鏡 10.14.3.
만리대 萬里臺 8.7.2.
만무방 11.14.2.
만보노인 萬甫老人 11.11.4.
만복사저포기 萬福寺樗蒲記 **8.10.2~3.**
만분가 萬憤歌 8.3.4~5. 8.6.1.
만산진결 萬山眞訣 9.10.3.
만선일보 滿鮮日報 11.14.2. 11.15.5.
만세보 萬歲報 10.10.4.
만세전 萬歲前 11.2.2. **11.6.3.**
만송운장 輓松雲章 9.10.1.
만신주봉공신록 9.11.6.
만언사 萬言詞 9.9.3.
만언사답 萬言詞答 9.9.3.
만의 晚意 8.7.1.
만전춘별사 滿殿春別詞 7.6.1.
　7.6.4~5. 7.8.3.
만주의 지붕 밑 11.18.1.
만지산정재홍 挽芝山鄭在洪 10.4.7.
만하유고 晚河遺孤 10.9.3.
만하몽유록 晚河夢遊綠 10.9.3.
만향 晚香 11.15.1.
만화본춘향가 晚華本春香歌 9.7.4.
만횡청류서 蔓橫淸類序 9.8.5.
만흥 漫興 9.8.1.
말 듣거라 10.12.2.
말나구타령 10.2.4.

말모이 10.7.4.

말세의 희탄 末世—欷嘆 11.5.5.

말의 소리 10.7.4.

맑은 물 10.12.1.

망성회고 望城懷古 11.16.2.

망양록 忘羊錄 9.2.6.

망양정 望洋亭 11.10.5.

망우당선생집 忘憂堂先生集 9.1.2.

망우초 忘憂草 11.2.3.

망월루 望月樓 11.4.1. 11.11.5.

망월사천가 10.3.5.

망향 望鄉(김상용) 11.13.4.

망향 望鄉(노자영) 11.5.2.

망향 望鄉(장소석) 11.16.1.

망향 望鄉(이찬) 11.15.2.

매국경축가 賣國慶祝歌 10.8.3.

매소부 賣笑婦 11.14.4.

매일신보 每日申報 10.6.4.
   10.10.6~7. 10.11.4~5.
   10.13.3~4. 11.1.5. 11.4.2. 11.4.5.
   11.6.3~4. 11.7.1. 11.9.2.
   11.11.1~2. 11.11.5~6. 11.12.3.
   11.12.5. 11.14.3~4. 11.15.5.

매창월가 梅窓月歌 8.3.4.

매천야록 梅泉野錄 10.4.5. 10.6.1.
   10.9.1.

매호별곡 梅湖別曲 9.9.1.

매호유고 梅湖遺稿 7.1.4.

매화가 9.14.5.

매화사팔절 梅花詞八節 10.3.1.

매화타령 梅花打令 9.9.9.

매화타령 梅花打令(판소리) 9.13.6.
   9.14.5.

맥 麥 11.14.5.

맥추 麥秋 11.11.3.

맹고문 盟造文 7.1.6.

맹꽁이타령 9.8.6. 9.9.9.

맹상군가 孟嘗君歌 9.4.4.

맹성호연 9.13.4.

맹호행 猛虎行 10.4.7.

먼 후일 11.5.4.

먼동이 틀 때 11.11.4.

먼동이 틀 제 11.15.1.

멍텅구리 11.17.2.

메기장군 9.3.5.

메나리 9.7.2~3. 11.9.3.

메밀꽃 11.13.4.

메밀꽃 필 무렵 11.14.7.

메추리와 여우 11.19.1.

면서기편 面書記篇 11.9.2.

면암선생창의전말 勉庵先生倡義顚末
   10.5.2.

면앙정가 俛仰亭歌 8.3.4~5. 9.4.4.

면앙정단가 俛仰亭短歌 8.4.4.

면혼가 10.3.5.

멸한상책 滅韓上策 10.14.2.

명국조은덕 明國朝恩德 10.5.4.

명당축원 明堂祝願 10.2.1.

명도자탄사 命道自嘆辭 9.9.7.

명미당시문집서전 明美堂詩文集敍傳
   10.4.3.

명상 瞑想 11.14.6.

명엽지해 蓂葉志諧 9.12.2.

명왜추심적 明倭酋心跡 10.5.4.

명월음 明月吟 9.1.5.

명월정 明月亭 10.10.7.

명주 溟州 5.2.1.

명주기봉 明珠奇逢 9.13.4.

명주보월빙 明珠寶月聘 9.13.4.

명주옥연기합록 明珠玉緣奇合錄
　　9.13.4.

명충가 10.8.3.

명행정의록 明行貞義錄 9.13.4.

모기가 없어지는 까닭 11.12.3.

모닥불 11.15.3.

모더니즘의 역사적 위치 11.13.2.

모던심청전 11.17.2.

모두루묘지 车頭婁墓誌 5.1.2.

모란꽃 필 때 11.11.6.

모란봉 牧丹峰(이인직) 10.10.4.
　　10.10.5.

모란봉 牧丹峰(이종린) 10.10.4.

모란화 牧丹花 10.10.6.

모르네 나는 10.12.1.

모범경작생 模範耕作生 11.11.4.

모아산 帽兒山 11.15.5.

모자 母子 11.14.1.

모죽지랑가 慕竹旨郎歌 5.3.2.

모춘 暮春 7.1.3.

모하당술회 慕夏堂述懷 9.1.5.

모학자전 某學者傳 10.4.3.

목동가 牧童歌 9.9.1.

목동문답가 牧童問答歌 9.9.1.

목 매는 여자 11.11.2.

목민심서 牧民心書 9.6.4. 9.15.3.

목숨 11.4.4.

목우자수심결언해 牧牛子修心訣諺解
　　8.2.5.

목은선생문집서 牧隱先生文集序 8.1.4.

목은집 牧隱集 7.9.5.

목자득국 木子得國　7.6.7.

목주잡가 木州雜歌 9.8.1.

목포의 눈물 11.18.3.

목포피체시음 木浦彼逮時吟 10.4.6.

목화씨 뿌릴 때 11.11.4.

목화와 콩 11.11.3.

몽견제갈량 夢見諸葛亮 10.9.3.

몽결초한송 夢決楚漢訟 9.3.6.

몽금척 夢金尺 8.3.2.

몽금포타령 10.2.3.

몽기 夢記 9.9.3.

몽배금태조 夢拜金太祖 10.9.3.

몽사자연지 夢謝自然誌 8.9.3.

몽유가 夢遊歌 10.3.4.

몽유고국기 : 교육자 토벌대
　　夢遊故國記— 10.7.3. 10.9.3.

몽유도원도시축 夢遊桃源圖詩軸 8.5.2.

몽유동물원 夢遊動物園 10.9.4.

몽유성회록 夢遊盛會錄 9.11.6.

몽유야담 夢遊野談 9.4.5.

몽유청학동사 夢遊靑鶴洞辭 8.6.1.

몽조 夢潮 10.10.4.

몽중노소문답가 夢中老少問答歌
　　10.1.2. 10.1.4.

묘목 描木 11.14.4.

묘법연화경별찬 妙法蓮花經別讚 7.8.2.

묘장 墓場 11.5.2.

묘지 墓地 11.6.3.

묘지송 墓地頌 11.13.4.

묘향산소기 妙香山小記 9.11.4.

무고 舞鼓 7.6.3.

무궁화 無窮花(이상협) 10.10.6.

무궁화 無窮花(이학인) 11.1.5.

무궁화노래 10.8.1.

무녀도 巫女圖 11.14.7.

무당내력 巫黨來歷 3.2. 9.14.2.

무덕곡 武德曲 8.1.2. **8.3.2.**

무덤 10.12.4.

무등산 無等山 5.2.2.

무료치병술 無料治病術 11.12.2.

무릉도원 武陵桃源 11.4.1.

무명 無明(이광수) 11.14.5.

무명 無明(인두표) 11.7.5.

무명변 無明辯 9.2.6.

무숙이타령 9.14.5.

무심 無心 11.15.3.

무악요 巫樂謠 9.8.2.

무애 無㝵 5.4.2. 7.6.3.

무애사 無㝵詞 7.6.3.

무애지국사영찬 無㝵智國師影贊 5.8.5.

무영탑 無影塔 11.1.5. 11.6.2.
  11.11.2.

무오연행록 戊午燕行錄 9.11.2.

무위 無爲 8.6.3.

무의도기행 舞衣島紀行 11.12.1.

무자서행록 戊子西行錄 9.9.3.

무정 無情 10.10.4. **10.13.3.** 11.4.3.
  11.14.5.

무정 無情(단편) 10.13.2.

무정의 루 無情―淚 10.10.7.

무제 無題(길재) 8.1.3.

무제 無題(조명희) 11.5.5.

무제 無題(태능) 9.10.1.

무한의 자본 11.7.2.

무현금명 無絃琴銘 8.6.3.

무호가 武豪歌 9.1.5.

무화과 無花果 11.14.3.

묵군부 墨君賦 8.1.4.

묵책요 墨冊謠 7.6.7.

문각씨 11.19.1.

문개가 聞丐歌 8.6.4.

문국령금농향청주백반
  聞國令禁農餉淸酒白飯 7.1.5.

문군수수인이장피죄
  聞郡守數人以臟被罪 8.1.5.

문단의 혁명아를 독하고 ―讀― 11.6.4.

문단의 혁명아야 10.6.4.

문단전망 11.10.3.

문달단입강남 聞達旦入江南 7.1.6.

문덕곡 文德曲 8.1.2. **8.3.2.**

문동요 聞童謠 10.2.4.

문둥이 11.10.5. 11.13.3.

문류시원 文類始源 10.6.1.

문무왕릉비 文武王陵碑 5.1.2.

문사와 수양 11.8.1.

문산유화유감 聞山有花有感 9.7.3.

문설 文說 9.2.2. 9.4.1~2. **9.4.3.**

문소김씨세덕가 10.3.2.

문수사 文殊寺 6.4.4.

문약지폐 文弱之弊 10.6.2.

문예가명록 文藝家名錄 11.1.5.
  11.5.5.

문예공론 文藝公論 11.6.2. 11.8.2.
  11.15.2.

문예비평가의 태도에 대하여 11.8.4.

문예상의 내용과 형식 문제 11.8.2.

문예시감 文藝時感 11.8.3.

문예시대 文藝時代 11.6.3. 11.7.4~5.

문예시평 11.8.2.

문예에 대한 잡감 ―雜感 11.2.2.

문예운동의 실천적 근거 11.8.2.

문예월간 文藝月刊 11.1.5. 11.5.5.
  11.8.4. 11.12.1.

문왜적파강화군…… 聞倭賊破江華郡……

74

7.9.5.

문의병장안중근보국수사
　聞義兵將安重根報國讐事 10.4.5.

문인가곡 聞隣家哭 8.6.4.

문자당국신제조선민법
　聞自當局新制朝鮮民法 11.16.2.

문장 文章 11.1.4. 11.4.4. 11.12.1~3.
　11.13.1. 11.13.4~5. 11.14.2.
　11.14.4~5. 11.14.7. 11.15.4.
　11.17.4. 11.18.2.

문장 文章(최한기) 9.6.5.

문장강화 文章講話 11.17.4.

문장체법 文章體法 **10.7.5.** 10.10.3.

문조물 問造物 7.1.5.

문천상전 文天祥傳 8.9.3.

문체책 文體策 9.4.5.

문통 文通 9.6.5.

문파관작 聞罷官作 9.2.2.

문학강화 文學講話 11.8.1.

문학과 지성 11.8.4.

문학에 표현되는 감정 11.8.1.

문학의 가치 10.6.4.

문학의 논리 11.8.3.

문학의 의의에 관하여 10.6.4.

문학이란 하오 ―何― 10.6.4. 10.13.2.
　11.8.1.

문화사업의 급선무로 민중극을 제창함
　11.7.4.

문화유씨세보 文化柳氏世譜 8.3.3.

문황매천순신작 聞黃梅泉殉信作
　10.4.5.

물 11.17.4.

물거품 11.4.2.

물계자가 勿稽子歌 5.2.3.

물레방아(나도향) 11.6.1.

물레방아(이하윤) 11.9.4.

물명고 物名考 10.7.4.

물명찬 物名纂 10.7.4.

물불가이구합론 物不可以苟合論 8.5.3.

미 美 10.12.3.

미국독립사 美國獨立史 10.9.2.

미소의허화시 微笑―虛華詩 11.5.2.

미암일기초 眉巖日記草 8.7.5. 8.9.2.

미의몽 迷―夢 10.13.1.

미인별곡 美人別曲 8.3.4.

미인심 美人心 10.14.3.

미쳐가는 처녀 11.7.5.

미타경찬 彌陀經讚 8.3.3. 8.8.2.

미타조상기 彌陀造像記 5.8.1.

미타찬 彌陀讚 8.3.3. 8.8.2.

미타찬게 彌陀讚偈 7.3.3.

민농흑양사월단일우중작
　憫農黑羊四月旦日雨中作 7.3.4.

민성보 民聲報 11.5.6.

민암부 民嵒賦 8.6.3.

민옹전 閔翁傳 9.6.2. **9.12.4.**

민요소고(이광수) 11.9.3.

민요소고(양우정) 11.9.4.

민요 한 묶음 11.9.4.

민족개조론 11.1.4. 11.4.3. 11.8.1.

민족·사회운동의 유심적 고찰
　―唯心的― 11.8.2.

민주문예소론 民主文藝小論 11.5.5.

믿으라 10.12.4.

밀림 密林 11.11.5.

밀물이 들 때 11.18.2.

밀양아리랑 10.2.3.

바다 11.13.1.
바다의 묘망 一渺茫 11.13.4.
바다의 아버지 11.19.2.
바라건대는 우리에게 우리의 보섭 대일
　땅이 있었다면 11.5.4.
바리공주 9.13.2. **9.14.2.**
바리데기 9.14.2.
바위나리와 아기별 11.19.3.
바위타령 9.9.9.
바지저고리 11.7.4.
박감본국시월지사 迫感本國十月之事
　10.4.5.
박군의 얼굴 11.15.4.
박꽃 초롱 11.19.2.
박명 薄命(한용운) 11.4.5.
박명 薄命(현상윤) 10.13.1.
박석고개 9.14.4.
박씨전 朴氏傳 5.5.3. 9.1.6. 9.3.3.
　9.3.6. 9.13.1. 10.1.2. 11.11.1.
박씨전 朴氏傳(이색) 7.5.3.
박연폭포 朴淵瀑布(황진이) 8.7.5.
박연폭포 朴淵瀑布(이병기) 11.10.4.
박연폭포행 朴淵瀑布行 7.9.4.
박연행 朴淵行 11.10.5.
박용철전집 11.13.1.
박천남전 10.10.2.
박첨지 10.14.4. **11.9.2.** 11.12.2~3.
박첨지놀음 9.15.3.
박타령 10.2.2.
반계수록 磻溪隨錄 9.6.1.
반구일기 返柩日記 10.5.2.
반귀거래사 反歸去來辭 11.16.2.
반달 11.18.3.

반달동요집 11.18.3.
반도강산가 11.18.3.
반도산하 半島山河 11.17.3.
반도시론 半島時論 10.8.4. 10.10.6.
　10.13.1.
반도영웅 半島英雄 10.14.4.
반속요 返俗謠 5.7.4.
반씨전 潘氏傳 9.13.3.
반월성순례기 半月城巡禮記 11.17.3.
반유자후수도론 反柳子厚守道論 7.1.5.
반조화전가 反嘲花煎歌 9.9.7.
반타석 盤陀石 8.6.3.
반항 反抗 11.4.2.
발해고 渤海考 9.6.3. 9.11.3.
밤(이태준) 11.17.4.
밤(황석우) 10.12.4.
밤과 나 10.12.4.
밤길(박남수) 11.13.4.
밤길(이태준) 11.14.7.
밤 기차에 그대를 보내고 11.13.1.
밤낮 땅 파네 11.9.4.
밤마리오광대 10.11.1~2.
밥 11.6.3.
방가 放歌 11.15.3.
방경각외전 放璚閣外傳 9.6.2. 9.12.4.
방등산 放等山 5.2.2.
방랑 11.15.1.
방랑시인 김립 放浪詩人金笠 11.12.3.
방랑의 가인 放浪―歌人 11.11.5.
방랑의 마음 11.5.2.
방백 傍白 11.8.1.
방생도송 傍生道頌 9.10.2.
방아타령 10.2.1. 10.3.7.
방아타령(신재효) **10.2.1~2.**

방어장 10.5.4.

방장유록 方丈遊錄 9.11.4.

방조처사산거 訪曹處士山居 8.6.4.

방한림전 方翰林傳 9.13.2.

방향전환론 11.8.2.

방황 彷徨 10.13.2.

배교자 背敎者 11.7.2.

배따라기 11.4.4.

배뱅이굿 9.14.4.

배비장전 裵裨將傳 **9.13.6**. 9.14.3.
9.14.5.

배비장타령 裵裨將打令 10.2.2.

배소만처상 配所輓妻喪 9.6.5.

배시황전 裵是愰傳 9.11.2.

배열부전 裵烈婦傳 **7.5.3**. 7.7.1.

배천곡 配天曲 8.3.3.

백곡집 白谷集 9.10.1.

백구 白鳩 11.14.3.

백구사 白鷗詞 9.9.9. 9.14.4.

백납가 百衲歌 7.3.5. **7.8.4**.

백농유고白農遺稿 10.3.2.

백두록白頭錄 9.11.4.

백두산근참기 白頭山觀參記 11.17.3.

백두산등척기 白頭山登陟記 11.10.5.

백두산유록 白頭山游錄 9.11.4.

백련화 白蓮花 10.10.6. **11.4.1**.

백록담 百鹿潭 11.13.1.

백마강 白馬江 11.11.2.

백마강가 白馬江歌 9.8.1.

백만중의 동지 百萬中―同志 11.15.2.

백민 白民 11.11.1.

백발가 白髮歌 9.14.4.

백범일지 白凡逸誌 11.17.1.

백상루별곡 百祥樓別曲 9.1.5.

백성의 소리 10.12.1.

백씨전 白氏傳 7.5.3.

백운거사어록 白雲居士語錄 7.5.4.

백운거사전 白雲居士傳 7.5.4.

백운소설 白雲小說 5.1.4. **7.2.2**.

백운화상어록 白雲和尙語錄 7.3.5.

백제노승의 미인담 百濟老僧―美人談
10.9.1.

백제기 5.1.1.

백제본기 5.1.1.

백제신찬 百濟新撰 5.1.1.

백조白潮 11.1.5. 11.3.2. **11.5.2**.
11.6.1~2. 11.7.2. 11.10.5.
11.11.2.

백조는 흐르는데 별 하나 나 하나
11.1.5.

백주년약사가 10.3.2.

백치 아다다 白痴― 11.14.7.

백파의 울음 白波― 11.7.3.

백팔번뇌 百八煩腦 11.3.3. 11.10.2.
11.10.4.

백팔절 百八節 10.1.7. 11.5.3.

백하일기 白下日記 10.5.5.

백학선전 白鶴扇傳 9.13.2.

백화 白花 11.11.6.

백화국재설중흥록 百花國再設中興錄
9.11.6.

백화국전 百花國傳 9.11.6.

뱃노래 9.7.2.

버드나무 선 동리의 풍경 11.12.1.

버스걸 11.18.2.

번뇌 煩惱 11.14.1.

번방곡 飜方曲 9.7.4.

번역소학 飜譯小學 8.2.5.

번화곡 繁花曲 5.8.3.

벌곡조 伐谷鳥 **6.2.3.** 7.6.4.

범망경보살계본소 梵網經菩薩戒本疏
5.4.4.

범벅타령 9.14.3.

범음집 梵音集 9.10.2.

범일국사영찬 梵日國師影贊 5.8.5.

법계도기총수록 法界圖記叢髓錄 5.4.3.

법국혁신전사 法國革新戰史 10.9.2.

법융기 法融記 5.4.3.

법어가송 法語歌頌 7.3.2.

법화경언해 法華經諺解 8.2.5.

법화영험전 法華靈驗傳 7.3.3. 7.4.2.

벙어리굿 11.7.4.

벙어리 삼룡 —三龍 11.6.1.

벨지움의 용사 10.12.3.

벼 11.14.6.

벽 11.17.4.

벽모의묘 碧毛—猫 11.5.1.

벽위가 闢衛歌 9.10.4.

벽허담관제언록 碧虛談關帝言錄
9.13.4.

변강쇠가 9.14.5. **10.2.2.** 10.4.1.

변덕쟁이 마나님 11.19.2.

변무주 辨誣奏 9.2.3.

별(이욱) 11.15.5.

별(황순원) 11.14.7.

별 別 5.8.5.

별건곤 別乾坤 11.7.2. 11.7.4. 11.9.3.
11.11.1. 11.12.2. 11.12.4.
11.15.3. 11.17.2. 11.18.1.

별나라 11.19.2.

별 달 또 나, 나는 노래만합니다 11.5.2.

별대왕 別大王 7.6.2.

별사미인곡 別思美人曲 9.9.3.

별을 안거든 울지나 말걸 11.6.1.

별의 아픔 11.5.2.

별장 別莊 11.12.2.

별창권락곡 別唱勸樂曲 9.10.2.

별 헤는 밤 11.15.4.

별회심곡 別回心曲 9.10.2.

병국 瓶菊 10.4.7.

병와가곡집 瓶窩歌曲集 9.8.4.

병이 낫거든 11.14.2.

병인간친회록 病人懇親會錄 10.10.4.

병인양란록 10.3.6.

병자난리가 丙子亂離歌 9.1.5.

병자록 丙子錄 9.1.4.

병자봉사 丙子封事 9.1.4.

병자삼인 病者三人 10.11.5.

병자일기 丙子日記(남엽) 9.1.4.

병자일기 丙子日記(남평조씨) 9.1.4.
9.11.7.

병정가 10.5.4.

병정노래 10.5.4.

병여음성 病餘吟成 8.5.3.

보개 寶開 6.5.5.

보개회향가 普皆廻向歌 6.2.2.

보검편 寶劍篇 10.4.6.

보공신 保功臣 8.3.2.

보국단체가 保國團體歌 10.8.2.

보권염불문 普勸念佛文 9.10.2.

보살계본종요 菩薩戒本宗要 5.4.4.

보슬비의 속삭임 11.19.2.

보월 步月 10.12.3.

보은기우록 報恩奇遇錄 9.13.4.

보응 報應 10.10.4.

보응소소 報應昭昭 10.10.4.

78

보진당연행일기 保眞堂燕行日記 8.9.2.

보통교육창가집 普通敎育唱歌集
　10.8.2.

보한집 補閑集 6.3.1. 6.3.3~4. 6.5.3.
　6.6.2~3. 7.1.4. **7.2.3.** 7.3.2.
　7.7.1. 8.4.5. 8.10.2.

보현시원가 普賢十願歌 6.2.2.

보현십종원왕가 普賢十種願往歌 6.2.2.

보현찰 普賢刹 7.6.7.

보현행원품 普賢行願品 6.2.2.

복덕방 11.14.4.

복령사 福靈寺 8.5.4.

복선화음가 福善禍淫歌 9.9.7.

복순이 11.15.3.

복어 알 11.7.5.

복종 服從 11.3.3.

복주 福州 7.9.4.

복지만리 福地萬里 11.18.2.

본숙창가 本塾唱歌 10.8.2.

본숙창립기념가 本塾創立紀念歌
　10.8.2.

본조군왕세계연대 本朝君王世界年代
　7.4.4.

봄(김억) 10.12.4.

봄(이기영) 11.14.4.

봄(황석우) 10.12.4.

봄과 사랑 11.1.5.

봄맞이 10.8.5.

봄 물결을 타고도 11.15.1.

봄밤 11.5.2.

봄밤에 온 사나이 11.12.3.

봄·봄 11.14.2.

봄은 가더이다 11.15.2.

봄은 간다 10.12.4.

봄은 고양이로다 11.5.3.

봄의 노래 11.5.1.

봄 잔디밭에서 11.5.5.

봉래별곡 蓬萊別曲 10.3.3.

봉래악부 蓬萊樂府 9.8.2. 9.8.4~5.

봉사꽃 11.10.5.

봉사입금 奉使入金 7.1.4.

봉산곡 鳳山曲 9.1.5.

봉산탈춤 2.1. 5.6.2. 5.6.4. 9.7.6.
　9.15.4~5. 10.11.1~2. 11.7.1.

봉산탈춤좌담회 11.7.1.

봉산학자전 鳳山學者傳 9.12.4.

봉선화 鳳仙花(이해조) 10.10.5.
　10.11.4.

봉선화 鳳仙花(홍난파) 11.18.3.

봉선화가 鳳仙花歌 8.3.6. 8.7.5. 9.9.7.

봉성여문 鳳城餘文 9.6.4.

봉소여향 鳳詔餘響 10.4.2.

봉우인여별 逢友人旅別 10.4.7.

봉이김선달이야기 11.18.1.

봉정정삼봉 奉呈鄭三峰 8.1.2.

봉화가 켜질 때 11.4.5.

봉황금 鳳凰琴 10.10.2.

봉황대 鳳凰臺 10.10.2.

봉황수 鳳凰愁 11.13.4.

봉황음 鳳凰吟 8.3.2.

부계기문 涪溪記聞 9.11.3.

부랑자경고가 浮浪者警告歌 10.8.4.

부목한전 浮穆漢傳 9.12.5.

부벽몽유록 浮碧夢遊錄 9.11.6.

부방일기 赴防日記 9.11.4.

부부 11.12.1.

부북일기 赴北日記 9.8.2. 9.11.4.

부산진들놀음 9.15.5.

부상록 扶桑錄(남용익)　9.11.2.

부상록 扶桑錄(이경직)　9.1.3.

부설전 浮雪傳　5.4.4.

부어당족장상수서 復嵒堂族丈象秀書
　10.6.1.

부엉이　11.13.3.

부여가는 이에게 扶餘—　10.8.5.

부여노정기 扶餘路程記　9.9.7.

부역 賦役　11.11.3.

부용상사곡 芙蓉相思曲　10.10.2.

부음 訃音　11.7.5.

부장양문록　9.13.2.

부촌 富村　11.12.2.

부활　10.10.7.

부활의 서광　11.1.3.

부휴자담론 浮休者談論　8.5.3.

부휴자전 浮休子傳　8.9.3.

북경의 걸인 北京—乞人　11.15.4.

북관곡 北關曲　9.9.3.

북관기행 北關紀行　10.4.2.

북관노정록 北關路程錄　9.11.4.

북대륙의 하룻밤 北大陸—　11.17.3.

북두성 北斗星　11.15.5.

북로아군실전기 北路我軍實戰記
　11.17.1.

북부여기 北扶餘記　10.1.6.

북새곡　9.9.2.

북새잡요 北塞雜謠　9.7.3.

북원 北原　11.14.2.

북전 北殿　8.3.2.

북정가 北征歌　9.9.3.

북정일기 北征日記　9.11.2.　9.11.4.

북진대 北進隊　11.12.1.　11.12.5.

북찬가 北竄歌　9.9.3.

북천가 北遷歌　9.9.3

북청 가까운 풍경 北青—　11.1.3.2.

북청 물장수 北青—　11.5.3.

북청사자놀음　2.1.　5.6.2.　5.6.4.
　9.15.4.

북학의 北學議　9.6.3.

북한산비 北漢山碑　5.1.2.

북행가 北行歌　10.3.3.

북행백절 北行百絶　9.5.2.

북행시집 北行詩集　10.4.6.

북행일기 北行日記　9.11.2.

북향 北鄕　11.15.5.

북향보 北鄕譜　11.14.2.

분류두공부시언해 分類杜工部詩諺解
　8.2.5.

분수령 分水嶺　11.15.3.

분천강호가 汾川講好歌　8.4.3.

분충서난록 奮忠難錄　9.1.2.

분통가 憤痛歌　10.5.5.

분행역송이재자남국환조
　分行驛送李載自南國還朝　6.3.5.

분향 焚香　11.15.2.

불　11.6.2.

불가사리　11.14.4.

불가살이전 不可殺爾傳　11.4.1.

불교 佛教　11.4.5.　11.7.4.　11.10.5.

불교진흥회월보 佛教振興會月報
　10.13.1.

불굴가 不屈歌　7.8.3.

불놀이　11.5.1.

불망기본 不忘其本　11.17.2.

불면야 不眠夜　11.5.3.

불복장문 不腹藏文　9.10.1.

불부귀 不復歸　11.7.4.

불 사르자 11.5.2.

불사조 不死鳥 11.11.4.

불씨매어도기지변 佛氏昧於道器之辨 8.1.2.

불씨잡변 佛氏雜辨 8.1.2. 8.8.1.

불여귀 不如歸 10.10.7. 10.11.4.

불연속선 不連續線 11.11.6.

불우헌가 不憂軒歌 8.3.3~4.

불우헌곡 不憂軒曲 8.3.3~4.

불평삼수 不平三首 7.1.6.

불효천벌 不孝天罰 10.11.4.

붉은 깃발 아래에서 11.5.5.

붉은 산 11.4.4.

붉은 시름 11.9.4.

붉은 쥐 11.4.2.

붓 10.8.5.

비가 悲歌 9.1.5.

비단가 臂短歌 7.8.4.

비단이장수 왕서방 11.18.3.

비두로기 6.2.3. 7.6.4.

비 맞고 찾아온 벗에게 11.10.6.

비사감과 러브레타 B舍監― 11.6.2.

비시명감 9.5.5. 9.13.4.

비애 悲哀 11.15.5.

비율빈전사 比律賓戰史 10.9.2.

비추사 悲秋詞 10.8.4.

비탈 11.11.6.

비판 批判 11.8.3. 11.12.3.

비평문학 11.8.4.

비평문학의 확립을 위하여 11.8.4.

비평에 대하여 11.8.1.

비평예술론 11.8.4.

비평의 잠식 : 우리의 문학은 어디로 가나 ―潛息 11.8.3.

비해당사십팔영시 匪懈堂四十八詠詩 8.5.2.

비행선 飛行船 10.10.6.

빈녀음 貧女吟 8.7.5.

빈민가 貧民街 11.12.1.

빈사의 백조 瀕死―白鳥 11.11.5.

빈상설 鬢上雪 10.10.4. **10.10.5.**

빈선랑의 일미인 貧鮮郎―日美人 10.10.5.

빈소선생전 嚬笑先生傳 9.11.5.

빈인권곡 貧人勸曲 9.10.2.

빈처 貧妻 11.6.2. 11.14.5.

빗소리 11.5.1.

빙도자전 氷道者傳 7.3.2. 7.5.5.

빙원 氷原 11.14.2.

빙화 氷華 11.15.3.

빛나는 지역 11.13.5.

빼앗긴 들에도 봄은 오는가 11.3.3. **11.5.5.**

뺑덕이네 11.4.5.

뽕 11.6.1.

사가시 四家詩 9.6.3.

사구속초 使歐續草 10.4.2.

사내기물악 思內奇物樂 5.2.4.

사내악 思內樂 5.2.4.

사냥개 11.14.2.

사노친곡 思老親曲 9.8.2.

사당현종문 謝唐玄宗文 5.7.4.

사대기 四代記 9.11.6.

사대춘추 四代春秋 9.11.6.

사또놀이 9.15.2.

사랑(이광수) 11.1.5. 11.4.3. 11.11.5.

사랑(주요한) 11.5.1.

사랑의 죄 11.6.3.

사랑손님과 어머니 11.6.4.

사랑에 속고 돈에 울고 10.10.7. 11.4.1.
  11.12.4. 11.18.2.

사랑을 찾아서 11.18.2.

사랑의 다각형 11.4.3.

사랑의 선물 11.19.3.

사랑하는 벗에게 11.4.2.

사룡 蛇龍 7.6.3.

사리화 沙里花 7.6.6.

사모곡 思母曲 7.6.1. **7.6.4.**

사미인곡 思美人曲 **8.3.5.** 8.4.4. 8.6.4.
  9.4.4. 9.7.4.

사민동권교사휘지 四民同權敎師輝志
  10.11.4.

사민시 四民詩 9.5.2.

사발가 10.2.3.

사변록 思辯錄 9.2.5.

사사패강이남토지표
  謝賜浿江以南土地表 5.7.4.

사산비명 四山碑銘 5.8.4.

사상산필 沙上散筆 11.17.4.

사상에 나타난 예술의 성직 史上—聖職
  11.8.5.

사상의 월야 思想—月夜 11.14.4.

사상팔변가 思想八變歌 10.8.2.

사생결단 11.12.3.

사설난봉가 10.3.7.

사성기봉 四姓奇逢 9.13.4.

사성록 四誠錄 9.11.6.

사소절 士小節 8.7.5. 9.4.5. **9.6.3.**
  9.5.1. 9.15.4.

사송과사주귀산사 使宋過泗州龜山寺

6.3.4.

사수몽유록 泗水夢遊錄 9.11.6.

사슴(노천명) 11.13.5.

사슴(백석) 11.15.3.

사심판가 私審判歌 9.10.4.

사씨남정기 謝氏南征記 9.3.1. **9.3.7.**
  9.13.1. 9.13.3. 10.6.3. 10.11.4.

사씨남정기후 謝氏南征記後 9.4.5.

사안으로 본 조선 史眼— 11.8.5.

사우가 四友歌 9.8.1.

사우명행록 謝友名行錄 8.6.1. 8.9.2.

사월초일일 四月初一日

사유악부 思牖樂府 9.7.5.

사의찬미 死—讚美 11.18.3.

사이비 변증론의 배격 11.8.2.

사인남매 四人男妹 11.7.3.

사인의 심리 四人— 11.7.5.

사재척언 思齋摭言 8.6.2.

사제곡 莎堤曲 9.9.1.

사친 思親 8.7.5.

사친가 思親歌 9.7.2.

사택지적비 砂宅智積碑 5.1.2.

사하촌 寺下村 11.14.2.

사해공론 四海公論 11.11.4. 11.15.3.

사향가 思鄕歌 9.10.4.

사형수 死刑囚 11.11.5.

사화기략 使和記略 10.4.2.

사회상 11.18.3.

삭낭자전 索囊子傳 9.12.5.

산 山(원천석) 8.1.3.

산 (이효석) 11.14.7.

산가서 山家序 8.1.3.

산강재문초 山康齋文鈔 11.16.2.

산계 山溪 9.2.5.

산길 11.5.3.

산녀 山女 10.12.3.

산돼지 11.7.3.

산림 山林 8.7.1.

산민 山民 9.2.4.

산상정 山上町 11.13.2.

산설야우 山雪野雨 10.8.5.

산성일기 9.1.4.

산수음 山水吟 8.7.3.

산예 狻猊 5.6.2. **5.6.4.**

산유화 山有花(김소월) **11.3.3.** 11.5.4.

산유화 山有花(홍사용) 11.7.4.

산유화가 山有花歌 9.7.3.

산유화녀가 山有花女歌 9.7.3.

산유화육곡 山有花六曲 9.7.3.

산은설 散隱說 8.7.2.

산의승패 山一勝敗 11.12.2.

산장가 酸蔣歌 9.2.6.

산제비 11.15.2.

산중신곡 山中新曲 9.8.1.

산중요 山中謠 7.9.5.

산중일기 山中日記 9.11.4.

산중잡곡 山中雜曲 9.8.1.

산천초목진문장 山川草木盡文章
  10.6.1.

산촌미녀 **10.10.1.** 11.4.2.

산촌잡영 山村雜詠 7.9.4.

산타령 9.9.9.

산허구리 11.12.1.

산호림 珊瑚林 11.13.5.

산화가 散花歌 5.3.3.

살기 위하여 11.7.2.

살인 11.6.4.

삼가 三歌 7.8.4.

삼강행실도 三綱行實圖 8.2.5.

삼곡선 三曲線 11.11.5.

삼공본풀이 5.3.1.

삼교일리 三敎一理 8.1.3.

삼국사 三國史 6.5.2. 6.5.6. 7.4.1.

삼국사기 三國史記 3.3. 4.2~3. 5.1.3.
  5.2.1. 5.2.3~4. 5.3.1~2. 5.5.1.
  5.5.3~4. 5.6.3~4. 5.7.2. 5.7.4.
  5.8.1~4. 6.1.1. 6.5.2. **6.5.5.**
  6.5.6. 7.4.1~4. 7.5.1. 7.7.1.
  8.9.1. 9.3.5. 11.4.3.

삼국유사 三國遺事 3.2~4. 5.1.1.
  5.2.3~5. 5.3.1. 5.3.3. 5.4.4.
  5.5.1~5. 5.6.3. 5.8.2~3. 6.1.1.
  6.2.2. 6.5.2. 6.5.5~6. 7.1.6.
  7.4.2. **7.4.3**~4. 7.5.1. 8.10.1~2.
  11.18.1. 11.19.1.

삼국지연의 三國志演義 9.3.6. 9.14.5.
  10.10.2.

삼난 三難 9.4.3. 9.6.4.

삼대 三代 11.1.1. 11.2.2. 11.6.3.
  11.14.3.

삼대목 三代目 **5.2.4.** 5.8.3.

삼도부 三都賦 7.1.6.

삼봉선생진찬 三峰先生眞贊 8.1.2.

삼봉이네 집 11.4.3.

삼부염 三婦艶 9.6.4.

삼사횡입황천기 三士橫入黃泉記
  9.13.6.

삼생록 三生錄 9.3.4.

삼선기 三仙記 9.13.6.

삼설기 三說記 9.3.6. 9.9.8. 9.13.6.

삼성기 三聖記 10.1.6.

삼성신화 三姓— 3.5.

삼연가 三然歌 10.1.7.

삼월이십일우 三月二十日雨 7.9.3.

삼인답가 三人踏歌 10.8.3.

삼인시가집 三人詩歌集 11.3.2.
　　11.5.1. 11.5.3. 11.9.4. 11.10.5.

삼일신고 三一神誥 10.1.6.

삼일절유감음 三一節有感吟 11.16.2.

삼자원종기 三子願從記 9.13.6.

삼장 三藏 7.6.3.

삼전도탄 三田渡嘆 10.4.6.

삼종가 三種歌 7.8.4.

삼죽사류 三竹詞流 9.8.2. 9.8.4.

삼진작 三眞勺 6.2.4.

삼천리 三千里 11.1.5. 11.4.4. 11.7.5.
　　11.8.1. 11.9.4. 11.10.6. 11.12.1.
　　11.12.3~4. 11.13.5. 11.14.2.
　　11.14.5~7. 11.16.1.

삼천리문학 三千里文學 11.8.1.
　　11.9.4. 11.14.6. 11.17.3.

삼천육백냥 11.7.2.

삼학사전 三學士傳 9.2.5.

삼한습유 三韓拾遺 9.4.5. **9.13.7.**
　　10.10.3.

삼한시귀감 三韓詩龜鑑 7.2.4. 8.1.5.

삼호사 三虎詞 10.4.2.

삼황연의 三皇演義 9.11.6.

삽교만록 雪橋漫錄 **9.12.2**~3.

상당록 上堂錄 7.3.2.

상대별곡 霜臺別曲 8.3.3.

상대송황제견학생청입국학표
　　上大宋皇帝遣學生請入國學表 6.6.4.

상덕총록 相德總錄 9.11.5.

상랑전 尙娘傳 9.11.5.

상록수 常綠樹 11.11.4.

상륙 11.15.2.

상률가 橡栗歌 7.9.4.

상봉유사 相逢有思 10.8.2.

상사 相思 11.5.2.

상사동기 相思洞記 9.3.2.

상사별곡相思別曲 **9.9.8**~9. 10.3.5.
　　10.3.7.

상사진정몽가 9.9.8.

상사회답가 9.9.8.

상수불학가 常隨佛學歌 6.2.2.

상시무서 上時務書 6.3.3.

상원잡영 上元雜咏 10.4.5.

상자법원광명 子法源壙銘 7.5.2.

상재상서 上宰相書 9.10.4.

상저가相杵歌 7.6.4.

상저가(가사) 9.9.5.

상전가 傷田家 8.6.3.

상진평왕서 上眞平王書 5.1.3. 5.8.1.

상촌집서 象村集序 9.2.3.

상춘곡 賞春曲 8.3.4.

상춘당 賞春堂 9.7.5.

상해 上海 11.16.1.

상해부터 금릉까지 —金陵 — 11.17.3.

상해에서 한성까지 —漢城 — 11.17.3.

상호비판과 이론 확립 11.8.2.

상화와 고월 尙火—古月 11.5.3.

새들은 날아가는데 11.15.5.

새벽(안수길) 11.14.2.

새벽(현상윤) 10.12.3.

새벽길 11.11.5.

새별 10.12.2. 11.19.3.

새빨간 웃음 11.6.2. 11.14.3.

새 상놈 새 양반 11.17.2.

새의현법사 賽義玄法師 9.10.1.

84

새타령 9.9.9. 9.14.4. 10.8.3.

새 한 마리 11.5.3.

색시 11.14.7.

샘물이 혼자서 11.5.1.

생각나는 대로 10.12.3.

생각한 대로 10.12.1.

생명의 과실 11.4.2. 11.13.5. 11.17.4.

생사설 生死說 8.7.1. 8.10.2.

생시에 못 뵈올 님을 11.5.2.

생욕사영가 生辱死榮歌 10.8.2.

생장生長 11.7.5.

생조감구가 10.3.5.

서간도벌목가 西間島伐木歌 10.14.2.

서간문강화 書簡文講話 11.17.4.

서간문범 書簡文範 11.17.4.

서경 西京 7.6.3. 7.6.5.

서경대화궁대연치어
   西京大花宮大宴致語 6.6.3.

서경별곡 西京別曲 6.6.3. 7.6.1. 7.6.4.
   7.6.5~6. 8.3.2.

서광문전후 書廣文傳後 9.12.4.

서구도올 西寇檮杌 9.5.2.

서궁일기 西宮日記 9.11.3.

서금오신화후 書金鰲新話後 8.10.2.

서기 書記 5.1.1.

서나옹삼가 書懶翁三歌 7.8.4.

서대주전 鼠大州傳 9.3.5.

서덕풍현공관 書德豊縣公館 7.1.4.

서도 西都 6.6.3.

서도구호 西都口號 6.6.3.

서도록 西徒錄 10.5.3.

서동 薯童 11.19.1.

서동요 薯童謠 5.3.1. 5.3.3. 11.19.1.

서동지전 鼠同知傳 9.3.5. 10.10.2.

서문학자 序文學者 11.4.4.

서민 敍悶 8.7.1.

서방가 西方歌 8.3.3. 8.8.2.

서백리아방랑기 西伯利亞放浪記
   11.17.3.

서북학회월보 西北學會月報 10.2.4.
   10.9.5.

서사건국지 瑞士建國誌 10.6.3.
   10.9.2. 10.10.7. 11.1.5.

서사록 西槎錄 10.3.3.

서사시어동정 敍事詩御東征 11.15.5.

서소대풍요권수 書昭代風謠卷首 9.5.2.

서시 序詩 **11.3.2.** 11.15.4.

서옥기 鼠獄記 9.3.5.

서왕가 西往歌 7.8.4. 9.10.2.

서우학회월보 西友學會月報 10.9.1.

서울구경 11.18.1.

서울아리랑 11.9.2.

서원부부인행록 9.11.5.

서유가 西遊歌 10.3.3.

서유견문 西遊見聞 10.4.2. 10.7.2.
   10.9.2.

서유견문록 10.3.3.

서재야회록 書齋夜會錄 8.9.3.

서정록 西征錄 10.5.5.

서정별곡 西征別曲 9.9.3.

서정일록 西征日錄 9.1.2.

서초패왕기 西楚霸王記 9.13.6.

서포가문행장 西浦家門行狀 9.11.5.

서포만필 西浦漫筆 9.4.1. 9.4.4.

서포집 西浦集 9.4.1.

서하선생집 西河先生集 7.1.3.

서학변 西學辨 9.10.4.

서해를 묻고 曙海— 11.10.4.

서해무릉기 西海武陵記 9.13.5.

서호별곡 西湖別曲 8.3.4. 8.4.2.

서화 鼠火 11.11.3.

서회 書懷 8.6.2.

석가여래십지수행기
釋迦如來十地修行記 9.3.4.

석가여래행적송 釋迦如來行蹟頌 7.3.3.
8.2.3.

석가출산상 釋迦出山相 7.8.4.

석남사내 石南思內 5.2.4.

석담일기 石潭日記 8.9.2.

석류 石榴 11.13.4. 11.15.1.

석류나무집 11.12.1.

석별 惜別 11.15.3.

석보상절 釋譜詳節 8.2.3. 8.2.4~5.
8.8.1. 9.3.4. 9.14.2.

석불가탈견 石不可奪堅 7.1.4.

석사자상 石獅子像 10.13.1.

석서 碩鼠 8.7.1.

석양 11.14.6.

석양은 꺼지다 11.5.1.

석원사림 釋苑詞林 6.4.3.

석주소고서 石洲少稿序 9.4.2.

석주집서 石洲集序 9.4.2.

석죽화 石竹花 6.6.5.

석탄 속의 부부들 11.14.2.

석탄행 石灘行 7.9.6.

선 扇 10.8.6.

선가귀감 禪家龜鑑 8.8.4.

선각명 禪覺銘 7.3.2.

선구자 11.15.5.

선구자의 노래 11.5.5.

선녀홍대 仙女紅袋 6.5.5.

선농구 選農謳 8.5.3. 9.7.3.

선도자 先導者 11.4.3.

선문염송 禪門拈頌 7.3.2.

선비증정부인장씨행실기
先妣贈貞夫人張氏行實記 9.5.1.

선상탄 船上歎 9.1.5. 9.9.1.

선세언적 先世諺蹟 9.11.7.

선악천리론 善惡天理論 8.6.2.

선언편 選諺篇 9.12.2. 9.12.3.

선운산 禪雲山 5.2.2.

선우태자전 善友太子傳 8.2.4. 9.3.4.

선정가 善政歌 9.9.3.

선조행장 9.11.5.

선종영가집언해 禪宗永嘉集諺解 8.2.5.

선중권곡 禪衆勸曲 9.10.2.

선풍시대 旋風時代 11.11.6.

선화공주 善花公主 11.11.2.

설 11.14.5.

설강동요집 雪岡童謠集 11.19.2.

설경 舌耕 10.4.6.

설공찬전 薛公瓚傳 8.10.3. 9.3.1.

설공찬환혼전 薛公瓚還魂傳 8.10.3.

설날 11.18.3.

설씨내범 薛氏內範 9.11.7.

설용동파운 雪用東坡韻 7.1.3.

설인귀동정 薛仁貴東征 9.3.6.

설인귀전 薛仁貴傳 9.3.6. 9.5.5.

설조송객잉성일률 雪朝送客仍成一律
8.8.3.

설중매 雪中梅 10.10.7.

설헌정상택청산백운도
雪軒鄭相宅靑山白雲圖 7.9.4.

섭란사적 涉亂事迹 9.1.3.

성고구곡 城皐九曲 9.8.1.

성교요지 聖敎要旨 9.10.4.

성당가 聖堂歌 10.3.2.
성덕대왕신종명 聖德大王神鐘銘 5.8.2.
성령집 性靈集 9.5.2.
성명설 性命說 10.3.2.
성벽 城壁 11.13.3.
성북춘회 城北春懷 11.10.5.
성불사의밤 成佛寺— 11.10.4.
성산명경 聖山明鏡 10.9.3.
성산별곡 星山別曲 **8.3.5**. 8.4.4. 9.7.4.
　9.9.1.
성서적 입장에서 본 조선역사 11.17.4.
성서조선 聖書朝鮮 11.17.4.
성수시화 惺叟詩話 8.6.2. 8.7.2~3.
　9.2.2. 9.4.1. 9.4.4.
성수패설 醒睡稗說 9.12.2~3.
성시전도 城市全圖 **9.6.3**. 9.7.5.
성애의 꽃 11.15.3.
석유소불위행 昔有蘇不韋行 9.7.5.
성유식론학기 成唯識論學記 5.4.4.
성조가 成造歌 10.2.1.
성주고씨가전 星主高氏家傳 7.5.3.
성주중흥가 聖主中興歌 9.7.4. 9.9.1.
성주풀이 9.14.4.
성진사전 成進士傳 9.12.5.
성탄제 聖誕祭 11.14.4.
성호사설 星湖僿說 9.4.1. **9.6.1**.
성환점 成歡店 9.5.2.
성황당 11.14.7.
성황반 城隍飯 7.6.2.
세경놀이 9.15.2.
세계소화집 11.18.1.
세계식민사 世界植民史 10.9.2.
세계에서 제일 큰 연극 10.14.4.
세계의 아침 11.13.2.

세계일주가 世界一周歌 10.12.1.
세계일주, 산 넘고 물 건너 11.17.3.
세기의 애인 11.11.6.
세림시집 世林詩集 11.15.3.
세변 世變 9.2.5.
세 선비 10.12.1.
세시풍요 歲時風謠 9.7.5.
세월 11.12.5.
세장가 說場歌 9.9.2.
세종실록지리지 世宗實錄地理誌 8.9.1.
세태의 풍속 11.8.3.
소 11.12.1.
소경과 앉은뱅이 문답 10.10.4.
소곡칠편 小曲七篇 11.13.4.
소금 11.11.3.
소년 少年 10.6.4. 10.8.5. 10.10.7.
　10.12.1~2. 10.12.4. 10.13.2.
　11.19.2.
소년 少年(윤동주) 11.15.4.
소년대한 少年大韓 10.12.1.
소년모험맹진가少年冒險猛進歌
　10.8.2.
소년의 비애 10.13.2.
소년진보가 10.14.2.
소년한반도少年韓半島 10.2.6.
　10.10.3.
소년행少年行(김남천) 11.14.4.
소년행少年行(안확) 11.10.5.
소놀이굿 9.15.2.
소단적치인 騷壇赤幟引 9.4.3.
소대성전 蘇大成傳 9.3.1. 9.5.5.
　9.13.1. 10.6.3. 10.10.1.
소대풍요 昭代風謠 9.4.1. **9.5.2~3**.
　9.7.1.

소래집 笑來集 10.1.7.

소리 11.15.3.

소문만복래 11.18.1.

소문쇄록 謏聞鎖錄 8.7.3. 8.9.2.

소산자가 기송 성성몽기
　笑山子──奇送惺惺夢記 10.9.3.

소상팔경 瀟湘八景 9.14.4.

소생단 蘇生丹 10.8.5.

소설 小說 9.4.5.

소설가구보씨의 일일
　小說家仇甫氏──日 11.14.5~6.

소설개요 11.8.1.

소설과 희대가 풍속에 유관 ─戲臺
　─有關─ 10.6.3.

소설에 대한 조선사람의 사상 11.8.1.

소설연구법 11.8.1.

소설작법 11.8.1.

소성의 만필 小星─漫筆 10.12.3.

소소음 蕭蕭吟 9.5.1.

소수록 9.9.8.

소씨삼대록 9.13.4.

소아 小兒 10.4.7.

소악부 小樂府(민사평) 7.6.6.

소악부 小樂府(신위) 9.2.6. 9.7.4.

소악부 小樂府(이유원) 9.7.4. 10.4.1.

소악부 小樂府(이제현) 6.2.4. 7.6.5.
　7.6.6.

소위 근대극에 대하여 11.7.3.

소위 산유화가와 산유해, 미나리의 교섭
　─山有花歌─ 11.9.3.

소위 신시형가 몽롱체 ─朦朧體 11.8.1.

소유정가 小有亭歌 9.9.1.

소의 笑矣 9.8.2.

소재동기 消災洞記 8.1.2.

소천소지 笑天笑地 10.2.6.

소춘향가 小春香歌 9.9.9.

소학독본 小學讀本 10.9.1.

소학령 巢鶴嶺 10.10.5.

소학사전 蘇學士傳 9.3.6. 10.6.3.
　10.10.2. 11.11.1.

소학언해 小學諺解 8.2.5.

소현성록 9.13.4.

소화 笑話 11.18.1.

소화시평 小華詩評 9.4.1. 9.4.4.

소화집 小華集 6.3.4.

속관동별곡 續關東別曲 9.9.1.

속독 束毒 5.6.4.

속동도악부 9.7.5.

속동문선 續東文選 **8.1.5.** 8.5.3.
　8.7.2~3. 8.9.1.

속두류록 續頭流錄 8.6.1.

속미인곡 續美人曲 **8.3.5.** 8.3.6. 8.4.4.

속사미인곡 續思美人曲 9.9.3.

속삼강행실도 續三綱行實圖 8.2.5.

속소악부 續小樂府 9.7.4.

속악가사 俗樂歌詞 7.6.3. 10.4.1.

속어면순 續禦眠楯 8.9.4.

속어부사 續漁父詞 9.8.1.

속음청사 續陰晴史 10.4.3. 10.8.1.

속회심곡 續回心曲 9.10.2.

손곡산인전 蓀谷山人傳 8.7.4. **9.3.2.**

손님 11.13.4.

송경유기 松京游記 9.11.4.

송경잡절 松京雜絶 9.6.3.

송계제서 送季弟序 10.4.3.

송고승전 宋高僧傳 5.5.2.

송담문집 松潭文集 9.1.5.

송당본향당본풀이 3.5. 9.14.2.

송대장군가 宋大將軍歌　8.6.4.

송도 松都　8.7.5.

송도기이 松都記異　9.11.3.

송도삼수 松都三首　8.5.3.

송동자하산 送童子下山　5.7.4.

송뢰금 松籟琴　10.10.6.

송별 送別　11.13.4.

송산 松山　6.1.2.

송설당집 松雪堂集　10.3.5.

송신사군광수지임연천

　　送申使君光洙之任漣川　9.6.1.

송심교수서 送沈敎授序　8.6.3.　8.9.3.

송씨전 宋氏傳　7.5.3.

송여승가 送女僧歌　9.10.2.

송이림종직랑귀구은

　　送李林宗直郎歸舊隱　7.9.3.

송인 送人　6.6.3.

송자대전 宋子大全　9.2.5.

송정부령우안우경상

　　送鄭副令寓按于慶尙　7.9.4.

송정오장송가 松井伍長頌歌　11.15.5.

송조생부거서 送趙生赴擧序　8.1.2.

송춘일별인 送春日別人　8.1.4.

송충의전 宋忠義傳　9.11.5.

송파별산대놀이　9.15.4~5.
　　10.11.1~2.

송피반 松皮飯　8.8.2.

송호유고 松湖遺稿　8.4.2.

쇄미록 瑣尾錄　9.1.2.

쇼오 극의 작품과 사상　11.2.4.

수 獸　11.12.1.

수경가　9.9.7.

수궁가 水宮歌　9.14.4.　**9.14.5~6.**
　　10.2.2.　10.11.3.

수남방옹가 水南放翁歌　9.9.1.

수로왕과 나찰녀 —羅刹女　5.5.2.

수로조천록　9.11.2.

수로조천행선곡 水路朝天行船曲　9.9.2.

수륙만리 두루 돌아 방랑 20년간 수난
　　반생기　11.17.3.

수보록 受寶籙　8.3.2.

수산광한루기 水山廣寒樓記　9.7.4.

수삽석남 首揷石枏　6.5.5.

수선곡 修善曲　9.10.2.

수성지 愁城誌　8.7.4.　8.9.3.

수시경찰가 隨時警察歌　10.1.7.

수신사일기 修信使日記　10.4.2.

수심가　9.9.9.　10.2.3~4.　10.3.7.

수심가이수 愁心歌二首　10.8.4.

수심결 修心訣　7.3.2.

수양산가 首陽山歌　9.9.9.

수연장 壽延長　7.6.1.

수영들놀음　9.15.5.

수영야류　10.11.1.

수운가사 水運歌辭　10.1.7.

수월정청흥가 水月亭淸興歌　9.8.2.

수이전 殊異傳　5.5.3~5.　6.3.4.　6.5.2.
　　6.5.5~6.　7.4.2~3.　8.10.1~2.

수전노 守錢虜　11.10.1.

수종사 水鍾寺　9.2.4.

수주객사 愁州客詞　9.6.3.

수필문학론　11.17.4.

수향기 睡鄕記　8.6.1.　8.9.3.

수희공덕가 隨喜功德歌　6.2.2.

숙광성진기선중새신어

　　宿廣城津記船中賽神語　10.4.3.

숙봉산동촌 宿鳳山東村　9.2.1.

숙불정암 宿佛頂庵　9.10.1.

숙상운암 宿上雲庵 8.8.3.

숙안락군선원 宿安樂郡禪院 6.6.5.

숙영낭자전 淑英娘子傳 9.7.2. 9.13.5.
　9.14.3. 9.14.5. 10.6.3.

숙창궁입궐일기 淑昌宮入闕日記
　9.11.3.

숙향전 淑香傳 9.5.5. 9.13.2. 9.13.5.

숙향촌 宿香村 7.1.2.

순애보 殉愛譜 11.11.5.

순오지 旬五志 9.4.1. 9.4.4~5. 9.7.3.
　9.9.5. 9.10.3.

순응 順應 7.6.5.

순정해협 純情海峽 11.11.5.

순창가 淳昌歌 9.9.2.

순행가 9.9.7.

술 권하는 사회 11.6.2.

술노래

술지 述志 10.3.5.

술지(최송설당) 10.3.5.

술학자경 述學自警 10.4.1.

술회 述懷(권필) 9.2.2.

술회 述懷(서견) 8.1.3.

술회가 述懷歌 9.1.5.

술회기정강화이동악안눌사군칠백십육운
　述懷寄呈江華李東岳安訥使君七百十
　六韻 9.2.4.

숨 쉬는 목내이 —木乃耳 11.5.5.

숭양기구전 菘陽耆舊傳 10.4.5.

쉽게 씌어진 시 —詩 11.15.4.

스님과 새장수 11.12.2.

스러지는 그림자 11.4.2.

슬픈 구도 —構圖 11.13.1.

슬픈 모순 10.13.1.

슬픈 목가 —牧歌 11.13.1.

습수요 拾穗謠 8.7.4.

승가타령 僧歌打令 9.10.2.

승니교각지가 僧尼交脚之歌 9.5.3.

승답가 僧答歌 9.10.2.

승무 僧舞 11.13.4.

승방비곡 僧房秘曲 11.11.5.

승소밀봉 蠅笑蜜蜂 10.9.4.

승원가 僧元歌 7.3.5. 7.8.4.

승천하는 청춘 昇天—青春 11.5.3.
　11.15.1.

시가점등 詩家點燈 9.4.1. 9.6.5.

시고개벽동이왕 始古開闢東夷王 8.1.2.

시골 노인 이야기 10.10.6.

시골 색시 설운 타령 10.3.5.

시골 여자 설운 사정 10.3.5.

시나리오론 11.18.2.

시대고와 희생 時代苦— 11.1.5.

시대공론 時代公論 11.12.2~3.

시대일보 時代日報 11.6.3. 11.14.7.

시마 詩魔 11.10.4.

시무이십팔조 時務二十八條 6.3.3.

시무책 時務策 5.8.4.

시문독본 時文讀本 10.7.5. 11.17.4.

시문학 詩文學 11.3.3. 11.13.1.

시비 是非 10.3.5.

시사문답 時事問答 10.9.5.

시사서 詩史序 9.4.2. 11.15.1.

시사설 市肆說 7.9.4.

시새덕 施賽德 11.16.2.

시악시 마음이란 11.9.4.

시양제 示兩弟 9.5.2.

시용향악보 時用鄕樂譜 6.2.3.
　7.6.1~2. 7.6.4~5. 7.7.2. 8.3.2.

시우탄 時雨歎 10.4.2.

90

시원 詩苑 11.5.5. 11.13.4.

시월전 十月電 7.1.6.

시인부락 詩人部落 11.10.5. 11.13.3.

시인의 가정 11.7.2.

시일야방성대곡 是日也放聲大哭
  10.4.2.

시적 변용에 대하여 11.13.1.

시정 市井 11.14.4.

시조 11.10.2.

시조는 부흥할 것이냐? 11.10.3.

시조를 혁신하자 11.10.3.

시조배격소의 時調排擊小議 11.10.3.

시조시학 時調詩學 11.10.1. 11.10.5.

시조와 그 연구 11.8.5.

시조유취 時調類聚 11.10.1.

시조의 본령 11.10.3.

시조자수고 時調字數考 11.3.3.
  11.8.5. 11.10.2.

시조 창작 문제 11.10.2.

시조 태반으로서의 조선민성과 민속
  ─胎盤─朝鮮民性─ 11.10.3.

시천교월보 侍天教月報 10.8.5.

시종가 時鐘歌 10.8.5.

시집 詩集 11.1.5.

시천가 侍天歌 10.8.5.

시칙 詩則 9.4.1. 9.4.3.

시형의 음률과 호흡 ─音律─ 10.12.4.
  11.3.3.

시혼 詩魂 11.5.4.

시화총림 詩話叢林 7.2.2. 9.4.1. 9.4.4.

신 晨 9.8.2.

신가전 申哥傳 9.9.7.

신가정 新家庭 11.1.5. 11.6.4.
  11.10.6. 11.11.3. 11.11.6.

11.12.2. 11.14.1. 11.14.4.
  11.15.1. 11.19.1.

신개지 新開地 11.18.2.

신건설 新建設 11.12.3.

신경지리 新京地理 8.1.2.

신경향파문학과 그 문단적 지위 11.8.2.

신경학파문학과 무산파문학 11.8.2.

신계후전 10.10.2.

신고산타령 新高山打令 10.2.3.
  11.9.2.

신공사뇌가 身空詞腦歌 5.3.3.

신구잡가 新舊雜歌 10.3.7.

신귀설 神鬼說 8.7.1. 8.10.2.

신난봉가 10.3.7.

신년 문단을 향하여 농민문학을
  일으키라 11.8.3.

신단공안 神斷公案 10.2.5.
  10.10.3~4. 11.18.1.

신단실기 神壇實記 10.1.6.

신대한소년 新大韓少年 10.12.1.

신도가 新都歌 8.3.2. 8.5.2.

신도일록 薪島日錄 9.8.2. 9.11.4.

신동아 新東亞 11.1.5. 11.8.3.
  11.11.3~4. 11.11.6. 11.12.2~3.
  11.14.2. 11.14.5. 11.14.7.

신라수이전 新羅殊異傳 6.5.5. 8.9.2.

신력탄 新曆嘆 8.7.3.

신륵사 神勒寺 8.6.1.

신명사도 神明舍圖 8.9.3.

신문계 新文界 10.8.5. 10.10.6.

신문세계 新文世界 10.4.7.

신문지와 철창 新聞紙─鐵窓 11.6.2.

신문학사의 방법 11.8.3.

신민 新民 11.1.3. 11.4.2. 11.6.4.

11.10.3~4. 11.11.5. 11.12.4.
11.16.1. 11.18.3.

신병사전 申兵使傳 9.12.5.

신생 新生 11.8.5. 11.10.5.

신생활 新生活 11.5.2. 11.6.3.
11.10.5.

신선타령 神仙打令 10.2.2.

신설부 新雪賦 8.5.3.

신세타령 10.5.5. 11.5.6.

신소년 新少年 11.19.2.

신소설 新小說 11.6.2.

신시단 新詩壇 11.1.5.

신시대 新時代 11.12.5. 11.15.5.

신아리랑 11.9.2.

신아리랑(허삼봉) 11.9.4.

신아의 서곡 新我―序曲 10.12.4.

신아전 申啞傳 9.12.5.

신악부풍자시 新樂府諷刺詩 9.10.3.

신여성 新女性 11.6.4. 11.11.6.
11.13.4~5. 11.14.2. 11.17.2.
11.19.1.

신열악 辛熱樂 5.2.3.

신옥기린 9.5.5. 9.13.4.

신월 新月 11.2.3.

신유복전 申遺腹傳 9.13.1.

신의관창의가 申議官倡義歌 10.5.5.

신인간 新人間 10.1.3.

신인문학 新人文學 11.1.5. 11.12.2.
11.14.1. 11.14.4. 11.14.6.
11.15.1. 11.17.3.

신임이사장 11.12.3.

신작로 新作路 11.14.7.

신정국문 新訂國文 10.7.4.

신정심상소학 新訂尋常小學 10.7.2.

신조선 新朝鮮 11.9.3. 11.14.2.
11.15.4.

신집 新集 5.1.1.

신집원종문류서 新集圓宗文類序 6.4.3.

신체제하의 연극 11.12.5.

신축년홍적 辛丑年紅賊 7.9.5.

신타령 11.9.4.

신학월보 神學月報 10.9.3.

신편제종교장총록 新編諸宗敎藏總錄
6.4.3.

신한민보 新韓民報 10.8.6.
10.14.2~4. 11.5.6. 11.10.5.

신한첩 宸翰帖 9.11.7.

신한풍아 新韓風雅 10.14.2.

신혼기 新婚記 11.6.3.

신흥 新興 11.8.5. 11.9.3. 11.10.2.
11.10.5.

실락원 失樂園 10.12.3.

실바람이 지나간 뒤 11.5.3.

실용작문법 實用作文法 10.7.5.

실제삼수 失題三首 7.9.6.

실지응용작문법 實地應用作文法
10.7.5. 11.17.4.

실향의 화원 失鄕―花園 11.2.3.

실혜가 實兮歌 5.2.3.

심 心 10.12.5.

심기리편 心氣理篇 8.1.2.

심남일실기 沈南一實記 10.5.3.

심문 心紋 11.14.5.

심문천답 心問天答 8.1.2.

심사 心史 9.11.6.

심산유고 心山遺稿 11.16.2.

심생전 沈生傳 9.12.5.

심야의 태양 11.11.2.

92

심양일기 瀋陽日記 9.1.4. 9.11.3.
심우가 尋牛歌 7.8.4.
심청가 沈淸歌 9.5.4. 9.14.4.
  9.14.5~6. 10.2.2. 10.6.3.
  10.10.1~3.
심청전 沈淸傳 9.3.1. 9.5.5. **9.14.6.**
  10.4.3. 10.6.3. 10.10.1. 11.1.5.
심청전(영화) 11.18.2.
심춘순례 尋春巡禮 11.17.3.
심화요탑 心火繞塔 **5.5.4.** 6.5.5.
십계명가 十誡銘歌 9.10.4.
십구장원통기 十句章圓通記 6.4.2.
십년일득 十年一得 11.10.5.
십보가 十步歌 10.2.2.
십생구사 十生九死 11.4.1.
십오분간 十五分間 11.7.5.
십오소호걸 十五小豪傑 10.10.7.
십육야환선정 十六夜喚仙亭 8.5.4.
십이월사 十二月詞 9.5.1.
십이월십이일 11.14.5.
십장가 十杖歌 9.9.9. 10.8.3.
십현담주해 十玄談註解 11.5.4.
싸우는 밀림 11.12.6.
싸움 11.7.5.
쌍가락지노래 9.7.3.
쌍매당명 雙梅堂銘 8.1.4.
쌍명재시집서 雙明齋詩集序 7.2.1.
쌍벽가 雙壁歌 9.9.7.
쌍옥루 雙玉淚 10.10.7.
쌍옥루(영화) 11.18.2.
쌍천기봉 雙釧奇逢 9.13.4.
싹 트는 대지 11.14.2.
쌍홍무 雙虹舞 11.11.5.
쌍화점 雙花店 7.6.1. **7.6.3.** 7.6.6.

  8.11.2.
쓰러져가는 집 10.10.4.
쓸쓸한 밤길 11.19.3.

아관 계급문학과 비평가 我觀— 11.7.3.
아국략사 我國略史 10.9.2.
아귀도송 餓鬼道頌 9.10.2.
아낙네 일생 11.15.1.
아내 11.14.5.
아드와의 원수를 ! 11.15.5.
아들 11.12.3.
아들의 마음 11.11.3.
아름다운 새벽 11.5.1.
아리랑 **10.2.3~4.** 10.3.7. 10.6.2.
  11.9.2.
아리랑(나운규) 11.7.1. **11.18.2.**
아리랑고개(김동환) 11.9.4.
아리랑고개(박승희) 11.7.4.
아리랑타령 10.2.3~4.
아방강역고 我邦疆域考 9.11.3.
아버지 소식 11.14.1.
아버지와 아들 11.12.2.
아부행 餓婦行 8.5.3.
아사아진첩 我寫我眞帖 11.16.2.
아성 我聲 11.8.5.
아시아의 마지막 밤 풍경 11.5.2.
아야요 阿耶謠 7.6.7.
아우 11.11.3.
아이들 노래 10.14.2.
아이들 보이 10.12.1. 11.19.2.
아이 생활 11.19.2.
아 지금은 새벽 네 시 11.5.5.
아침 11.11.1.

아편쟁이 11.12.3.

악군 樂群 10.12.4.

악마의 루 惡魔—淚 10.10.7.

악본 樂本 5.8.2.

악부 樂府 11.10.5.

악성 樂聲 11.5.1.

악장가사 樂章歌詞 7.6.1~5. 7.8.2~3.
　　8.3.2~3.

악학궤범 樂學軌範 5.2.2. 6.2.4.
　　7.6.1~3. 8.1.5. 8.3.2. 8.5.2.

악학궤범서 樂學軌範序 8.5.3.

안 雁 10.8.2.

안동자청 安東紫靑 7.6.6.

안동통문 安東通文 10.5.1.

안락국전 9.3.4.

안락국태자경 安樂國太子經 9.3.4.
　　9.14.2.

안락국태자전 安樂國太子傳 8.2.4.
　　9.3.4. 9.14.2.

안민가 安民歌 5.3.3.

안빙몽유록 安憑夢遊錄 8.9.3.

안사람의병가 10.5.4.

안사람의병가노래 10.5.4.

안심가 安心歌 10.1.2.

안양찬 安養讚 8.8.2.

안의성 雁—聲 10.10.6.

안인수가 安仁壽歌 9.1.5.

안중근전 安重根傳 10.9.1. 11.17.1.

알성일감음 謁聖日感吟 9.2.6.

알 수 없어요 11.5.4.

암귀 暗鬼 11.7.2.

암야 闇夜 11.6.3. 11.14.2.

압록강 鴨綠江 10.8.5.

압록강 가에 서서 11.9.4.

압록강의 밤이여 11.15.3.

압록강행진곡 11.5.6.

앗을 대로 앗으라 11.15.2.

앙가오장 秧歌五章 **9.7.3.** 9.14.3.

앙차석천운 仰次石川韻 8.6.4.

앙천대소 仰天大笑 10.2.5~**6.**

애경당십이월가 仰次石川韻 9.8.1.

애국가 愛國歌 **10.8.1~2.** 10.14.2.

애국가(우혜) 10.8.2.

애국가(창가집) 10.8.2.

애국부인전 **10.9.2.** 10.10.7.

애급근세사 埃及近世史 10.9.2.

애달픈 노래 10.5.4.

애란문학방문기 愛蘭文學訪問記
　　11.17.3.

애루몽 哀淚夢 11.4.1.

애사 哀史 10.10.7.

애욕의 피안 愛慾—彼岸 11.4.3.
　　11.11.5.

애원 11.13.5.

애원가 哀怨歌 10.8.4.

애원성 10.2.3.

애인생부 哀人生賦 8.6.1.

애정보 愛情譜 11.12.1.

애추석사 哀秋夕辭 7.9.6.

애통시집 哀痛詩集 11.13.4.

앵 鶯 10.12.4.

앵무가 鸚鵡歌 5.8.3.

야담 野談 11.12.2. 11.12.4. 11.18.1.

야뢰 夜雷 10.8.4.

야몽성광자 夜夢醒狂子 8.6.1.

야반 夜半 10.12.4.

야시 11.10.4.

야심사 夜深詞 7.6.1.

야은일고 樊隱逸稿 7.9.4.
야좌 夜坐 8.6.1.
야좌두견 夜坐杜鵑 8.6.4.
야좌전다 夜坐煎茶 8.7.2.
야청도의성 夜聽擣衣聲 5.7.3.
야학교반장 11.19.2.
야흥 夜興 8.1.3.
약물 11.19.1.
약산동대 藥山東臺(김억) 11.5.4.
  11.17.3.
약산동대 藥山東臺(이종정) **10.10.2.**
약수풍경 藥水風景 11.7.5.
약한 자의 슬픔 11.4.4.
양 11.13.2.
양곡조천록 陽谷朝天錄 8.9.2.
양교 洋敎 10.5.3.
양기손전 楊己孫傳 9.13.6.
양반전 兩班傳 9.12.4.
양산가 陽山歌 5.3.2. 6.2.3.
양산도 10.2.3.
양산도 梁山刀 11.12.3.
양산백전 梁山伯傳 9.7.2.
양세일력 兩世一曆 10.2.6.
양수척 楊水尺 9.7.5.
양신화답가 良辰和答歌 9.9.8.
양씨가록 9.13.4.
양양가 襄陽歌 9.9.9.
양인기교 洋人技巧 10.5.3.
양주별산대놀이 9.15.4~5.
  10.11.1~2.
양초 귀신 11.19.3.
양초부 養蕉賦 8.5.3.
양춘구곡 陽春九曲 10.8.5.
양파담원 暘談苑 9.4.1.

양평다가 楊平多稼 8.6.3.
양포 洋砲 10.5.3.
양화소록 養花小錄 8.5.3.
어구 御溝 5.8.5.
어느 밤 11.10.6.
어둠 11.8.2.
어득강전 10.10.1.
어디로 11.13.1.
어디 보자 11.19.2.
어떤 광경 11.14.2.
어난난곡 於難難曲 9.7.3.
어랑타령 10.2.3.
어린 벗에게 10.13.2.
어린이 11.19.2~3.
어린 수문장 11.19.3.
어린 제매에게 ―弟妹― 10.12.4.
어머니(김동인) 11.4.4.
어머니(이서향) 11.12.3.
어머니 무릎 10.12.2.
어머니와 딸(강경애) 11.11.3.
어머니와 딸(박아지) 11.15.1.
어머니와 아들 11.12.2.
어머니의 힘 11.12.4.
어머님의 선물 11.19.3.
어면순 禦眠楯 8.9.4. 9.12.2.
어부가 漁父歌 7.8.3. 8.4.3. 9.8.1.
어부거리 9.15.2.
어부사 漁父詞 9.9.9.
어부사 漁父詞(혜심) 7.3.2.
어부사시사 漁父四時詞 **9.8.1.** 10.8.5.
  11.10.5.
어사상봉 9.14.4.
어사용 9.7.2.
어수록 禦睡綠 9.12.2.

어수신화 禦睡新話 **9.12.2**~3.

어우야담 於于野談 8.11.2. 8.11.4.
9.1.6. 9.2.1. 9.3.2. 9.7.3. 9.10.4.
9.12.2. 9.12.3.

어자 漁者 7.9.5.

어주도 漁舟圖 8.6.4.

억석 憶昔 9.5.1.

억이충무공 憶李忠武公 10.4.6.

억지춘향전 11.17.2.

언간독 諺簡牘 10.7.5. 11.17.4.

언문 言文 10.7.4.

언문지 諺文志 9.6.5.

언문풍월 諺文風月 10.8.6. 10.10.3.

언사 諺詞 9.9.2.

언사소 言事疏 10.4.5.

언해효경 諺解孝經 8.2.5.

엄마야 누나야 11.5.4.

엄모달자 嚴母撻子 10.8.3.

엄씨효문청행록 嚴氏孝門淸行錄
9.13.4.

엄연곡 儼然曲 8.3.3.

엄처사전 嚴處士傳 9.2.2. 9.3.2.

엇노래 7.6.4.

엉터리들 11.18.1.

에밀레종 11.12.1.

여름밤 하늘 위에 11.15.2.

여명 黎明 11.6.1.

여사제강 麗史提綱 9.11.3.

여성 女性(잡지) 11.4.4. 11.11.5.
11.14.1~2. 11.14.4~5. 11.17.4.

여성 女性(희곡) 11.7.5.

여손훈서 女孫訓書 10.3.2.

여수 旅愁 11.13.3.

여수시초 麗水詩抄 11.15.2.

여수장우중문시 與隋將于仲文詩 5.1.4.

여승재답가 女僧再答歌 9.10.2.

여시 如是 11.7.4.

여씨향약언해 呂氏鄕約諺解 8.2.5.

여왜전 女媧傳 9.11.6.

여용국평란기 女容國平亂記 9.11.6.

여우 旅寓 7.9.6.

여우 난 골 족 一族 11.15.3.

여의 문학도삽십년 余一文學道三十年
11.11.1.

여의 평자적 가치를 논함에 답함 余一
評者的一 11.8.1.

여이발사 女理髮師 11.6.1.

여자계 女子界 10.11.5. 10.12.2.

여자교육편 女子敎育編 10.3.7.

여자독본 10.7.5.

여자초학 女子初學 9.11.7.

여자탄식가 9.9.7.

여장군전 女將軍傳 9.13.2.

여중호걸 女中豪傑 9.13.2.

여한구가문초 麗韓九家文抄 10.4.5.

여한십가문초 麗韓十家文抄 10.4.5.

여항소설 10.10.1.

여황보약수서 與皇甫若水書 7.1.3.

역대가 歷代歌 9.4.4. 9.9.4.

역대가 歷代歌(단향) 10.8.4.

역대가 歷代歌(오세문) 7.4.4.

역대병요 歷代兵要 8.5.2.

역대세년가 歷代世年歌 8.1.2.

역대전리가 歷代轉理歌 7.8.4.

역대제왕혼일강리도
歷代帝王混一疆理圖 8.9.2.

역대취몽가 歷代夢歌 10.3.4.

역대편 歷代編 9.9.5. 10.3.7.

96

역사와 애국심의 관계 10.9.1.
역사집략 歷史輯略 10.9.1.
역옹패설 櫟翁稗說 **7.2.5.** 7.4.4. 7.7.1.
  7.9.3. 8.9.2.
역천 逆天 11.5.5.
역천자의 노래 逆天者― 11.5.3.
역학대도전 易學大盜傳 9.12.4.
역해 易解 6.6.3.
연 11.5.3.
연가 燕歌 11.18.2.
연경잡절 燕京雜絶 9.6.3.
연곡전장조고의병장광순
  燕谷戰場吊高義兵將光洵 10.4.5.
연군가 戀君歌 9.8.1.
연극경연대회의 인상 11.12.5.
연극과 사회 11.7.2.
연극운동의 출발 11.12.3.
연극의 희문이 풍속 개량과 정신 고취에
  필요함 10.14.4.
연년행 年年行 9.7.5.
연려실기술 燃藜室記述 9.11.3.
연설법방 演說法方 **10.7.5.** 10.9.4.
  10.10.6.
연암집 燕巖集 **9.12.4.** 10.4.5.
연암집서 燕巖集序 10.4.3.
연애의 루 戀愛―淚 10.10.7.
연양 延陽 5.2.1.
연원직지 燕轅直指 9.11.2.
연의각 燕―脚 10.2.2.
연의 물결 戀― 11.7.2.
연평일기 延平日記 9.11.3.
연평행 延平行 10.4.3.
연행가 燕行歌 10.3.3.
연행별곡 燕行別曲 9.9.3.

연행일기 燕行日記 9.11.2.
연형제곡 宴兄弟曲 8.3.3.
열녀춘향수절가 10.10.1.
열매 10.12.4.
열반경종요 涅槃經宗要 5.4.2.
열정 熱情 11.4.1.
열하일기 熱河日記 9.3.3. 9.4.3. 9.5.5.
  9.6.2. 9.11.2. 9.12.4. 9.13.4.
염 焰 11.18.2.
염치없는 사람 10.2.6.
염호 鹽戶 7.9.3.
염화미소 拈花微笑 11.10.5.
엿장수 11.5.5.
영감놀이 9.15.2.
영고석 詠孤石 5.1.4.
영남가 嶺南歌 9.9.4.
영남가 嶺南歌(박인로) 9.9.1.
영남간고상 嶺南艱苦狀 7.3.4.
영남악부 嶺南樂府 **9.6.4.** 9.7.5.
영대 靈臺 11.1.5. 11.5.4. 11.7.2.
영랑시집 永郎詩集 11.3.3. 11.13.1.
영변가 9.9.9. 10.6.2. 10.10.2.
  11.5.4.
영변십절 寧邊十絶 10.4.3.
영사시 詠史詩 11.16.2.
영산가고 山家苦 8.7.1.
영삼별곡 寧三別曲 9.9.3.
영영전 英英傳 9.3.2. **9.13.5.** 10.10.3.
영웅의 모범 10.8.2.
영웅혈 10.8.5.
영원의 무정 11.17.4.
영원의 미소 11.11.4.
영원히 사는 사람 11.6.4.
영월영감 寧越令監 11.14.4.

영일만음 永日漫吟 11.10.5.

영주가 靈珠歌 7.3.5. **7.8.4.**

영지연 詠紙鳶 9.5.2.

영처고서 處稿序 9.4.3~4. 9.6.2.

영풍동광 永豊銅 9.5.2. 10.3.3.

영풍석 暎楓石 10.4.2.

영해영덕 소금장수 9.14.3.

영호루 映湖樓 7.9.2.

영혼 11.5.1.

영화연극 映畵演劇 11.18.2.

영흥잡영 永興雜詠 10.4.6.

예경제불가 禮敬諸佛歌 6.2.2.

예덕선생전 穢德先生傳 9.12.4.

예산은자전 猊山隱者傳 **7.5.4.** 7.9.3.

예술 藝術 11.18.3.

예술과 근면 10.6.4.

예술과 로맨스 11.8.5.

예술과 인생 11.8.1.

예술광사사원과 오월
  藝術狂社社員─五月 11.12.2.

예술운동 藝術運動 11.8.2. 11.12.3.

예술의 독립적 가치 11.8.2.

예안통문 禮安通文 10.5.1.

예양전 豫讓傳 8.9.3.

예종창화집 睿宗唱和集 6.6.1.

옛날 꿈은 창백하더이다 11.6.1.

옛날의 거리 11.5.1.

오감도 烏瞰圖 11.13.2.

오경천견록 五經淺見錄 8.1.2.

오계일지집 梧啓日誌集 9.10.3.

오관산 五冠山 7.6.6.

오관석 五觀釋 5.4.3.

오광대 五廣大 5.6.4.

오광대소고 五廣大小考 11.7.1.

오기 五枝, 五技 5.6.4.

오뇌의 무도 懊惱─舞蹈 11.2.3~4.
  11.5.1.

오도가 吾道歌 10.3.2.

오도령 吳道令 11.11.4.

오도시 悟道詩 9.10.1.

오동전 吳仝傳 7.5.3.

오랑캐고개 11.15.5.

오랑캐들아 경고한다 10.5.4.

오륜가 五倫歌 8.3.3.

오륜가 五倫歌(송순) 8.4.4.

오륜가 五倫歌(박선장) 9.8.1.

오륜가 五倫歌(박인로) 9.8.1.

오륜가 五倫歌(주세붕) 8.4.3~4.

오륜전비기 五倫全備記 8.10.3.

오륜전전 五倫全傳 8.10.3.

오리동박헌납 汚吏同朴獻納 7.9.5.

오리온과 능금 11.14.6.

오몽녀 五夢女 11.14.7.

오백년기담 五百年奇譚 10.2.6.

오빠를 찾아서 11.19.1.

오선생덕전애사 吳先生德全哀詞 7.1.3.

오섬가 烏蟾歌 10.2.2.

오소별곡 烏笑別曲 9.9.5.

오원전 烏圓傳 9.11.6.

오월의 구직자 11.14.5.

오유란전 烏有蘭傳 **9.13.6.** 9.14.5.

오자서묘 伍子胥廟 6.3.4.

오전구시 午前九時 11.11.3.

오전 세시 11.14.2.

오주연문장전산고 五洲衍文長箋散稿
  9.4.1. **9.6.5.**

오학론 五學論 9.6.4.

오호대장기 五虎大將記 9.3.6. 9.13.6.

오호부 嗚呼賦 10.4.5.

옥갑야화 玉匣夜話 9.12.4.

옥단춘요 9.7.2.

옥단춘전 玉丹春傳 9.7.2. 9.13.5.

옥동이선생행록 玉洞李先生行錄
　9.11.5.

옥랑자전 玉娘子傳 9.13.6.

옥련당 玉蓮堂 10.10.4.

옥련몽 玉蓮夢 9.13.3.

옥루몽 玉樓夢 9.3.2. **9.13.3**. 9.13.7.
　10.10.2.

옥린몽 玉麟夢 9.13.3.

옥선몽 玉仙夢 9.4.5. 9.13.3.

옥소기연 玉簫奇緣 10.10.2.

옥소집 玉所集 9.13.4.

옥수기 玉樹記 **9.13.3**~4.

옥원재합기연 玉鴛再合奇緣 9.5.5.
　9.13.4.

옥원전해 玉鴛箋解 9.13.4.

옥주호연 玉珠好緣 9.13.2.

옥중음 獄中吟 11.16.2.

옥중제성 獄中提醒 9.10.4.

옥중호걸 獄中豪傑 10.8.4. 10.12.2.

옥중화 獄中花 10.2.2. 10.10.2.

옥황기 玉皇記 9.11.6.

옷 나와라 뚝딱 10.12.1.

옹고집전 雍固執傳 9.13.6. 9.14.5.

옹고집타령 9.14.5.

와사등 瓦斯燈 11.1.5. 11.13.2.

와사옥안 蛙蛇獄案 9.3.5.

완월 翫月 9.13.4.

완월회맹연 玩月會盟宴 9.5.5. 9.13.4.

왈자타령 曰者打令 **9.14.5**. 10.2.2.

왕경룡전 王慶龍傳 9.3.2.

왕랑반혼전 王郎返魂傳 8.8.3.

왕오천축국전 往五天竺國傳 5.4.5.

왕자의 최후 11.18.1.

왕학 제창에 대하여 王學 提唱— 10.6.4.

왜놈대장 보거라 10.5.4.

왜놈앞잡이들아 10.5.4.

외로운 밤 11.5.1.

외로움 11.5.1.

외인촌 外人村 11.13.2.

요로원야화기 要路院夜話記 9.3.7.
　9.7.6. **9.11.4**.

요절일화집 腰折逸話集 11.18.1.

요절춘향전 11.18.1.

요조오한 〔四疊半〕 10.10.4.

요화백로 蓼花白鷺 7.1.5.

용강사 龍江詞 8.7.4.

용과 용의 대격전 龍—龍— 10.9.3.

용궁부연록 龍宮赴宴錄 8.10.2~3.

용담가 龍潭歌 10.1.2.

용담유사 龍潭遺詞 1.4. **10.1.2**.
　10.1.7. 10.3.2. 10.7.1 11.11.1.

용문몽유록 龍門夢遊錄 9.1.6.

용문전 龍文傳 9.13.1.

용부전 慵夫傳 8.5.3. 8.9.3.

용부편 慵婦編 9.9.5. 10.3.7.

용비어천가 龍飛御天歌 5.5.3. 8.2.1.
　8.2.2~3. 8.3.2. 8.9.4. 9.14.1~2.
　10.4.2. 10.6.4~5.

용비어천가 龍飛御天歌(김종한)
　11.15.5.

용비어천가서 龍飛御天歌序 8.2.2.

용비어천가전 龍飛御天歌箋 8.2.2.

용사별록 龍蛇別錄 9.1.2.

용사음 龍蛇吟 9.1.5.

용사일기 龍蛇日記 9.1.2.

용산리 龍山吏 9.6.4.

용자 傭者 10.4.7.

용재총화 慵齋叢話 8.1.3. 8.5.3. 8.9.2.
8.9.4. 8.10.3.

용저가 舂杵歌 9.9.5.

용정의 노래 11.5.6.

용정촌 龍井村 11.4.1.

용진가 11.5.6.

용추유영가 龍湫游詠歌 9.9.1.

용함옥 龍含玉 10.10.3.

우거행 牛車行 9.5.2.

우국가 憂國歌 9.1.5.

우도가 牛島歌 8.6.2.

우리들의 노래 11.15.3.

우리말본 11.1.2.

우리 영웅 10.12.2.

우리 오빠와 화로 11.15.2.

우리의 운동장 10.12.1.

우박 雨雹 8.7.4.

우부가 愚夫歌 9.9.5.

우부편 愚夫編 9.9.5. 10.3.7.

우산받은 요꼬하마의 부두 11.15.2.

우상전 虞裳傳 9.5.2. 9.12.4.

우생가 愚生歌 10.8.4.

우서 偶書 6.6.5.

우송영경 郵送英京 10.2.5.

우수 憂愁 11.13.4.

우순 소리 10.2.6.

우시 憂時 11.16.1.

우식곡 憂息曲 5.2.3.

우심 牛心 11.11.4.

우유 배달부 10.13.4.

우음 偶吟 8.6.4.

우인효자군만전 優人孝子君萬傳 7.7.3.

우작십이송정사 又作十二頌呈似 7.3.5.

우적가 遇賊歌 5.3.4.

우제 偶題(유방선) 8.1.4.

우제 偶題(홍희춘) 10.4.7.

우주문답 宇宙問答 10.5.3.

우차행 旴嗟行 10.4.2.

우화구곡행 又和龜谷行 10.4.2.

우활가 迂闊歌 9.9.1.

우흥 寓興 5.8.4.

우희국사가 憂喜國事歌 9.7.4.

운강선생창의일록 雲崗先生倡義日錄
10.5.2~3.

운곡시사 耘谷詩史 8.1.3.

운곡행록 耘谷行錄 8.1.3.

운답 耘畓 8.6.3.

운명 運命(윤백남) 10.11.5. 11.7.2.

운명 運命(전영택) 11.4.4.

운명시 殞命詩 10.1.3.

운산음 雲山吟 7.3.5.

운수 좋은 날 11.6.2.

운영전 雲英傳 9.3.2. 9.13.5. 10.10.3.

운영전 雲英傳(영화) 11.18.2.

운현궁의 봄 雲峴宮— 11.11.2.

울도선경가 鬱島仙景歌 10.3.3.

울며 겨자 먹기 11.12.4.

웃음거리 10.2.6.

웅커리로서 10.12.3.

원가 怨歌 5.3.2. 6.2.4.

원각경언해 圓覺經諺解 8.2.5.

원각촌 圓覺村 11.14.2.

원감록 圓鑑錄 7.3.4.

원고료이백원 原稿料二百圓 11.14.1.

원돈성불론 圓頓成佛論 7.3.2.

100

원렵곡 猿獵曲 10.8.5.

원리기 原理氣 8.6.3.

원보 元甫 11.14.2.

원본신가 原本神歌 10.1.6.

원부사 怨夫詞 8.3.6.

원부사 怨婦辭 9.4.4.

원불교교사 圓佛教敎史 10.1.4.

원생몽유록 元生夢遊錄 8.7.4. **8.9.3.**
9.11.6. 10.4.6.

원수 怨讐 11.13.3.

원시 怨詩 8.5.3.

원앙도 鴛鴦圖 10.10.5.

원왕생가 願往生歌 5.3.4.

원유일기 遠游日記 10.4.6.

원적가 圓寂歌 10.3.2.

원정 園丁 11.2.3.

원종문류 圓宗文類 6.4.3.

원죽 園竹 10.4.7.

원치서 元致西 11.11.3.

원풍 願豊 9.8.2.

원한가 9.9.8.

원효대사 元曉大師 11.11.1.

원흉 元兇 10.14.4.

월 月 10.8.2.

월광으로 짠 병실 11.5.2.

월남망국사 越南亡國史 10.8.4.
10.9.2.

월남선생실기 月南先生實記 11.17.1.

월미도 月尾島 11.4.1.

월봉산기 月峰山記 9.3.6.

월봉해상록 月峰海上錄 9.1.3.

월사집서 月沙集序 9.2.3.

월선헌십육경가 月先軒十六景歌 9.9.1.

월인석보 月印釋譜 8.2.4.

월인천강지곡 月印千江之曲 7.3.3.
8.2.1. **8.2.3.** 8.2.4. 8.3.2. 8.8.1.
9.14.1~2.

월전 月顚 5.6.4.

월정화 月精花 7.6.6.

월하가인 月下佳人 10.10.5.

월하의자백 月下— 10.10.4.

월하청요 月下聽謠 10.8.3.

월하취적도 月下吹笛圖 11.14.6.

웬 일이냐 11.5.6.

웰컴 휴머니즘 11.8.3.

위경천전 韋敬天傳 9.1.6. 9.3.2.

위군위친통곡가 爲君爲親痛哭歌 9.9.1.

위인원효 偉人元曉 11.17.1.

유가귀감 儒家龜鑑 8.8.4.

유감 有感 8.6.3.

유거 幽居 7.3.4.

유광억전 柳光億傳 9.2.6. 9.6.4.
9.12.5.

유구곡 維鳩曲 **6.2.3.** 7.6.4.

유기 留記 5.1.1.

유년필독 幼年必讀 10.7.2.

유대관령망친정 踰大關嶺望親庭 8.7.5.

유덕전 劉德傳 10.10.1.

유두류록 遊頭流錄 8.6.3.

유두류산도화개현작
遊頭流山到花開縣作 8.6.2.

유람기록가 9.9.7.

유랑 流浪 11.18.2.

유령의 나라 11.5.2.

유록전 柳綠傳 9.3.2. 9.13.5.

유리창 11.13.1.

유린 蹂躪 11.7.5.

유림가 儒林歌 8.3.2.

유몽속편 牖夢續篇 10.4.8.

유민원 流民怨 9.7.3.

유민탄 流民嘆(어무적) 8.7.3.

유민탄 流民歎(장지연) 10.4.2.

유백두산기 遊白頭山記 9.11.4.

유산가 遊山歌 9.9.9.

유서 柳絮 8.7.4.

유석질의론 儒釋質疑論 8.8.2.

유선쌍학록 遊仙雙鶴錄 10.10.1.

유속리산기 遊俗離山記 9.11.4.

유시 遺詩 10.5.3.

유심 惟心 10.10.4. **10.12.5.** 10.13.4.
　11.2.3. 11.5.4.

유씨삼대록 劉氏三代錄 9.13.4.

유양팔선집 柳洋八仙集 10.4.4.

유여매쟁춘 柳與梅爭春 9.11.6.

유연전 柳淵傳 9.3.2.

유우춘전 柳遇春傳 9.6.3. 9.11.5.

유원십이곡 楡院十二曲 9.8.2.

유일록 游日錄 10.3.3.

유재론 遺才論 9.2.2.

유정 有情 11.11.5.

유조 遺詔 5.1.3.

유충렬전 劉忠列傳 9.3.1. **9.13.1.**
　10.10.2. 11.1.5.

유학경위 儒學經緯 10.4.2.

유학실기 留學實記 10.3.3.

유한당언행실록 9.10.4.

유해무익의 문자 有害無益―文字
　11.1.4.

유화우 榴花雨 10.10.6.

유화전 柳花傳 10.9.1.

유효공선행록 9.13.4.

육가 六歌 8.4.3.

육가잡영 六家雜詠 9.5.2.

육두 六蠹 9.6.1.

육미당기 六美堂記 9.13.7. 10.10.3.

육사시집 陸史詩集 11.15.4.

육신전 六臣傳 8.6.1. 8.9.3.

육영 六咏 9.8.2.

육의사열전 六義士列傳 10.5.2.

육자배기 9.9.9. 10.2.3.

육현가 六賢歌 8.3.3.

육혈포강도 六穴砲强盜 10.11.4.

육효자전 六孝子傳 10.10.2.

윤관전 尹瓘傳 8.9.1.

윤광호 尹光浩 10.13.2.

윤리 倫理 11.15.2.

윤석중동요집 11.19.2.

윤씨일가 尹氏一家 11.12.3.

윤지경전 尹知敬傳 9.13.5.

윤하정삼문취록 尹河鄭三門聚錄
　9.13.4.

율도왕전 聿島王傳 9.3.3.

율리유곡 栗里遺曲 9.8.2.

율정선생일고서 栗亭先生逸藁序 7.9.5.

은봉야사별록 隱峰野史別錄 9.1.2.

은세계 銀世界 **10.10.5.** 10.11.3.

은아전 銀娥傳 8.7.3.

은애전 銀愛傳 9.11.5.

은파리 11.17.2.

은하에 흐르는 정열 11.18.2.

은하월의 낙금보 銀河月―落琴譜
　11.15.1.

을병연행록 乙丙燕行錄 9.6.2. 9.11.2.

을사록 乙巳錄 8.9.2.

을지문덕 乙支文德 10.6.2. 10.9.1.
　11.1.5.

102

을지문덕(동화) 11.19.3.

을지문덕실기 乙支文德實記 11.4.1.
11.17.1.

을지문덕전쟁기 乙支文德戰爭記
11.17.1.

음시 吟詩 8.6.3.

음악과 시 11.9.4.

음악교원 音樂敎員 11.14.5.

음악만필 音樂漫筆 11.17.4.

음애일기 陰崖日記 8.9.2.

음양삼태성 陰陽三台星 10.10.2.

음양옥지환 陰陽玉指環 9.13.2.

음청사 陰晴史 10.4.3.

읍혈록 泣血錄 9.11.3.

응객 應客 9.2.6.

응제시 應製詩 8.1.2.

응제시주 應制詩註 8.1.2. 8.9.1.

응천일기 凝川日記 9.11.3.

의리적구투 義理的仇鬪 11.7.1.
11.18.2.

의병군가 10.5.4.

의병대가 11.5.6.

의병전 11.17.1.

의산문답 毉山問答 9.6.2. 9.12.4.

의삼정구폐책 擬三政救弊策 10.4.3.

의상전 義湘傳 5.4.3.

의승기 義勝記 9.11.6.

의암유선생서행대략
毅庵柳先生西行大略 10.5.2.

의유당관북유람일기
意幽堂關北遊覽日記 9.11.4.

의유당유고 意幽堂遺稿 9.5.1.

의장청조 依杖聽鳥 10.8.3.

의주길 義州— 11.10.5.

의태리독립사 意太利獨立史 10.9.2.

의해동소강금강경경이유작
依海東疏講金剛經慶而有作 6.4.3.

의희양산거 擬曦陽山居 8.8.2.

이가만보 梨家漫步 11.7.2.

이공본풀이 9.3.4.

이광수류의 문학을 매장하라 11.7.3.

이기설 理氣說 8.6.2.

이노행 狸奴行 9.6.4.

이 대감 망할 대감 11.7.4.

이대봉전 李大鳳傳 9.13.1. 10.10.2.

이러쿵 저러쿵 11.8.1.

이벽선생몽회록 9.10.4.

이벽전 9.10.4.

이별곡 9.9.8.

이사원네 맏딸애기 9.7.2. 9.14.2~3.

이상곡 履霜曲 7.6.1. 7.6.4. 8.5.2.

이생규장전 李生窺墻傳 8.10.2.

이석단 李石端 8.10.3.

이세가 離世歌 10.1.6.

이소부사 李少婦詞 8.7.4.

이수광옥 移囚光獄 10.5.3.

이순신 李舜臣 11.4.3. 11.11.1.

이순신전 李舜臣傳 10.9.1.

이심 二心 11.6.3.

이십세기신구유행창가 11.18.3.

이십일도회고시二十一都懷古詩 9.6.3.

이십칠일도강 二十七日渡江 10.5.3.

이씨세대록 李氏世代錄 9.13.4.

이씨후대린봉쌍계록
李氏後代麟鳳雙系錄 9.13.4.

이야기 11.5.1.

이야기 시절 11.9.4.

이언집 俚諺集 9.4.3. **9.6.4.** 9.7.3.

이언총림 俚諺叢林 9.7.6.

이영녀 李永女 11.7.3.

이원수요 李元帥謠 7.6.7.

이월삼십일장입경 二月三十日將入京
　8.6.1.

이린전 李麟傳 9.13.1.

이정해전 李廷楷傳 9.11.5.

이 좋은 강산을 10.8.2.

이차돈의 사 異次頓─死 11.11.1.

이춘풍전 李春風傳 9.13.6.

이충무공구선가 李忠武公龜船歌
　10.4.5.

이충백전 李忠伯傳 9.11.5.

이태경전 李泰景傳 9.13.1.

이태리건국삼걸전 伊太利建國三傑傳
　10.9.2.

이태리국 아마치전 10.9.2.

이해룡전 李海龍傳 9.13.6.

이향견문록 異鄕見聞錄 9.5.2~3.
　9.11.5. 9.12.1.

이홍전 李泓傳 9.12.5.

이화 梨花 8.5.2.

이화암노승행 梨花菴老僧行 9.2.6.

익살맞은 대머리 11.18.1.

인간문제 人間問題 11.1.1. 11.11.3.

인간산문 人間散文 11.14.6.

인간수업 人間修業 11.14.5.

인도송 人道頌 9.10.2.

인도양과 지중해, 도구수기 一渡歐手記
　11.17.3.

인력거군 人力車軍(안국선) 10.10.6.

인력거꾼 (주요섭) 11.6.4.

인력거꾼수작 10.9.5.

인맥 人脈 11.14.5.

인목대비술회문 仁穆大妃述懷文
　9.11.3. 9.11.7.

인문평론 人文評論 11.10.3. 11.1.4.
　11.8.3~4. 11.11.4. 11.11.6.
　11.12.1~3. 11.13.2. 11.14.4.
　11.14.7. 11.15.5.

인물고 人物考 10.9.1.

인산가 10.3.5.

인삼찬 人蔘讚 5.1.4.

인생 11.10.5.

인생안내 11.17.4.

인악집서 仁岳集序 9.10.1.

인일가 人日歌 9.9.5.

인재집 麟齋集 7.9.6.

인정 人政 9.6.5.

인조실록 仁祖實錄 9.1.4.

인테리와 빈대떡 11.12.2.

인현왕후전 仁顯王后傳 9.3.7. 9.11.3.

인홍변서봉 낭사승명관 仁鴻變瑞鳳
　浪士勝名官 10.2.5. 10.10.3.

일경초의 생명 一莖草─ 10.12.5.

일꾼의 노래 11.15.2.

일년 一年 11.11.4.

일념홍 一捻紅 10.10.3.

일동기유 日東記游 10.4.2.

일동장유가 日東壯遊歌 9.5.2. 9.9.3.
　9.11.2. 10.3.3.

일락정기 一樂亭記 9.4.5. 9.13.3.

일목대왕의 철추 一目大王─鐵樞
　10.9.1.

일민가 逸民歌 9.9.1.

일본산천풍속기 10.10.1.

일본서기 5.1.2~3. 5.2.2. 5.6.2.

일본시단의 이대경향 ─二大傾向

104

11.2.2.
일본왕환일기 日本往還日記 9.1.3.
일본유학가 10.3.3.
일부벽파론 一斧壁破論 10.4.2.
일사유사 逸士遺事 9.5.2. 9.12.1.
  10.2.6.
일설춘향전 一說春香傳 11.11.1.
일승법계도원통기 一乘法界圖圓通記
  5.4.3. 6.4.2.
일신수필 馹迅隨筆 9.11.1.
일심가 10.8.2.
일요일 11.14.6.
일월 日月 11.13.3.
일정 一正 8.8.3.
일필만롱 一筆漫弄 10.6.4.
잃어버린 댕기 11.19.2.
잃어진 진주 一眞珠 11.3.3.
임간록 林間錄 5.5.2.
임거정 林巨正 11.1.5. 11.11.2.
  11.18.1.
임거정전 林巨正傳 11.11.2.
임경업장군전 林慶業將軍傳 9.2.5.
임경업전 林慶業傳 9.1.5~6. 9.3.3.
  9.11.6. 9.13.1. 11.11.1.
임경업전 林慶業傳(송시열) 9.11.5.
임경업전 林慶業傳(이선) 9.11.5.
임경업전 林慶業傳(이형상) 9.11.5.
임경업전 林慶業傳(황경원) 9.11.5.
임금 林檎 11.14.2.
임란일기 壬亂日記 9.1.2. 9.1.5.
임신서기석 壬申誓記石 5.1.1.
임써삼대록 9.13.4.
임열부향랑전 林烈婦薌娘傳 9.11.5.
임자 없는 나룻배 11.18.2.

임장군전 林將軍傳 9.1.6.
임진 臨津 9.1.5.
임진록 壬辰錄 9.1.5~6. 9.3.3.
  9.13.1. 10.3.4. 11.11.1.
임진록 壬辰錄(민순지) 9.1.2.
임진록 壬辰錄(유진) 9.1.2.
임진조변사적 壬辰遭變事蹟 9.1.2.
임천별곡 林川別曲 9.9.2.
임호은전 林虎隱傳 9.13.3.
임화정연 林花鄭延 9.13.4. 10.10.2.
입암별곡 立巖別曲 9.9.1.
입지론 立志論 8.6.2.
입춘굿 9.15.2.
입학도설 入學圖說 8.1.2.
잎 떨어진 나무 11.13.1.

자경별곡 自警別曲 9.9.5.
자경삼수 自警三首 10.4.6.
자경지함흥일기 慈慶志咸興日記
  9.11.4.
자규제후강 子規啼後腔 9.7.4.
자도사 自悼詞 9.9.1.
자만 自挽 8.7.2.
자매 11.12.1.
자서 自叙 7.2.3.
자술 自述 8.7.5.
자암집 自庵集 8.4.2.
자연송 自然頌 11.2.2. **11.5.1.**
자영오수 自詠五首 8.1.2.
자유노동자 自由勞動者 11.14.2.
자유의 신에게 10.12.1.
자유종 自由鍾 10.6.3. **10.9.5.**
  10.10.5.

자작부인 子爵夫人 11.4.1.

자조 自嘲 9.5.1.

자조시 自嘲詩 11.16.2.

자책 9.10.4.

자치가 鵲雉歌 9.3.5.

자탄 自嘆 8.7.1.

자탄가 10.3.5. 8.3.6.

자하동 紫霞洞 7.6.1. 7.9.1.

자하동 紫霞洞(이은상) 11.10.4.

자하시집 紫霞詩集 10.4.5.

자해필담 紫海筆談 9.11.3.

자화상 自畫像(권환) 11.15.2.

자화상 自畫像(노천명) 11.13.5.

자화상 自畫像(서정주) 11.13.3.

자화상 自畫像(윤동주) 11.15.4.

작매부 斫梅賦 8.7.3.

작문모범 作文模範 9.2.3.

작품에 대한 평자적 가치 11.8.1.

잔당연의 殘唐演義 9.13.4.

잘 가거라 11.19.2.

잘 왔군타령 10.2.4.

잘 있거라 나의 서울이여 11.15.4.

잠 蚕 10.8.6.

잠녀가 潛女歌 9.7.5.

잠부 蠶婦 7.9.5.

잠상태 岑上苔 10.10.5.

잠 없는 꿈 11.5.4.

잡록 雜錄 9.9.7.

잡저 雜著 9.2.5.

잡저 雜著(김시습) 8.7.1.

잣을 까는 집 11.14.4.

장개석 蔣介石 11.13.4.

장검가 長劍歌 10.1.7.

장경전 張景傳 9.13.1. 10.10.1.

장구한 밤 11.7.3.

장국진전 張國振傳 9.13.3.

장기농가 長鬐農歌 9.7.3.

장끼전 9.3.5.

장님거리 9.15.2.

장단 長湍 6.1.2.

장미 병들다 11.14.6.

장미촌 薔薇村 11.1.5. 11.5.1~2.

장미촌의 향연 11.5.1.

장백산 줄기를 밟으며 11.17.3.

장벽지화라 10.10.1.

장복선전 張福先傳 9.12.5.

장봉사전 蔣奉事傳 9.12.5.

장산인전 張山人傳 9.2.2. **9.3.2.**

장생전 蔣生傳 9.2.2. 9.3.2~3.
   9.12.5.

장수산 長壽山 11.13.1.

장안걸식가 長安乞食歌 9.10.2.

장안사군 長安四窘 8.7.3.

장안춘일유감 長安春日有感 5.8.5.

장암 長巖 7.6.6.

장절공유사 壯節公遺事 6.2.3.

장주호접변 莊周蝴蝶辨 8.6.2.

장진주 將進酒 9.4.4.

장진주사 將進酒辭 8.3.5. 9.8.5.

장충단유감 獎忠壇有感 10.4.7.

장타령 10.2.4.

장풍운전 張風雲傳 9.13.1. 10.6.3.
   10.10.1~2.

장학월보 獎學月報 10.9.4. 10.10.4.
   10.10.6. 10.13.4.

장한가 長恨歌 10.3.2.

장한몽 長恨夢 10.10.7. 10.10.9.
   10.11.4~5. 10.13.3. 11.4.3.

장한몽가 長恨夢歌 11.18.3.

장화홍련전 薔花紅蓮傳 9.13.6.
　10.10.2.　10.11.4.

장화홍련전(영화) 11.18.2.

잦은난봉가 10.3.7.

잦은방아타령 10.3.7.

재 11.13.4.

재가권곡 在家勸曲 9.10.2.

재만조선시인집 在滿朝鮮詩人集
　11.15.5.

재봉춘 再逢春(이상협) 10.10.6.

재봉춘 再逢春(현상윤) 10.13.1.
　10.14.3.

재생 再生 11.4.3.

재생연전 再生緣傳 9.3.6.

재송여승가 再送女僧歌 9.10.2.

재일본장가 在日本長歌 9.1.5.

재조번방지 再造藩邦誌 9.1.2.

저락된 눈물 低落— 11.5.1.

저류 底流 11.6.4.

저생전 楮生傳 7.5.5.　8.1.4.

저수하에서 樗樹下— 11.8.1.

저승길 11.4.5.

적도 赤道 11.6.2.　**11.11.2.**

적멸시중론 寂滅示衆論 8.3.3.

적벽가 赤壁歌 9.3.1.　9.3.6.　9.5.4.
　9.14.5.　10.2.2.　10.8.3.

적벽가 赤壁歌(잡가) 9.9.9.

적병행 籍兵行 8.6.4.

적빈 赤貧 11.11.3.

적성비 赤城碑 5.1.2.

적성을 손가락질하며 赤星— 11.5.3.

적성의전 9.3.4.　9.3.7.　9.13.7.

적십자병원장 赤十字病院長 11.14.2.

적중봉소 賊中封疏 9.1.3.

적퇴후입경 賊退後入京 9.1.5.

전가 田家 9.6.2.

전가사시 田家四時 7.1.2.

전가사십이수 田家詞十二首 8.5.3.

전가원 田家怨(송순) 8.6.4.

전가원 田家怨(임제) 8.7.4.　9.7.3.

전가초 戰歌抄 11.15.5.

전가추석 田家秋夕 10.4.3.

전가팔곡 田家八曲 9.8.2.

전간기사 田間紀事 9.6.4.

전라도가요 全羅道歌謠 8.6.3.

전론 田論 9.6.4.

전변 轉變 11.7.5.

전사의 탄 田舍—歎 10.9.5.

전선시집 戰線詩集 11.13.4.

전설 傳說 10.4.3.

전설인과곡 奠說因果曲 9.10.2.

전요집 戰謠集 11.15.5.

전우치전 田禹治傳 9.3.3.

전원사시가 田園四時歌 9.8.1.

전원송 田園頌 11.5.1.

전쟁과 조선문학 11.15.5.

전쟁문학 11.8.5.

전정화 前庭花 10.8.4.

전주사가시 箋注四家詩 9.6.3.

전차 차장의 일기 몇 절 11.6.1.

전통과 기교문제 11.8.4.

전화 11.6.3.

절도병환자 竊盜病患者 11.12.4.

절망의 노래 11.13.4.

절명사 絶命辭(김정) 8.6.2.

절명사 絶命詞(전의이씨) 9.9.7.

절명시 絶命詩 10.4.5.

절부조씨전 節婦曺氏傳 7.5.3.

절정 絶頂 11.15.4.

젊은 그들 11.4.4. **11.11.2.**

젊은 어머니 11.14.1.

젊은이의 시절 11.6.1.

점선장신사비 秥蟬長神祀碑 4.1.

접전일기 接戰日記 10.5.3.

정감록 鄭鑑錄 9.12.1.

정경계 正經界 8.3.2.

정경부인이씨제문 貞敬夫人李氏祭文
　　9.11.7.

정경부인한산이씨행록 9.11.5.

정경부인해평윤씨행장 9.11.5.

정경부인행장 貞敬夫人行狀 9.5.1.

정계 政誡 6.3.1.

정고원제학사삼백운 呈誥院諸學士三百韻
　　7.1.5.

정과정곡 鄭瓜亭曲 7.6.1. 6.2.1.
　　6.2.4.

정관음 貞觀吟 7.9.5.

정광주피란록 鄭廣州避亂錄 9.1.6.

정기급인 正己及人 10.10.4.

정동방곡 靖東方曲 7.6.5. **8.3.2.**

정매하과록서 征邁夏課錄序 10.6.1.

정명국사시집 靜明國師詩集 7.3.3.

정명국사후집 靜明國師後集 7.3.3.

정몽주 11.19.3.

정무록 丁戊錄 9.11.3.

정미거사시유감 丁未擧事時有感
　　10.5.3.

정미유월십사일도진도적소
　　丁未六月十四日到珍島謫所 11.16.2.

정복자의 꿈 11.17.4.

정부원 貞婦怨 10.10.6~7.

정비전 鄭妃傳 9.13.2.

정사 靜思 11.5.3.

정서군막유감 征西軍幕有感 6.6.4.

정석가 鄭石歌 7.6.1. **7.6.4.** 7.6.5~6.

정선아라리 10.2.3.

정선조선가곡 精選朝鮮歌曲 10.3.7.
　　10.10.5.

정선조선가요집 精選朝鮮歌謠集
　　11.18.3.

정수경전 9.13.6.

정수정전 鄭秀貞傳 9.13.2.

정시자전 丁侍者傳 7.5.5.

정신사 精神詞 10.8.5.

정씨가전 鄭氏家傳 7.5.3.

정씨후록 9.13.4.

정언묘선 精言妙選 8.6.3.

정역 正易 10.1.4.

정예악 定禮樂 8.3.2.

정오 正午 11.7.3.

정유피란록 丁酉避亂錄 9.1.3.

정을선전 鄭乙善傳 9.13.3.

정읍 井邑 5.2.2.

정읍군민란시여항청요
　　井邑郡民亂時閭巷聽謠 9.9.6.

정읍사 井邑詞 5.2.2. 7.6.1. 7.6.3.
　　7.6.6. 7.8.3. 9.8.1.

정일당유고 靜一堂遺稿 9.5.1.

정정증보신구잡가 訂正增補新舊雜歌
　　10.3.7.

정조와 약가 貞操—藥價 11.6.2.

정주가 定州歌 9.9.2. 9.9.7.

정주승전곡 定州勝戰曲 9.9.6.

정지용시집 鄭芝溶詩集 11.13.1.

정처사술회가 鄭處士述懷歌 10.3.3.

정치삼매 情痴三昧 11.7.2.

정향전 丁香傳 9.13.6.

정헌영해처감록 靜軒瀛海處坎錄
　9.11.4.

정혜공주묘비 貞惠公主墓碑 5.7.3.

정효공주묘비 貞孝公主墓碑 5.7.3.

정효자전 鄭孝子傳 9.11.5.

젖 11.10.4.

제구운몽후 題九雲夢後 9.4.5.

제국신문 帝國新聞 10.10.4~5.

제길재선생시권후서
　題吉再先生詩卷後序 8.1.2.

제덕산계정주 題德山溪亭柱 8.6.3.

제로방거은비 題路傍去恩碑 9.5.2.

제마무전 諸馬武傳 9.3.6.

제만의사동부도 題萬義寺東浮屠 8.6.2.

제망매가 祭亡妹歌 6.2.3. 5.3.3.

제망자상진문 祭亡子尙鎭文 11.16.3.

제면우곽선생장 祭俛宇郭先生丈
　11.16.2.

제 버릇 개 주나 11.12.4.

제분황사효성문 祭芬皇寺曉聖文 6.4.3.

제비가 9.9.9.

제사 11.12.1.

제석(신계영) 9.8.1.

제석 除夕(홍사용) 11.7.4.

제석거리 9.15.2.

제석본풀이 9.14.2.

제석탄 9.9.2.

제선비손부인문 祭先妣孫夫人文
　9.11.7.

제신광사 題神光寺 8.5.4.

제신장문 祭神將文 9.10.1.

제심원 題深院 8.7.3.

제야 除夜 11.6.3.

제야말로 10.12.3.

제야의 종소리 除夜— 11.7.2.

제왕보양방 帝王補陽方 8.7.3.

제왕운기 帝王韻紀 3.2. 7.1.6. 7.4.4.
　8.1.2. 8.9.1.

제월씨의 평자적 가치
　霽月氏—評者的— 11.8.1.

제위보 濟危寶 7.6.6.

제유선사 題遊仙寺 5.7.4.

제2의 운명 11.11.6.

제일과제일장 第一課第一章 11.11.4.

제일기언 第一奇諺 9.4.5. 9.5.5.

제일선 第一線 11.11.3. 11.14.2.

제1회연극경연대회인상기 11.12.5.

제전등신화후 題剪燈神話後 8.10.2.

제전사 題田舍 9.6.3.

제주풍토기 濟州風土記 9.11.4.

제주풍토록 濟州風土錄 8.6.2. 8.9.2.
　9.11.4.

제천책국사시권 題天頙國師詩卷 7.3.3.

제축석루 題矗石樓 9.2.6.

제향날 祭饗— 11.12.2.

조경일록 朝京日錄 9.11.2.

조광 朝光 11.1.5. 11.4.4. 11.6.4.
　11.7.1. 11.8.3~4. 11.9.3.
　11.11.2~5. 11.12.1~3. 11.12.5.
　11.13.1. 11.13.4. 11.14.2~7.
　11.17.2~3. 11.18.1~2.

조국행진곡 11.5.6.

조그만 일 11.6.3.

조그만 하늘 11.19.2.

조대망월 釣臺望月 9.2.6.

조생원전 趙生員傳 9.13.3.

조선경국전 朝鮮經國典 8.1.2.

조선고 朝鮮苦 11.17.3.

조선고금시화 朝鮮古今詩話 11.8.5.

조선구전민요집 朝鮮口傳民謠集
11.9.2.

조선 국민문학으로서의 시조 11.10.3.

조선근세대명인정수동
朝鮮近世大名人鄭壽銅 11.18.1.

조선농구 朝鮮農謳 11.10.1.

조선농민 朝鮮農民 11.8.3. 11.9.4.

조선농민문학의 근본문제 11.8.3.

조선동요백곡집 11.18.3.

조선동요집 朝鮮童謠集 11.9.2.
11.19.1.

조선동화대집 朝鮮童話大集 11.19.1.

조선말 없는 조선문단에 일언함 11.7.3.

조선명부전 朝鮮名婦傳 11.17.1.

조선명인전 朝鮮名人傳 11.17.1.

조선무사영웅전 朝鮮武士英雄傳
11.17.1.

조선문단 朝鮮文壇 11.1.5. 11.3.3.
11.4.2. 11.4.4. 11.6.1~4.
11.7.4~5. 11.8.1~3. 11.9.3.
11.10.3. 11.11.5. 11.14.2~4.
11.14.7. 11.17.4.

조선문단진흥책소고 11.1.5.

조선문예 朝鮮文藝 10.4.7. 10.6.1.
10.8.5. 11.16.1.

조선문예연감 朝鮮文藝年鑑 11.1.5.

조선문전 朝鮮文典 10.7.4.

조선문학 朝鮮文學 11.5.5. 11.8.5.
11.11.4. 11.12.1. 11.12.3.
11.14.2. 11.14.6~7. 11.15.1.
11.15.3.

조선문학 건설의 이론적 기초 11.8.2.

조선문학 연구에 대하여 11.8.5.

조선문학사 朝鮮文學史 10.6.5.
11.8.5.

조선문학사(이가원) 11.16.2.

조선문학의 현단계 11.8.3.

조선문학의 현재의 수준 11.8.3.

조선문화 기본조사 강원도편 11.9.2.

조선민속 朝鮮民俗 11.7.1.

조선민요론 11.9.3.

조선민요연구 총설 11.9.1.

조선민요의 분류 11.9.3.

조선민요의 연구 朝鮮民謠の硏究
11.9.3.

조선민요의 특질과 기장래 — 其將來
11.9.3.

조선민족의 발전적 해소론 서설 11.8.4.

조선병 朝鮮病 11.5.5.

조선불교월보 朝鮮佛敎月報 10.3.2.
10.8.5. 11.10.5.

조선불교유신론 朝鮮佛敎維新論
10.12.5.

조선사천년비사 朝鮮四千年秘史
11.18.1.

조선소설발달개관 11.8.5.

조선소설사 朝鮮小說史 11.8.5.

조선속가 朝鮮俗歌 11.18.3.

조선시가사강 朝鮮詩歌史綱 11.8.5.

조선시단 朝鮮詩壇 11.1.5. 11.5.1.

조선시문변천 朝鮮詩文變遷 11.8.5.

조선시사 朝鮮詩史 11.8.5.

조선신문학사 11.8.3.

조선신문학사론서설 11.8.3.

조선심 朝鮮心 11.5.6.

110

조선야담대해 朝鮮野談大海 11.18.1.
조선야담전집 朝鮮野談全集 11.18.1.
조선어문법 10.7.4.
조선어사전 朝鮮語辭典 11.1.2.
조선어의 가치 10.6.5.
조선역대사략 朝鮮歷代史略 10.9.1.
조선역대소사 朝鮮歷代小史 11.17.3.
조선역사 朝鮮歷史 10.9.1.
조선연극사 朝鮮演劇史 11.7.1.
　11.8.5.
조선연극의 앞길, 그 방침과 타개책에
　대하여 11.12.1.
조선유학사 朝鮮儒學史 10.12.3.
조선은 메나리의 나라 11.7.1. 11.9.3.
조선을 버리자 11.3.2.
조선의 마음 11.1.5. 11.5.2.
조선의 맥박 11.5.3.
조선의 문단 11.1.5.
조선의 문학 10.6.5. 11.8.5.
조선의 문학적 전통 11.8.5.
조선의 미술 10.6.5.
조선의 얼굴 11.6.2.
조선의 풍자와 해학을 말하는 좌담회
　11.18.1.
조선의 학도여 11.15.5.
조선의 한 용사 11.12.6.
조선이언 朝鮮俚諺 10.2.6.
조선일보 朝鮮日報 10.10.6. 11.1.4.
　11.2.4. 11.4.5. 11.6.2~3.
　11.8.1~4. 11.9.4. 11.11.1~6.
　11.12.1. 11.12.3. 11.13.5.
　11.14.2~3. 11.14.5. 11.14.7.
　11.15.2. 11.17.2~3.
조선중앙일보 朝鮮中央日報 11.4.5.

　11.8.1~4. 11.11.4. 11.11.6.
　11.12.1. 11.13.2. 11.14.3.
　11.14.5. 11.14.7. 11.15.5.
　11.17.4. 11.18.2. 11.19.2.
조선지광 朝鮮之光 11.5.5. 11.7.2~3.
　11.7.5. 11.8.2. 11.9.3. 11.10.3.
　11.11.3. 11.12.2. 11.14.2.
　11.14.5. 11.15.2. 11.16.1.
　11.18.2.
조선지위인 朝鮮之偉人 11.17.1.
조선 프로문학의 현단계적 위기와 그의
　전망 11.8.3.
조선학의 의의 11.8.5.
조선한문학사 朝鮮漢文學史 11.8.5.
조선혁명선언 10.14.1.
조선혼과 시대정신의 파악 11.8.1.
조선혼아 10.8.5.
조소 嘲笑 11.5.5.
조손별서 10.3.5.
조송로상기제우 朝宋路上寄諸友 6.6.2.
조신선전 曹神仙傳 9.11.5.
조신전 調信傳 5.5.5. 8.10.1~2.
　6.5.5.
조씨삼대록 9.13.4.
조야시선 朝野詩選 10.4.8.
조야집요 朝野輯要 9.11.3.
조야회통 朝野會通 9.11.3.
조에접 潮―蝶 10.12.3.
조웅전 趙雄傳 5.5.3. 9.3.1. 9.7.2.
　9.13.1. 9.13.3. 10.10.1~2.
조의사 弔義士 10.4.4.
조의제문 弔義帝文 8.6.1.
조이인석군 弔李仁錫君 11.15.5.
조인심설 嘲人心說 9.10.1.

조자룡실기 趙子龍實記 9.3.6.

조조 早朝 8.5.3.

조천록 朝天錄 8.5.4. 9.11.2.

조충위전 趙忠衛傳 10.10.1.

조침문 吊針文 9.11.7.

조화전가 嘲花煎歌 9.9.7.

조홍시가 早紅柿歌 9.8.1.

족부족시족 足不足是足 8.7.3.

졸고천백 拙藁千百 7.2.4. 7.9.3.

졸지 말 것 11.18.1.

좁은 문 11.12.5.

종경록 宗鏡錄 5.5.2.

종남총지 終南叢志 9.4.1~2.

종명곡 鍾鳴曲 11.10.5.

종미암공자종성적소
    從眉巖公子鍾城適所 8.7.5.

종북소선 鍾北小選 9.4.3.

종어요 鍾菸謠 10.4.5.

종옥전 鍾玉傳 9.13.6.

종의록 從義錄 10.5.2.

죄맥 罪麥 9.7.5.

주가기정 酒家寄情 11.16.1.

주교요지 主敎要旨 9.10.4.

주사야몽 晝思夜夢 10.14.2.

주사장인전 酒肆丈人傳 9.2.2.

주생전 周生傳 9.1.6. 9.2.2. 9.3.2.
    9.13.5.

주시단가 駐— 11.10.5.

주영편 晝永編 9.11.1.

주옹만영 周翁漫詠 9.8.4. 10.3.1.

주의승리 主— 11.10.5.

주장군전 朱將軍傳 8.9.4.

죽계별곡 竹溪別曲 **7.8.2.** 7.9.3. 8.3.3.

죽도 竹圖 9.2.6.

죽방울받기 5.6.4.

죽부인전 竹夫人傳 7.5.5.

죽음 11.4.5.

죽음보다 아프다 11.5.2. 11.7.2.

죽장사 竹長寺 8.1.4.

죽존자전 竹尊者傳 7.3.2. **7.5.5.**

죽지사 竹枝詞 9.9.9.

죽창한화 竹窓閑話 9.11.3.

죽통미녀 竹筒美女 5.5.3. 6.5.5.

준광인행전 準狂人行傳 11.4.4.

준동 蠢動 11.14.5.

중광가 重光歌 10.1.6. 10.8.4.

중니봉부 仲尼鳳賦 6.6.4.

중앙 中央 11.11.4. 11.11.6. 11.14.7.

중외일보 中外日報 10.10.6. 11.4.4.
    11.7.3. 11.9.4. 11.18.2.

중용과 철저 中庸—徹底 11.8.2.

중원비 中原碑 5.1.2.

중일략사 中日略史 10.9.2.

중타령 9.7.2. 9.14.3.

증고조가장초 9.11.5.

증보문헌비고 增補文獻備考 5.8.3.

증보신구잡가 10.3.7.

증보언간독 9.11.7.

증산천사공사기 甑山天師公事記
    10.1.5.

증정참군서 贈鄭參軍序 7.9.4.

증청평이거사 贈淸平李居士 6.6.1.

증최립지서 贈崔立之序 8.6.3.

증취객 贈醉客 8.7.5.

지구성미태몽 10.9.3.

지기 知己 11.7.1.

지기미 11.14.2.

지기사 知己死 9.2.1.

지기편 知己篇 9.9.5.

지도가 至道歌 10.8.5.

지리산 智異山 5.2.2.

지맥 地脈 11.14.5.

지배계급교화와피지배계급교화
　―敎化― 11.8.2.

지봉유설 芝峰類說 7.7.3. 9.2.1. 9.4.1.
　9.4.5. 9.10.4.

지봉전 芝峰傳 9.13.6.

지부복궐척화의소 持斧伏闕斥和議疏
　10.5.1.

지산해외일지 志山海外日誌 11.17.3.

지새는 밤 11.15.1.

지서 芝栖 5.6.2.

지세의명 地勢儀銘 10.4.2.

지수정가 止水亭歌 9.9.1.

지신할미거리 9.15.2.

지양만록 芝陽漫錄 8.11.2.

지옥 地獄 11.12.2.

지옥도송 地獄道頌 9.10.2.

지장보살 地藏菩薩 10.10.6.

지주비 砥柱碑 8.1.3.

지포집 止浦集 7.1.6.

지하촌 地下村 11.14.2.

지형근 池亨根 11.6.1.

직금헌당고종 織錦獻唐高宗 5.1.4.

직녀성 織女星 11.11.4.

진각국사어록 眞覺國師語錄 7.3.2.

진감선사대공탑비 眞監禪師大空塔碑
　5.8.4.

진경대사비문 眞鏡大師碑文 5.8.3.

진국명산 鎭國名山 9.14.4.

진달래꽃 11.2.3. 11.5.4.

진달래꽃(시집) 11.3.2. 11.5.4.

진담록 陳談錄 9.12.2.

진대방전 陳大房傳 9.13.6.

진도강정 珍島江亭 6.6.6.

진도아리랑 10.2.3.

진묵선사유적고 震默仙師遺蹟攷
　9.10.1.

진삼강행실도 進三綱行實圖 7.9.7.

진삼국사기표 進三國史記表 6.5.6.

진성이씨세덕가 10.3.2.

진수기 眞秀記 5.4.3.

진정상태위 陳情上太尉 5.8.4.

진주낭군 9.14.3.

진주오광대 晉州五廣大 11.7.1.

진중일기 陣中日記(김하락) 10.5.2.

진중일기 陣中日記(전수용) 10.5.2.
　10.5.4.

진희곡 9.9.2.

질문수의 質問隨意 10.9.5.

질소비료공장 11.14.2.

질우 叱牛 9.7.3.

집주름 11.4.4.

집현전진팔준도전 集賢殿進八駿圖箋
　8.5.2.

짓밟힌 고려 11.5.5.

징비록 懲毖錄 9.1.2.

짝사랑 11.18.3.

쫓기어가는 이들 11.11.3.

찔레꽃 11.11.5.

차경직도운 次耕織圖韻 9.5.2.

차군선운 次君善韻 9.5.2.

차군헌기 此君軒記 9.2.6.

차마 그 길 가 질까 11.10.5.

차산필담 此山筆談 9.12.2.

차송계당운 次松溪堂韻 9.10.1.

차야한십절 此夜寒十絶 10.4.6.

차운답비서각김구 次韻答秘書閣金坵
7.3.3.

차운오동각세문정고완제학사삼백운借
韻吳東閣世文呈誥阮諸學士三百韻
7.1.5.

차운환상인산중작 次韻晥上人山中作
7.3.3.

차점필재동도악부 次佔畢齋東都樂府
9.7.5.

차한장로운 次閑長老韻 9.10.1.

착석문 斲石文 8.7.5.

착정가 鑿井歌 9.9.2.

찬기파랑가 讚耆婆郎歌 5.2.4. **5.3.3.**

찬란한 문 11.7.3.

참마검 斬魔劍 10.10.4.

참선곡 參禪曲 9.10.2.

참회 懺悔 11.7.2.

참회업장가 懺悔業障歌 6.2.2.

창가책사 唱歌冊寫 10.8.2.

창공 蒼空 11.18.2.

창녕비 昌寧碑 5.1.2.

창랑시화 滄浪詩話 9.4.2.

창랑정기 滄浪亭記 11.14.6.

창변 窓邊 11.13.5.

창부사 倡父詞 9.8.1

창선감의록 彰善感義錄 9.3.1. **9.3.7.**
9.13.1. 10.10.1.

창송 10.3.5.

창씨탄 創氏歎 11.16.2.

창원아리랑 11.9.2.

창의일록 倡義日錄 10.5.2~4.

창조 創造 11.1.5. 11.2.2~3. 11.3.3.
11.4.4. 11.5.1. 11.7.2. 11.8.1.

채고 采高 9.6.4.

채미가 採薇歌 9.9.5.

채봉감별곡 彩鳳感別曲 10.10.2.

채신행 採薪行 9.2.6.

책조선인집역 責朝鮮人執役 10.4.6.

처녀의 화환 11.5.2.

처녀총각 11.18.3.

처녀호 處女湖 11.18.2.

처사가 處士歌 9.7.4. 9.9.9.

처세가 處世歌 10.3.7.

처용가 處容歌 5.3.1~2. 7.6.1~**2.**
7.6.3~4. 7.6.6.

처용굿 5.6.3~4.

처용극 5.6.3. 5.6.4.

처용무 5.6.3.

처음에 씀 10.12.5.

척독대방 尺牘大方 11.17.4.

척독완편 尺牘完編 11.17.4.

척불소 斥佛疏 7.9.4.

천감 天監 8.1.2. 8.3.2.

천개소문전 泉蓋蘇文傳 10.9.1.

1932년을 당하여 예술운동의 일반적
성향 11.8.2.

천군복위가 天君復位歌 9.9.4.

천군본기 天君本紀 9.11.6.

천군기 天君記 9.11.6.

천군실록 天君實錄 9.11.6.

천군연의 天君演義 9.11.6.

천군전 天君傳 8.9.3. 9.11.6.

천기 天機 8.6.3.

천기대경 天機大經 10.1.7.

천당지옥왕래기 天堂地獄往來記

11.17.2.

천도교사초고 天道敎史草稿　10.1.2.

천도교월보 天道敎月報　10.4.7.
　10.10.4.

천도송 天道頌　9.10.2.

천력이년오월수강릉도존무사……
　天曆二年五月受江陵道存撫使……
　7.9.3.

천마산단풍가 天磨山丹楓歌　10.4.5.

천맥 天脈　11.14.5.

천변풍경 川邊風景　11.14.4.

천부경 天符經　10.1.6.

천산재귀와 天山齋歸臥　9.1.5.

천수대비가 千手大悲歌　5.3.4.

천수석 泉水石　9.13.3~4.

천시탄 天時歎　10.4.2.

천안삼거리　10.2.3.

천예록 天倪錄　9.12.2~3.

천일록 千一錄　9.2.6.

천주공경가 天主恭敬歌　9.10.4.

천주밀험기 天主密驗記　9.10.4.

천주실의 天主實義　9.10.4.

천주실의발 天主實義跋　9.10.4.

천지왕본풀이　2.2.　9.14.2.

천진귀후…… 天津歸後 ……　10.4.3.

천치의강아 天痴—　11.15.3.

천치? 천재?　11.4.4.

천태사교의 天台四敎儀　6.4.2.

천풍가 天風歌　9.9.3.

천하대세문답 天下大勢問答　10.9.5.

천하태평춘 天下太平春　11.12.2.
　11.14.3.

천학문답 天學問答　9.10.4.

천현지황 天玄地黃　11.17.2.

천희당시화 天喜堂詩話　10.1.3.
　10.6.2.

철거우행 鐵車牛行　9.5.2.

철세계 鐵世界　10.10.7.

철야 徹夜　11.8.2.

철월원앙　10.14.3.

철혈미인 鐵血美人　11.4.5.

청강사자현부전 淸江使者玄夫傳　7.5.5.

청강쇄어 淸江瑣語　8.11.4.

청공 靑空　11.14.2.

청구가곡 靑丘歌曲　11.10.1.

청구기담　10.2.6.

청구단곡 靑丘短曲　9.7.4.

청구야담 靑丘野談　9.11.3.　9.12.2.
　9.12.3.

청구영언 靑丘永言　7.8.3.　9.4.1.　9.4.4.
　9.5.2~3.　9.8.4.　9.9.5.　10.3.1.

청구패설 靑丘稗說　9.11.3.

청구풍아 靑丘風雅　8.1.5.　9.2.4.

청국지사가 淸國之士—　10.9.4.

청년 靑年　11.8.5.

청년가　11.18.3.

청년경계가 靑年警戒歌　11.18.3.

청년김옥균 靑年金玉均　11.11.2.

청년들아 청년들아 대한제국 청년들아
　10.14.2.

청년시인백인집 靑年詩人百人集
　11.1.5.

청년회심곡 靑年悔心曲　9.9.3.
　10.10.2.

청량산유록 靑凉山游錄　9.11.4.

청록집 靑鹿集　11.13.4.

청루의녀전 靑樓義女傳　10.10.4.

청루지열녀 靑樓之烈女　10.10.2.

청류벽 淸流壁 10.13.1.

청마시초 靑馬詩 11.10.5. 11.13.3.

청맥행 靑麥行 9.7.5.

청백운 靑白雲 9.13.3~4.

청백일기 靑白日記 9.11.3.

청불주세가 請佛住世歌 6.2.2.

청비록 淸脾錄 9.6.3.

청빈 淸貧 11.12.4.

청사열전 淸士烈傳 9.2.5.

청산별곡 靑山別曲 7.6.1. **7.6.5**. 7.6.6.
    8.3.2. 10.2.3.

청상민요소고 靑霜民謠小考 11.9.3.

청색마 靑色馬 11.13.4.

청야급수 淸夜汲水 9.5.1.

청연방조신표 請延訪朝臣表 6.6.2.

청운백운 靑雲白雲 11.11.5.

청전법륜가 請轉法輪歌 6.2.2.

청창연담 晴窓軟談 9.2.3.

청천강 淸川江 10.8.5.

청춘 靑春 10.6.4. 10.8.5~6. 10.10.4.
    10.12.1~3. 10.13.1~2. 10.13.4.
    11.5.2. 11.17.4.

청춘 靑春(조중환) 10.11.4.

청춘 靑春(조벽암) 11.13.4.

청춘가 10.2.3.

청춘무성 靑春茂盛 11.11.6.

청춘의 광야 11.17.4.

청춘의 화몽 靑春―花夢 11.4.1.

청충성 聽忠聲 9.10.1.

청파극담 靑坡劇談 8.9.2.

청포도 靑葡萄 11.15.4.

청학동가 靑鶴洞歌 9.10.2.

청학집 靑鶴集 9.10.3.

초계정현숙전 草溪鄭顯叔傳 7.5.3.

초귀고원 初歸故園 6.6.5.

초당곡 草堂曲 9.9.5.

초당문답가 草堂問答歌 9.9.5. 10.3.7.

초당에 봄 꿈 10.1.5.

초당에 춘몽 草堂―春夢 10.1.7.

초동 樵童 7.9.5.

초롱불 11.13.4.

초목필지 樵牧必知 10.7.2.

초부 樵賦 7.9.4.

초옥자전 草屋子傳 7.5.3.

초유문 招諭文 9.1.2.

초자대 樵子對 9.7.4.

초추문단소설평 初秋文壇小說評
    11.8.1.

초춘의 비애 初春―悲哀 10.11.5.

초하삼제 初夏三題 11.10.5.

초혼 招魂 11.3.2. **11.5.4**.

초혼사 招魂詞 9.9.2.

촉규화 蜀葵花 5.8.4.

촉석루 矗石樓 7.9.4.

촌거 村居 7.9.4.

촌거모춘 村居暮春 10.4.5.

촌거즉사 村居卽事 9.5.1.

촌담해이 村談解頤 8.5.3. **8.9.4**.

촌사 村舍 9.6.5.

촌선생 村先生 11.12.1.

촌중사시가 村中四時歌 7.9.4.

촛불(민소천) 11.12.5.

촛불(신석정) 11.13.1.

총 銃 11.12.1.

총검을 든 이 팔뚝 11.5.6.

총결무진가 總結无盡歌 6.2.2.

총론편 摠論篇 9.9.5.

총병가 摠兵歌 9.1.5.

총석사 9.9.2.

최고운전 崔孤雲傳 8.10.3. 9.3.2.

최고집선생 崔— 11.14.4.

최근 문예이론의 신전개와 그 경향
11.8.3.

최근세계일주기 11.17.3.

최근의 시단 11.8.1.

최근의태서문단 —泰西文壇 10.12.4.

최근 조선 문학사조의 변천 11.8.3.

최도통전 崔道統傳 10.9.1.

최랑전 崔娘傳 9.13.5.

최문헌전 崔文獻傳 9.3.2.

최병도타령 10.10.5. **10.11.3.**

최북설강도가 崔北雪江圖歌 9.2.6.

최생우진기 崔生遇眞記 8.10.3.

최생원전 崔生員傳 9.12.5.

최씨유산록 崔氏遊山錄 9.10.3.

최씨전 崔氏傳 6.5.3.

최척전 崔陟傳 9.1.6. 9.3.2.

최치원 崔致遠 5.5.5. 6.5.5~6.
8.10.1.

최치원전 9.3.2.

최현전 9.13.1.

최후의 악수 11.4.2. 11.7.3.

추강냉화 秋江冷話 8.6.1. 8.9.2.

추계 雛鷄 11.12.2.

추도회 追悼會 11.14.2.

추산당과 곁사람들 秋山堂— 11.14.4.

추석 11.12.1.

추야 秋夜 8.6.4.

추야독좌 秋夜獨坐 11.16.2.

추야우중 秋夜雨中 5.8.4.

추운 밤 11.6.4.

추월색 秋月色 10.10.6.

추일기정인존숙 秋日寄呈忍尊宿
9.10.1.

추장이사베라 酋長— 11.12.1.

추재기이 秋齋紀異 9.5.2.

추측록 推測錄 9.6.5.

추풍감별곡 秋風感別曲 10.10.2.

추호가병어태산부 秋毫可並於泰山賦
8.6.2.

축사경 逐邪經 10.8.2.

축성수 祝聖壽 8.3.3.

축제 祝祭 11.13.2.

춘면곡 春眠曲 9.7.4.

춘몽 春夢 10.10.4.

춘몽 春夢(최찬식) 10.10.4.

춘산노인이야기 春山老人— 10.1.7.

춘산채지가 春山採芝歌 10.1.5.

춘원 春怨 8.7.5.

춘원곡 春怨曲 11.10.5.

춘원서간문범 春園書簡文範 11.17.4.

춘원시가집 春園詩歌集 11.10.5.

춘원연구 春園研究 11.8.1.

춘유락 春遊樂 10.8.5.

춘일 春日 8.5.3.

춘일소흥 春日消興 9.11.5.

춘추 春秋 11.4.4. 11.9.3. 11.11.2.
11.12.1. 11.14.2. 11.14.5~6.
11.16.1. 11.18.2.

춘풍천리 春風千里 11.17.3.

춘향가 春香歌 9.7.4. 9.9.9. 9.14.2.
9.14.4~6. 10.2.2. 10.8.3. 10.11.3.
10.4.4.

춘향전 春香傳 1.5. 9.3.1. 9.4.5.
9.7.4~5. 9.12.1. 9.13.1.
9.13.6~7. 9.14.6. 10.2.2. 10.4.3.

10.6.3. 10.10.1~2. 11.1.5.
11.12.1.
춘향전 春香傳(영화) 11.18.2.
출가 出家 11.7.4.
출발 11.15.3.
출산거리 9.15.2.
출새곡 出塞曲 9.9.1.
출옥하던 날 밤 出獄— 11.12.3.
출판업으로 대성한 제가의 포부 11.1.5.
충고가 忠告歌 10.8.4.
충민사중건운 忠愍祠重建韻 11.16.2.
충의도 忠義刀 11.12.1.
충주석 忠州石 9.2.2.
충효가 忠孝歌(경기체가) 8.3.3.
충효가 忠孝歌(가사) 10.3.2.
취두산청량대영모양태수
鷲頭山清凉臺迎牟陽太守 9.10.1.
취유부벽정기 醉遊浮碧亭記 8.10.2.
취음 醉吟 8.7.3.
취취 翠翠 8.10.3.
층시 層詩 9.5.1.
치사가 致仕歌 8.4.4.
치산가 治産歌 10.2.2.
치산편 治産篇 9.9.5.
치생원구가장용궁……
癡生員驅家葬龍宮…… 10.10.3.
치숙 痴叔 11.14.5.
치악산 雉岳山 10.10.5~6.
치원암주…… 致遠庵主…… 7.3.3.
치인눌언록 痴人吶言錄 11.15.1.
친구야 아느냐 10.12.3.
친목회월보 親睦會月報 10.4.7.
칠보산유록 七寶山遊錄 9.11.4.
칠야음 漆夜吟 10.3.5.

칠지도명문 七支刀銘文 5.1.3.
침 針 10.8.6.
침굉집 枕肱集 9.10.2.
침묵의 미 —美 10.12.2.
칭찬여래가 稱讚如來歌 6.2.2.

카츄샤 10.11.4.
카프시인집 11.13.1. 11.15.2.
콩쥐팥쥐전 9.13.6.
쾌소년세계주유시보
快少年世界週遊時報 10.8.5.

타골의 시를 읽고 11.2.3.
타국감별곡 10.3.5.
타맥 打麥 9.6.5.
타맥행 打麥行 10.4.6.
타향살이 11.18.3.
탁류 濁流 11.1.1.
탁목조 啄木鳥 11.13.4.
탄궁가 嘆窮歌 9.9.1.
탄금대 彈琴臺(박상) 8.5.4.
탄금대 彈琴臺(이해조) 10.6.3.
탄로가 歎老歌(신계영) 9.8.1.
탄로가 嘆老歌(우탁) 7.8.3.
탄시 歎時 8.7.3.
탄식가 10.1.4. 10.8.4.
탈굿 9.15.2.
탈놀이 9.15.2.
탈출 11.12.2.
탈출기 脫出記 11.6.4.
탈춤(김억) 11.5.1.
탈춤(심훈) 11.18.2.

탐라록 耽羅錄　9.2.6.　9.7.5.

탐라별곡 耽羅別曲　9.9.3.

탐라한라산 耽羅漢拏山　11.17.3.

탐진농가 耽津農歌　9.6.4.　**9.7.3.**　9.7.5.

탐진악부 耽津樂府　9.7.5.

탐진어가 耽津漁歌　9.6.4.　9.7.3.　9.7.5.

탐진촌요 耽津村謠　9.6.4.　**9.7.3.**　9.7.5.

탑　11.14.4.

탕자자탄가 蕩子自嘆歌　11.18.3.

태고사행 太古寺行　11.10.5.

태고암가 太古庵歌　7.3.5.

태고화상어록 太古和尙語錄　7.3.5.

태극 太極　9.10.3.

태극론변 太極論辯　8.6.3.

태극설 太極說　8.7.1.

태극학보 太極學報　10.2.4.　10.7.3.
　10.8.4.　10.8.6.　10.9.5.　10.10.4.

태백산가 太白山歌　10.12.1.

태백산과 우리 太白山—　10.12.1.

태백산부 太白山賦　10.12.1.

태백산시집 太白山詩集　10.12.1.

태백산의 사시 太白山—四時　10.12.1.

태백에 太白—　10.8.5.

태백의 님을 이별함 太白—　10.12.1.

태백일사 太白逸史　10.1.6.

태부인행장습유록　9.11.5.

태서문예신보 泰西文藝新報　10.11.5.
　10.12.4.　11.2.2~3.　11.3.3.　11.5.1.

태서신사 泰西新史　10.9.2.

태평곡 太平曲(경기체가)　8.3.3.

태평곡 太平曲(가사)　9.10.2.

태평광기 太平廣記　9.3.6.

태평사 太平詞　**9.1.5.**　9.9.1.

태평송 太平頌　5.1.4.

태평통재 太平通載　8.9.2.

태평한화골계전 太平閒話滑稽傳　8.5.3.
　8.9.4.

태항산에서　11.12.6.

태행태상왕시책문 太行太上王諡冊文
　8.1.2.

태허설 太虛說　8.6.3.

태형 笞刑　11.4.4.

태황제폐하만수절가
　太皇帝陛下萬壽節歌　10.8.2.

택풍당지 澤風堂志　9.2.3.

토산당본향풀이　9.14.2.

토끼와 원숭이　11.19.3.

토끼전　9.3.5.　**9.14.6.**

토끼타령　10.2.2.

토끼화상　9.14.4.

토막 土幕　11.12.1.

토별가 兎鼈歌　10.2.2.

토왜소 討倭疏　10.5.1.

토의 간 兎—肝　10.2.2.

토혈 吐血　11.6.4.

톨스토이　11.12.2.

통삼한위일가발원소
　統三韓爲一家發願疏　6.3.1.

통속소설고　11.11.6.

통언 痛言　11.16.3.

통영오광대 統營五廣大　2.1.　**9.15.5.**
　10.11.1.

통일가 統一歌　10.8.5.

통제영 統制營　10.4.3.

퇴계가 退溪歌　9.9.5.

퇴계원별산대놀이　10.11.1~2.

투쟁기에 있는 문예비평가의 태도
　11.18.2.

특별회심곡 特別回心曲 9.10.2.
특선전래동화 11.19.1.

파경사 破鏡詞 9.7.5.
파계 破戒 11.12.4.
파나 罷儺 10.4.5.
파란말년전사 波蘭末年戰史 10.9.2.
파랑새노래 10.1.3. 10.2.3.
파사 婆娑 11.7.3.
파선밀사 破船密事 10.10.4.
파수 罷睡 9.7.4.
파수록 破睡錄 9.12.2.
파수편 破睡篇 9.12.2.
파초 芭蕉 11.13.4.
파한집 破閑集 6.3.5. 6.4.4. 6.5.1.
  6.6.1. 7.1.3. **7.2.1.** 7.2.3. 7.7.1.
  8.9.2.
팔가문서 八家文序 8.5.2.
팔도가 八道歌 9.9.4.
팔도읍지가 八道邑誌歌 9.9.4.
팔도재담집 八道才談集 10.2.5.
  10.2.6. 10.10.2.
팔도풍물시집 八道風物詩集 11.13.4.
팔려가는섬색시 11.9.4.
팔백호갑판상 八百號甲板上 11.12.3.
팔역가 八域歌 9.9.4.
팔월십오야 八月十五夜 8.5.4.
팔준도명 八駿圖銘 8.5.2.
패강가 浿江歌 8.7.4.
패강의 우수에 눈물 짓지 마라
  浿江―憂愁― 11.15.3.
패관잡기 稗官雜記 8.9.2. 8.10.3.
  8.11.2.

패림 稗林 9.11.3. 9.12.2.
편년통록 編年通錄 6.1.2. 6.5.2.
편편기담 片片奇談 10.2.6.
펼쳐진 날개 11.12.2.
평남산화전가 9.9.7.
폐촌 廢村 11.14.4.
폐허 廢墟 **11.1.5.** 11.2.2. 11.5.1～2.
  11.7.2. 11.8.1. 11.13.5.
폐허에서 11.1.5.
폐허이후 廢墟以後 11.1.5. 11.5.2.
  11.5.5. 11.7.5.
포곡성 布穀聲 10.8.5.
포덕문 布德文 10.1.2.
포수이사룡전 砲手李士龍傳 9.2.5.
포오를 논하며 외국문학 연구의
  필요에…… 11.2.4.
포은집 圃隱集 7.9.6.
포절군전 抱節君傳 8.9.3.
포호처전 捕虎妻傳 9.12.5.
표랑 漂浪 11.5.6.
표박 漂泊 11.5.1.
표박의 비탄 11.17.4.
표본실의 청개구리 11.2.2. 11.6.3.
표제음주동국사략 標題音註東國史略
  8.9.1.
표주록 漂舟錄 9.11.2.
표해가 漂海歌 **9.9.3.** 10.4.4.
표해록 漂海錄 9.9.3. **9.11.2.** 10.4.4.
표현주의예술론 11.2.4.
푸레스코후스카야 10.12.3.
풀 11.5.2.
풍기혁신론 風氣革新論 10.6.4.
  11.1.3.
풍림 風林 11.15.1. 11.15.4.

120

풍서기 風棲記 9.2.6.

풍아 風雅 9.8.2.

풍악행 風嶽行 8.6.3. 8.9.2.

풍왕서 諷王書 **5.8.1.** 6.3.3.

풍요 風謠 **5.3.1.** 5.3.3.

풍요삼선 風謠三選 9.5.2~3. 9.7.1.

풍요속선 風謠續選 9.5.2~3. 9.7.1.

풍운아 風雲兒 11.18.2.

풍입송 風入松 6.1.2. 7.6.1.

풍자문학론 11.8.4.

풍장 風葬 11.13.4.

풍진 風塵 11.14.1.

프롤레타리아 동요집 불별 11.19.2.

프로문학의 현재 수준 11.8.3.

프로시가의 대중화 11.8.2. 11.15.2.

프로연극의 대중화 11.12.3.

피눈물 11.4.2.

피로연 披露宴 11.12.2.

피생명몽록 皮生冥夢錄 9.1.6.

피생몽유록 皮生夢遊錄 9.11.6.

피역가 避疫歌 9.9.3.

필원잡기 筆苑雜記 8.9.2. 8.9.4.

핍박 逼迫 10.13.1.

하늘 11.13.4.

하늘과 바람과 별과 시 11.15.4.

하담파적록 荷潭破寂錄 9.11.3.

하생기우록 何生奇遇錄 8.10.3.

하생몽유록 何生夢遊錄 9.11.6.

하수도공사 下水道工事 11.14.2.

하씨선행후대록 河氏善行後代錄
　9.13.4.

하야독소 夏夜獨嘯 11.5.5.

하야방우기 夏夜訪友記 9.6.3.

하여가 何如歌 7.8.3.

하정표 賀正表 5.7.2.

하처난망주 何處難忘酒 6.6.1.

하청 夏晴 10.4.5.

하팔관회표 賀八關會表 6.6.2.

하회별신굿놀이 9.15.4.

하회탈춤 7.7.3. 8.11.4.

학강산필 鶴岡散筆 9.2.6.

학교가 10.8.2.

학규신론 學規新論 10.6.2.

학도가 學徒歌 10.8.2. 11.18.3.

학산초담 鶴山樵談 9.2.2. 9.4.1.

학산한언 鶴山閑言 9.12.2.

학생절의 學生節義 11.7.1.

학우 學友 11.5.1.

학조 學潮 11.7.3.

학지광 學之光 10.6.4~5. 10.8.4.
　10.11.5. 10.12.2~4. 10.13.1.
　11.7.3. 11.8.1. 11.8.5. 11.15.2.

학창산화 學窓散話(김억) 11.17.4.

학창산화 學窓散話(홍명희) 11.17.4.

한강수타령 10.2.3.

한 개의 별을 노래하자 11.15.4.

한객건연집 韓客巾衍集 9.6.3.

한거수필 閑居隨筆 9.11.1.

한거십팔곡 閑居十八曲 8.4.3.

한국독립운동지혈사
　韓國獨立運動之血史 10.9.1.
　11.16.3.

한국의 흥망은 청년의 책임 10.14.2.

한국통사 韓國痛史 10.9.1. 11.16.3.

한국혼 韓國魂 11.16.3.

한귀 旱鬼 11.11.3.

한그믐 10.8.6.

한글맞춤법통일안 10.7.4.

한낮에 꿈꾸는 사람들 11.12.2.

한도십영 漢都十詠 8.5.2~3.

한림별곡 翰林別曲 1.4. 7.1.4. **7.8.2.**
8.3.3.

한말비록 韓末秘錄 10.9.1.

한문학교과서 漢文學敎科書 10.4.8.

한문불가폐론 漢文不可廢論 10.6.1.

한문불가폐론 漢文不可廢論(번역서)
10.7.3.

한문자와 국문자의 손익 여하
漢文字—國文字— 10.7.3.

한반도 韓半島 10.8.5.

한반도야 10.8.2.

한산기 漢山記 5.8.2.

한성순보 漢城旬報 10.3.7. 10.7.1.
10.9.2.

한성주보 漢城周報 10.4.3. 10.7.1.

한송정곡 寒松亭曲 6.2.3.

한씨보응록 韓氏報應錄 10.10.2.

한양가 漢陽歌 9.7.5. **9.9.6.**

한양가 漢陽歌(김호직) 10.3.4.

한양가 漢陽歌(사공수) 10.3.4.

한양성중유람 10.3.5.

한양오백년가 漢陽五百年歌 10.3.4.

한의 일생 限— 10.13.1.

한중록 閑中錄 9.11.3.

한중만록 閑中漫錄 9.11.3.

할머니의 죽음 11.6.2.

할미꽃 11.7.4.

함박눈 11.4.5.

함허당어록 涵虛堂語錄 8.8.2.

함흥아리랑 11.9.2.

합강정가 合江亭歌 9.9.6.

항간사 巷間事 11.14.4.

항설 巷說 10.9.5.

항순중생가 恒順衆生歌 6.2.2.

항요 巷謠 10.2.4.

항일전선가 11.5.6.

해가 海歌 4.3. 5.3.1.

해계고 蟹雞苦 9.7.3.

해고 解雇 11.11.3.

해당화 海棠花 11.15.5.

해동가요 海東歌謠 8.4.5. **9.5.3.**
9.8.4.~5. 10.3.1.

해동고승전 海東古僧傳 5.5.2. 6.5.5.
7.4.2. 7.4.3. 7.5.1.

해동만고가 10.3.4.

해동만화 海東漫話 10.3.4.

해동법화전홍록 海東法華傳弘錄 7.3.3.

해동비록 海東秘錄 6.5.1.

해동사부 海東辭賦 9.2.4.

해동승전 海東僧傳 7.4.2.

해동시선 海東詩選 10.4.8.

해동악부 海東樂府(심광세) 9.2.1.
9.7.5.

해동악부 海東樂府(이복휴) 9.7.5.

해동악부 海東樂府(이유원) 9.7.5.
10.4.1.

해동악부 海東樂府(이익) 9.6.1. 9.7.5.

해동악부 海東樂府(이학규) 9.7.5.

해동악부 海東樂府(임창택) 9.7.5.

해동야서 海東野書 9.12.2.

해동야언 海東野言 8.9.2.

해동역사 海東繹史 4.3. 5.6.2. 9.11.3.

해동유주 海東遺珠 9.5.2.

해동유주서 海東遺珠序 9.4.2.

122

해동이적 海東異蹟 7.5.1. 8.7.2.
　9.10.3.
해동전도록 海東傳道錄 9.10.3.
해동제국기 海東諸國記 8.5.2. 8.9.2.
해동죽지 海東竹枝 10.10.2.
해 뜨는 지평선 11.14.3.
해람편 海覽篇 9.5.2.
해론가 奚論歌 5.2.3. 5.3.2.
해바라기(염상섭) 11.6.3.
해바라기(황순원) 11.15.3.
해바라기의 감상 11.13.2.
해바라기의 비명 —碑銘 11.13.3.
해사동유록 海槎東遊錄 9.2.6.
해사록 海槎錄(경섭) 9.1.3.
해사록 海槎錄(김성일) 8.6.4.
해사일기 海槎日記 9.11.2.
해산록 海山錄 9.11.4.
해상술회 海上述懷 10.4.2.
해서개자 海西丐者 9.11.5.
해송동화집 海松童話集 11.19.3.
해수 海獸 11.13.3.
해에게서 소년에게 海— 10.12.1.
해연 海燕 11.12.1.
해영 명기 명선이라 海營— 9.9.8.
해왕성 海王星 10.10.6~7. 10.13.3.
해외고학 海外苦學 10.10.4.
해외문학 海外文學 10.10.4. 11.2.4.
　11.8.4.
해외문학인의 임무와 장래
　海外文學人— 11.2.4.
해외서정시선 海外抒情詩選 11.12.3.
해유가 海遊歌 10.3.3.
해유록 海遊錄 9.2.6. 9.11.2~3.
　9.13.2.

해의 비곡 海—悲曲 11.18.2.
해인삼매론 海印三昧論 5.4.3.
해조곡 海鳥曲 11.11.1.
해조신문 海潮新聞 10.4.2.
해조음 海潮音 11.11.6.
해직사령 解職辭令 11.14.5.
해천추범 海天秋帆 10.4.2.
해파리의 노래 11.1.5. 11.5.1.
해풍 海風 11.18.2.
해항도 海港圖 11.13.3.
해행총재 海行摠載 9.11.2.
해협의 로맨티즘 11.15.2.
해후 解逅 11.14.2.
행군도신창유감 行軍到新倉有感 9.1.5.
행락도 行樂圖 10.10.7.
행로난 行路難(이숭인) 7.9.6.
행로난 行路難(일선) 9.10.1.
향가 鄕歌 11.11.4.
향객담화 10.9.5.
향기 香氣 11.14.6.
향랑요 薌娘謠 9.11.5.
향랑전 香娘傳(이안중) 9.11.5.
향랑전 香娘傳(조구상) 9.11.5.
향로방문의생 鄕老訪問醫生 10.9.5.
향산별곡 9.9.6.
향상 向上 10.12.3.
향상해 向上海 10.4.2.
향수 (김상용) 11.13.4.
향수 (정지용) 11.13.1.
향수 (조중흡) 11.13.4.
향악잡영오수 鄕樂雜詠五首 5.6.4.
향일초 向日草 11.4.2.
향토심 鄕土心 11.7.4.
허두가 10.2.2.

허생 許生 10.14.3.

허생전 許生傳 9.6.2. 9.11.2. **9.12.4.**

허생전 許生傳(이광수) 11.4.3.
11.11.1.

허영 許榮 11.4.2.

허응당집 虛應堂集 8.8.3.

헌근가 獻芹歌 8.4.4.

헌사 獻詞 11.1.5. 11.13.3.

헌신자 獻身者 10.13.2.

헌화가 獻花歌 **5.3.1.** 5.3.3.

헐려 짓는 광화문 11.17.2.

헐성루 歇惺樓 11.16.2.

혁명 11.5.2.

혁명가의 아내 11.4.3.

혁정 赫整 7.6.5. 8.3.2.

현교정일선생시집서
玄皎亭鎰先生詩集序 10.6.1.

현단계의 문학과 우리의 포즈에 대한
성찰 11.8.3.

현대의 서곡 11.14.2.

현대조선문학전집(수필기행집)
11.17.3~4.

현대조선문학전집(시가집) 11.13.5.

현대조선문학전집(평론집) 11.2.4.

현대조선문학전집(희곡집) 11.7.4~5.

현대 조선소설의 이념 11.8.3.

현대주지주의 문학이론의 건설 11.8.4.

현대평론 現代評論 11.7.5. 11.8.2.

현미경 顯微鏡 10.10.6.

현상소설고선어언 縣賞小說考選餘言
10.13.4.

현씨양웅쌍린기 玄氏兩雄雙麟記
9.13.4.

현씨팔룡기 9.13.4.

현정론 顯正論 8.3.3. 8.8.2.

현해탄 玄海灘(심훈) 11.15.4.

현해탄 玄海灘(임화) 11.15.2.

현행일선잡가 現行日鮮雜歌 11.18.3.

현행잡가 現行雜歌 10.3.7.

현화사비음기 玄化寺碑陰記 6.2.3.

혈구사 穴口寺 7.1.4.

혈염곡 血焰曲 11.1.5.

혈육 11.7.4.

혈의루 血―淚 10.10.2. 10.10.4.

혈죽가 血竹歌 10.8.5.

혈죽가십절 血竹歌十絶 10.8.5.

혈해지창 血海之唱 11.12.6.

협효부전 峽孝婦傳 9.12.5.

형산백옥 荊山白玉 10.10.2.

형화 螢火 9.5.1.

혜성 彗星 11.5.1.

혜성 彗星(잡지) 11.7.5 11.11.3.
11.12.2.

혜성가 彗星歌 5.2.3~4. 5.3.2.
11.5.1.

호곡시화 壺谷詩話 9.2.4. 9.4.1.
9.11.2.

호남가 湖南歌 9.9.4.

호남기행가 湖南紀行歌 9.9.7.

호서가 湖西歌 9.9.4.

호남악부 湖南樂府 9.7.4.

호남의병장열전 湖南義兵將列傳
10.5.2.

호동왕자이야기 好童― 4.2.

호민론 豪民論 9.2.2. 9.3.2~3.

호반의비가 湖畔―悲歌 11.12.2.

호본집 餬本集 5.8.5.

호산공만사록 湖山公萬死錄 9.1.3.

호산록 湖山錄 7.3.3.

호산외기 壺山外記 9.5.2~3. 9.11.5.

호신술 護身術 11.12.3.

호암전서 湖岩全書 11.8.5.

호야가 呼耶歌 8.5.2.

호연권자 浩然卷子 7.9.6.

호연재유고 浩然齋遺稿 9.5.1.

호외시대 號外時代 11.6.4.

호젓한 걸음 11.9.4.

호조참의사소 戶曹參議辭疏 9.2.4.

호질 虎叱 9.4.3. 9.6.2. 9.11.2.
 9.12.4.

호파구 浩皤謳 9.7.4.

혼 魂 11.4.2.

혼돈주가 渾沌酒歌 8.7.2.

홀아비형제 11.7.4.

홍경래실기 洪景來實記 10.10.2.

홍경래전 洪景來傳 10.10.2.

홍계월전 洪桂月傳 9.13.2.

홍길동전 1.4. 9.2.2. 9.3.1. **9.3.3**~4.
 9.3.7. 9.4.5. 9.13.1. 10.6.3.

홍도야 우지 마라 紅桃— 10.10.7.
 11.4.1. 11.12.4.

홍도야 우지 마라(가요) 11.18.3.

홍도화 紅桃花 10.10.5.

홍동지놀음 9.15.3.

홍리가 鴻罹歌 9.9.3.

홍범 洪範 10.4.8.

홍범십사조 洪範十四條 10.7.2.

홍수 洪水 11.11.3.

홍수전후 洪水前後 11.11.3.

홍염 紅焰 11.6.4.

홍의장군 10.1.3.

홍천몽 紅天夢 11.15.1.

화관 花冠 11.11.6.

화귀거래사 和歸去來辭 7.1.3.

화랑세기 花郎世紀 5.8.2.

화랑의 후예 11.14.7.

화륜 火輪 11.18.2.

화문록 花門錄 9.13.3.

화물차 가는 소리 11.9.2.

화분 花粉 11.1.5. **11.11.6.** 11.14.6.

화사 花史 5.8.1. **9.11.6.**

화사 花蛇 11.13.3.

화사김명국전 畵師金鳴國傳 9.11.5.

화사집 花蛇集 11.13.3.

화산 華山 8.3.2.

화산별곡 華山別曲 8.1.2. **8.3.3.** 8.5.2.
 9.9.6.

화산선계록 華山仙界錄 9.13.4.

화상보 華想譜 11.11.6.

화상설 花上雪 10.10.6.

화서아언 華西雅言 10.4.1.

화성일기 華城日記 9.11.3. 9.12.2.

화세계 花世界 10.10.5.

화수분 11.4.4.

화엄경 華嚴經 6.2.2.

화엄일승법계도 華嚴一乘法界圖 5.4.3.
 6.2.2. 6.4.2.

화엄일승법계도주 華嚴一乘法界圖註
 8.7.1.

화옥쌍기 花玉雙奇 9.13.2.

화왕 花王 6.5.5.

화왕계 花王戒 5.8.1. 6.3.3. 9.11.6.

화왕전 花王傳(김수항) 9.11.6.

화왕전 花王傳(이이순) 9.11.6. 9.13.3.

화용도 華容道 9.3.6. 9.14.5. 10.6.3.

화의 畵意 10.4.7.

화의혈 花—血 10.6.3. 10.10.4~5.

화전가 8.3.6.

화전괴석가 花田怪石歌 10.4.6.

화전별곡 花田別曲 **8.3.3.** 8.4.2.

화학 畵鶴 8.7.4.

환구음초 環璆吟艸 10.4.2.

환단고기 桓檀古記 10.1.6.

환산별곡 還山別曲 9.9.5.

환재선생문집서 瓛齋先生文集序
  10.6.1.

환희 幻戱 11.4.3. **11.6.1.**

활동가 10.8.2.

활동사진 변사 좌담회 11.18.1.

황계별곡 9.9.2.

황계사 黃鷄詞 9.9.9.

황금산 黃金山 11.12.3.

황남별곡 黃南別曲 9.9.5.

황릉몽환기 黃陵蒙還記 9.11.6.

황무지 荒蕪地 11.13.3.

황부인전 黃夫人傳 9.3.6.

황산곡시집언해 黃山谷詩集諺解 8.2.5.

황새결송 9.3.5. 9.13.6.

황성신문 皇城新聞 10.2.4.~5. 10.4.2.
  10.4.7. 10.8.2. 10.9.3~5.
  10.10.3~4. 10.11.3. 11.18.1.

황성옛터 11.18.3.

황성의 가을 荒城— 11.13.4.

황성중앙회취지문 皇城中央會趣旨文
  10.6.2.

황야에 우는 소조 —小鳥 11.17.4.

황야에서 荒野— 11.7.2.

황운전 黃雲傳 9.13.1.

황제탄신축가 10.8.1.

황조가 黃鳥歌 4.3.

황주목사계자기 黃州牧使戒子記
  9.13.6.

황창무 黃昌舞 5.6.3. 6.2.3.

황초령비 黃草嶺碑 5.1.2.

황해를 건너는 사공아 荒海— 11.15.3.

황혼 黃昏(김광섭) 11.13.4.

황혼 黃昏(이육사) 11.1.5.4.

황혼 黃昏(최승만) 11.7.2.

황혼 黃昏(한설야) 11.14.2.

황혼의 노래 11.11.4.

회삼귀일 會三歸一 8.1.3.

회소곡 會蘇曲 5.2.3.

회심가 回心歌 10.5.4.

회심곡 回心曲 7.8.4. 8.3.4. **9.10.2.**
  9.10.4.

횡설수설 橫說竪說 11.17.2.

회악 會樂 5.2.3.

회월시초 懷月詩抄 11.5.2.

회춘가 10.8.2.

효과주의적 비평론강 效果主義的
  批評論綱 11.8.4.

효우가 孝友歌 9.9.5.

효유차령 曉踰車嶺 9.2.2.

효자가 孝子歌 9.9.5.

후산가서 後山家序 8.1.3.

후전진작 後殿眞勺 7.6.6.

후조 候鳥 11.13.4.

훈가이남 訓家俚談 9.9.5.

훈몽자회 訓蒙字會 8.2.5.

훈민가 訓民歌(정철) 8.4.4.

훈민가 訓民歌(조황) 9.8.2.

훈민정음서 訓民正音序 8.2.1.

훈요십조 訓要十條 6.3.1. 6.3.3.

훈장거리 9.15.2.

126

*

나3. 작중인물색인

가리파적 加里波的 Garibaldi 10.9.2.

가부이 加富爾 Cavour 10.9.2.

가섭불 迦葉佛 5.5.2. 7.4.3.

가실 嘉實 **5.5.4.** 9.7.5.

갑숙이 11.11.3.

강감찬 姜邯贊 6.5.3. 8.9.4. 10.9.1.
  10.9.3. 10.10.2.

강남홍 9.13.3.

강동지 10.10.5.

강임 9.14.2.

강조 康兆 6.1.3.

강철식 11.14.1.

강충 康忠 6.1.2.

강한영 10.10.6.

강홍립 9.1.6.

강화도령 9.11.3.

강화숙 11.11.5.

개루왕 蓋婁王 5.5.4.

개소문 蓋蘇文 6.5.6.

거타지 居陀知 5.5.3.

걸왕 桀王 11.16.2.

견우 11.15.1.

견훤 甄萱 5.5.3. 6.1.1. 6.5.6.

경명행수지사 經明行修之士 7.2.5.

경석 11.6.4.

경숙 11.12.6.

경호 11.11.3.

경흥 憬興 5.6.3.

경희 11.4.2.

계봉이 11.14.3.

고은심 11.11.6.

고을라 高乙那 3.5.

고준걸 11.11.5.

공민왕 恭愍王 11.11.1~2.

공방 孔方 7.5.5.

곽리자고 霍里子高 4.3.

곽여 郭輿 7.7.1.

곽오주 11.11.2.

곽재우 9.1.2. 9.3.3. 9.10.3.

광개토왕 廣開土王 5.1.2.

광덕 廣德 5.3.4. 5.5.2. 7.4.3.

광문 9.12.4. 9.15.4.

광해군 光海君 11.11.1.

괴내깃또 3.5.

교씨 9.3.7.

구담 瞿曇 8.2.4.

구룡산신 九龍山神 7.7.2.

구세장 具世璋 8.11.2.

구완서 10.10.5.

구태 仇台 3.3.

국선생 麴先生 7.5.5.

국순 麴醇 7.5.5.

궁예 弓裔 6.1.1. 6.5.3. 6.5.6. 10.9.1.
　11.11.1.
권오설 權五卨 11.16.3.
권진사 10.10.5.
균여 均如 6.2.2. 6.4.2. 6.5.3.
금 태조 10.9.3.
금경신 11.11.2.
금방울 9.13.1.
금생 琴生 8.9.3.
금송아지 9.3.4.
금와 金蛙 3.3. 7.4.1.
금의 琴儀 7.1.4.
기미꼬 11.14.4.
기성 11.4.2.
기자 箕子 3.2. 10.2.2. 10.4.5.
기자오 奇子敖 7.5.2.
기파랑 耆婆郞 5.3.3.
길룡 11.12.3.
길막봉이 11.11.2.
길순이 10.10.5.
김가지 金可之 11.11.1.
김갑진 11.11.4.
김강사 11.14.5.
김경 金鏡 10.13.2.
김경아 11.11.6.
김경재 11.14.2.
김광택 9.11.5.
김구 金九 11.17.1.
김길배 11.4.1.
김낙 金樂 6.2.3.
김남천 11.18.1.
김덕령 9.1.2. 9.1.6. 9.3.3.
김동옥 11.11.6.
김득신 金得臣 11.18.1.

김명국 9.11.5.
김명순 11.11.6.
김방경 金方慶 8.9.1.
김백곡 → 김득신
김병화 11.14.3.
김봉곡 金鳳谷 10.1.5.
김봉이 金鳳伊 11.18.1.→ 김선달
김봉태 2.1.
김부식 金富軾 8.9.1.
김상열 11.14.3.
김선달 9.5.2. **9.12.1.** 9.12.5. **10.2.5.**
　10.10.1. 10.10.3. 11.18.1.
김선용 11.6.1.
김선형 10.13.3.
김성기 9.11.5.
김성재 10.13.3.
김소선 9.13.7.
김순영 11.4.3.
김승지 10.10.5.
김양경 金良鏡 7.8.2.
김여해 11.14.3.
김연실 金妍實 11.4.4.
김영일 金英一 11.7.3.
김영창 10.10.6.
김영철 9.1.6. 11.11.5.
김옥균 金玉均 10.11.3. 11.11.2.
　11.12.5.
김유성 10.10.2.
김유신 **5.5.1.** 5.5.3. **6.5.5.** 10.10.3.
김인경 金仁鏡 7.1.4.
김장로 10.13.3.
김재당 11.14.2.
김종철 11.4.5.
김중배 10.10.7.

김진수 11.11.6.
김진양 金震陽 7.5.3.
김진언 金眞言 11.7.5.
김창숙 11.16.3.
김창억 11.6.3.
김천 金遷 7.7.1.
김첨지 11.6.2.
김치양 金致陽 6.1.3.
김택영 金澤榮 11.17.3.
김현 金現 5.5.4~5. 6.5.5.
김화진 金龢鎭 11.18.1.
김희준 11.11.3.

나철 羅喆 11.17.3.
나파륜 拿破崙 Napoléon 10.9.2.
낙랑공주 樂浪公主 4.2.
낙산사 관음 洛山寺— 5.5.2.
남궁두 9.3.2.
남승재 11.14.3.
노극청전 盧克淸 7.5.3.
노장 9.9.9. 9.15.4~5. 10.2.1.
녹모부인 鹿母夫人 8.2.4.
논개 論介 11.5.2.
놀부 9.14.6.
뇌질주일 惱窒朱日 3.4.
뇌질청예 惱窒靑裔 3.4.

단군 檀君 3.2. 7.4.4. 8.1.2. 10.2.2.
    10.8.5. 10.9.3. 10.12.2. 11.17.3.
    11.10.4.
단종 端宗 11.11.1. 11.11.2.
단주 11.11.6.

달기 妲己 11.7.3.
달문 9.15.4.
달천후 → 신립
담랑(談囊) 9.11.6
당금애기 9.14.2.
대각국사 의천 大覺國師 義天 6.4.3.
    6.6.3~4.
대별왕 2.2.
대원군 大院君 11.11.2.
대조영 大祚榮 7.4.4. 11.10.5.
대철 11.4.5.
덕재 11.19.3.
도미 都彌 5.5.4. 6.5.6.
도미의 처 5.2.2. 5.5.4. 6.5.6. 9.12.1.
도화 11.4.2.
도화 道化 11.7.3.
돌쇠 11.11.3.
동권 11.14.2.
동명(왕) 東明(王) 3.3. 4.3. 6.5.6.
    7.1.5. 7.4.1. 11.5.6. → 주몽
동인홍 動人紅 7.2.3.

마고할미 2.2.
마의태자 麻衣太子 11.11.1. 11.12.1.
마장 9.12.4.
마중군 馬中軍 10.10.5.
마지니 瑪志尼 Mazzini 10.9.2.
만보 萬甫 11.11.4.
만수 11.4.5. 11.6.4.
만향 晩香 11.15.1.
말뚝이 9.7.6. 9.15.5.
망명 亡名 7.4.2.
명례 11.11.6.

명수 11.12.1.

명순 11.15.1.

명화 11.14.3.

모두루 牟頭婁 5.1.2.

모란 10.10.5.

모례 毛禮 7.4.3.

모화 11.14.7.

목종 穆宗 6.1.3.

몽은사 승려 11.17.2.

무왕 武王 3.3. 5.3.1.

묵호자 墨胡子 7.4.2.

문도령 9.14.2.

문천상 文天祥 8.9.3.

문호 10.13.2.

물계자 物稽子 5.2.3.

뭉태 11.14.2.

미란 11.11.6.

미자 微子 11.7.3.

미천왕 美川王 4.2. 5.5.4.

미추왕 味鄒王 5.5.1.

미추왕죽엽군 未鄒王竹葉軍 5.5.1.

민광균 閔光鈞 7.8.2.

민영환 閔泳煥 10.9.3. 11.16.3.

민옹 9.12.4.

민은식 10.13.3.

민주사 11.14.4.

바람운 2.1.

바리공주 9.13.2. 9.14.2.

박경래 朴景來 10.5.2.

박동혁 11.11.4.

박동화 11.11.4.

박리균 11.14.4.

박문수 9.12.1.

박병일 11.14.3.

박상진 朴尙鎭 11.16.3.

박생 朴生 8.10.2.

박선생 11.14.3.

박성권 11.14.4.

박세통 朴世通 6.5.3. 7.7.1.

박씨 9.1.6. 9.3.3.

박엽 朴曄 11.11.1.

박영식 11.14.3.

박영채 10.13.3.

박유복 11.11.2.

박은식 朴殷植 11.17.3.

박인철 11.11.6.

박제상 朴堤上 6.5.6.

박종화 11.18.1.

박중빈 朴重彬 10.1.4.

박진사 10.13.3. 11.12.2. 11.14.4.

박철하 11.11.6.

박첨지 9.15.3. 10.8.3. 10.11.1.
  11.12.2.

박한영 朴漢永 11.17.3.

방관주 9.13.2.

방자 9.13.6. 9.14.6. 11.17.2.

방학중 11.18.1.

방한림 → 방관주

배돌석 11.11.2.

배비장 9.13.6.

배생 10.10.4.

배시황 9.11.3.

배열부 裵烈婦 7.5.3.

백결 百結 5.5.4.

백문현 9.13.7.

백소저 9.13.7.

백수광부 白首狂夫 4.3.
백우영 11.6.1.
백운거사 白雲居士 → 이규보
법장 法藏 6.4.2.
변강쇠 9.14.5. 10.4.1.
변사또 9.14.6
변승업 9.12.4.
변원식 11.11.6.
보개 寶開 6.5.5.
보양 寶壤 5.5.2.
보육 寶育 6.1.2.
복녀 11.4.4.
복순이 11.15.3.
봉림대군 鳳林大君 10.10.1.
부루 扶婁 3.2.
부목한 浮穆漢 9.12.5.
부용 10.10.2.
부을라 夫乙那 3.5.
부처님 11.9.4.
북곽선생 9.12.4.
분이 11.14.7.
비간 比干 11.7.3.
비류 沸流 3.3.
비사감 B舍監 11.6.2.
비사맥 比斯麥 Bismark 10.9.2.
빙도자 氷道者 7.5.5.
뺑덕어미 9.14.6. 10.10.1.
뻐꾹새 11.12.6.

사당패 10.2.1.
사도세자 9.11.3. 9.11.6.
사 복 蛇福 5.4.2. 5.4.4.
사씨 9.3.7.

사육신 死六臣 11.11.1~2.
삵 11.4.4.
삼룡 三龍 11.6.1.
삼봉 11.4.3.
삼장사 사주 7.6.2.
상산사호 商山四皓 10.2.1.
새침덕 11.16.2.
서경덕 徐敬德 8.6.3. 9.3.3.
서동 薯童 3.3. 5.3.1. 5.5.3.
서림 11.11.2.
서신일 徐神逸 7.7.1.
서일순 10.10.5.
서희 徐熙 6.5.3. 7.7.1.
석가 8.2.3. 11.7.4.
석가여래 釋迦如來 7.3.3.
석림 11.14.4.
석사란 石似卵 11.7.5.
석순옥 11.11.5.
석용 11.4.5.
석주 11.18.2.
선귤자 9.12.4.
선덕여왕 善德女王 5.5.4. 6.5.5.
선도산 성모 仙桃山聖母 2.2. **3.4.**
　　5.5.1.
선동 仙童 10.2.1.
선묘 善妙 5.5.2.
선비 9.15.4. 11.11.3.
선우태자 善牛太子 8.2.4.
선초 10.10.5.
선화공주 善花公主 5.3.1. 11.11.2.
설공찬 薛公瓚 8.10.3.
설문대할망 2.2.
설씨녀 薛氏女 5.5.4. 6.5.6.
설화 11.6.1.

성순 10.13.3.

성종 成宗 11.11.2.

성진 9.3.7.

성진사 9.12.5.

성화황제 成化— 8.10.3.

세란 11.11.6.

세종대왕 10.9.1.

소교완 9.13.4.

소금장수 9.14.3.

소대성 9.12.1.

소매각시 9.15.4.

소무 9.15.4~5.

소별왕 2.2.

소세양 蘇世讓 8.7.5.

소희 11.11.5.

송국첨 宋國瞻 7.2.3.

송선생 11.12.1.

송실솔 9.11.5.

송징 宋徵 8.6.4.

수급비녀 水汲婢女 9.12.3.

수로 水路 4.3. 5.3.1. 5.6.3.

수로왕 首露王 2.2. 3.4. 5.5.2. 5.6.1.
  6.5.4.

수복 11.4.5.

수복이 11.19.3.

수양대군 首陽大君 11.11.1~2.

숙종대왕 9.12.1.

숙향 9.13.2.

순도 順道 7.4.2.

순영 11.4.5.

순이 11.14.4. 11.15.2. 11.18.2.

술집아비 7.6.2.

승녀 진묵 震默 10.1.5.

시새덕 11.16.2.

시시딱딱이 9.15.4.

식이 11.14.7.

신검 神劍 6.1.1.

신규식 申圭植 11.17.3.

신돈 辛旽 7.9.6. 11.11.2.

신돌석 10.2.5.

신립 9.1.6.

신문왕 神文王 5.5.1.

신병사 申兵使 9.12.5.

신봉구 11.4.3.

신불출 11.18.1.

신사임당 申師任堂 8.7.5.

신숙주 申叔舟 11.11.2.

신숭겸 申崇謙 6.2.3.

신아 申啞 9.12.5.

신옥희 11.11.5.

신유복 9.13.1.

신일 神逸 6.5.3.

실혜 實兮 5.2.3.

심봉사 11.17.2. → 심학규

심생 9.12.5.

심순애 10.10.7.

심알 沈謁 7.7.2.

심진사 10.10.5.

심청 9.14.5~6. 11.17.2.

심학규 9.14.6. 10.2.2. 10.10.1.

싹뿔이 9.15.2.

아기장수 9.12.1. 11.6.4.

아도 阿道 6.5.5. 7.4.2~3.

아사녀 11.11.2.

아사달 11.11.2.

안가닥할미 2.2.

안국선 安國善 11.14.6.

안락국태자 安樂國太子 8.2.4.

안빈 11.11.5.

안상권 11.11.6.

안생 安生 8.10.3.

안승학 11.11.3.

안중근 安重根 11.16.3. 11.17.1.

안중서 11.14.2.

안초시 11.14.4.

안축 安軸 7.5.2.

안향 安珦 7.7.2.

안협집 11.6.1.

알영 閼英 3.4.

알지 閼智 3.4.

알평 謁平 3.4.

애랑 9.13.6.

양검 良劍 6.1.1.

양귀자 洋鬼子 10.3.3.

양기손 9.13.6.

양만춘 楊萬春 11.5.6.

양반 9.7.6. 9.15.2. 9.15.4~5.

양생 梁生 8.10.2.

양소유 9.13.3.

양을라 良乙那 3.5.

양이목사 9.14.2.

양창곡 9.13.3.

양한기 洋漢妓 10.3.3.

어득강 魚得江 10.10.1.

언왕 偃王 3.2.

엄장 嚴莊 5.3.4.

엄처사 9.3.2.

엄행수 9.12.4.

여순 11.14.2.

여옥 麗玉 4.3. 11.11.4.

연개소문 10.7.3.

연산군 燕山君 11.11.2.

연오랑과 세오녀 延烏郎─細烏女 3.4.
  5.5.1. 6.5.5.

열병대신 熱病大神 7.6.2.

염라대왕 8.10.3.

염왕 閻王 8.10.2.

염흥방 廉興邦 7.7.3.

영감 9.15.2~5.

영애 11.15.1.

영영 9.3.2.

영옥 11.4.5.

영이 11.14.4.

영진 11.18.2.

영훈 11.11.6.

예덕선생 → 엄행수

예산농은 猊山農隱 → 최해

예산은자 猊山隱者 → 최해

예수 10.3.2.

예저 豫且 7.5.5.

예종 7.7.1.

오도령 吳道令 11.11.4.

오동 吳仝 7.5.3.

오륜전 五倫全 8.10.3.

오유란 9.13.6.

옥단춘 9.13.5.

옥련 10.10.5.

옥화 11.14.3.

온달 溫達 5.2.1. 5.5.3. 6.5.6.

온조 溫祚 3.3.

옹고집 9.13.6.

옹녀 9.14.5. 10.4.1.

완식 11.14.3.

왈자패 10.2.1.

왕거인 王巨仁 5.8.3.
왕건 王建 6.1.2. 6.5.3. 11.4.2.
　11.11.1.
왕경룡 9.3.2.
왕서방 11.4.4.
왕욱 王郁 6.1.3.
왕한 11.4.5.
요임금 堯— 8.1.2.
용건 龍建 6.1.2.
용검 龍劍 6.1.1.
용수산신 龍首山神 7.7.2.
우길 11.14.4.
우돌 于咄 7.2.3.
우물 용 7.6.2.
우상 → 이언진
우세자 10.9.3.
우타야 優陀耶 8.2.3.
우탁 禹倬 7.7.2.
우태 優台 3.3.
우하형 9.12.3.
욱면 郁面 5.5.2.
욱면비 郁面婢 7.4.3.
운영 雲英 9.3.2. 10.10.3.
웅녀 熊女 3.2.
원광 圓光 6.5.5. 7.4.2.
원나라 공주 11.11.2.
원랑 11.14.3.
원자허 元子虛 8.9.3.
원장법사 10.9.3.
원치서 元致西 11.11.3.
원치원 11.11.6.
원칠 11.11.3.
원효 元曉 5.4.2. 5.5.2. 7.4.3.
　11.11.1.

월매 9.14.6.
위홍 11.11.1.
유경호 11.14.3.
유광억 9.12.5.
유길준 兪吉濬 11.17.1.
유록 9.3.2. 9.13.5
유류 儒留 3.3. → 유리왕
유리 類利 7.4.1. → 유리왕
유리왕 瑠璃王 3.3. 4.2. 4.3.
유림척로 維霖惕露 Wilhelm Tell
　10.9.2.
유세기 9.13.4.
유세창 9.13.4.
유순 11.11.4.
유승단 兪升旦 7.1.4.
유신철 11.11.3.
유우성 9.13.4.
유원순 兪元淳 7.8.2.
유인석 柳麟錫 11.17.1.
유정 9.1.2. 9.3.3.
유춘화 11.14.4.
유충기 劉冲基 7.8.2.
유현 9.13.4.
유홍 9.13.4.
유화 柳花 3.1. 3.3. 9.14.2. 10.9.1.
육관대사 9.3.7.
육신 六臣 8.9.3.
윤공흠 尹公欽 11.16.3.
윤관 尹瓘 8.9.1.
윤광우 11.11.5.
윤봉길 11.17.1.
윤장의 11.14.3.
윤정선 11.11.4.
윤지경 9.13.5.

은주 11.14.3.

을지문덕 6.5.6. 10.6.2. 10.7.3.
  10.9.1. 10.9.3. 10.14.2. 11.5.6.

응삼이 11.11.3.

응오 11.14.2.

응칠 11.14.2.

의상 義湘 5.4.3. 5.5.2. 6.4.2.

의자왕 義慈王 11.11.2.

의천 義天 6.4.3. 6.6.3~4.

이가당 李家黨 7.7.1.

이건영 11.11.4.

이공로 李公老 7.8.2.

이규보 7.1.4~5. 7.5.4. 7.8.2.

이금 伊金 7.7.2.

이기영 11.18.1.

이달 9.3.2.

이도령 11.17.2. 11.18.1.

이동휘 李東輝 11.17.3.

이매경 10.9.5.

이몽룡 9.14.5~6. 11.11.1.

이봉창 11.17.1.

이봉학 11.11.2.

이사룡 9.2.5.

이상재 李商在 11.17.1.

이상훈 11.4.5.

이생 李生 10.10.3.

이싱게 李成桂 7.6.7.

이수광 9.13.6

이수일 10.10.7.

이순신 李舜臣 10.4.3. 10.4.5~6.
  10.9.1. 10.12.2. 10.14.1. 11.4.3.
  11.5.6. 11.11.1. 11.16.2.

이시백 9.3.3.

이시원 李是遠 11.16.3.

이시찰 10.10.5.

이언진 9.12.4.

이여송 李如松 7.7.1.

이영녀 李永女 11.7.3.

이영철 11.6.1.

이완 9.12.4.

이왜간 李矮奸 11.4.2.

이원영 11.14.3.

이원정 李元楨 7.1.6.

이인로 李仁老 7.8.2.

이인보 李寅甫 7.7.1.

이인석 李仁錫 11.15.5.

이인영 李麟榮 11.17.1.

이인화 11.6.3.

이자현 李資玄 7.7.1.

이정 李廷 10.10.3.

이정임 10.10.6.

이정해 9.11.5.

이제현 李齊賢 7.5.2.

이준 11.16.3.

이지란 李之蘭 11.5.6.

이징옥 李澄玉 11.11.1.

이차돈 異次頓 11.7.4. 11.11.1.

이춘풍 9.13.6.

이충백 9.11.5.

이판서 10.10.5.

이항목 11.4.3.

이해룡 9.13.6

이형식 10.13.3. 11.14.3.

이홍 9.12.5.

인순이 11.11.3.

인욕태자 忍辱太子 8.2.4.

인현왕후 9.3.7. 9.11.3.

일엄 日嚴 7.7.1~2.

임거정 林巨正 11.11.2.
임경업 9.1.6. 9.3.3. 9.11.6 11.5.6.
임꺽정 → 임거정
임민비 7.7.2.
임진백 9.1.6.
임화 11.18.1.

자장 慈藏 5.5.2.
자청비 9.14.2.
작제건 作帝建 6.1.2. 8.2.2.
잔다르크 Jeanne d'Aarc 10.9.2.
장경 9.13.1.
장복선 9.12.5.
장봉사 蔣奉事 9.12.5.
장산인 9.3.2.
장생 9.3.2.
장시영 11.11.6.
장자말 9.15.4.
장풍운 9.13.1.
장현 9.13.4.
장형보 11.14.3.
장화 9.13.6.
장희빈 9.3.7. 9.11.3.
재등 총독 齋藤總督 11.17.2.
재봉이 11.14.4.
저생 楮生 7.5.5.
적성의 9.3.4.
전갑섬 11.9.2.
전봉준 全琫準 10.1.3. 10.2.3.
전수용 全垂鏞 10.5.2.
전영보 全英甫 7.7.3.
전우 田愚 11.16.2.
전우치 9.3.3.

절부조씨 節婦曹氏 7.5.3.
점순 11.14.2.
정견모주 正見母主 2.2. 3.4. 5.5.1.
정덕호 11.11.3.
정도령 11.19.1.
정도룡 鄭道龍 11.11.3.
정만쇠 11.18.1.
정성열 11.4.5.
정수동 鄭壽銅 11.18.1.
정수정 9.13.2.
정시자 丁侍者 7.5.5.
정애 11.14.3.
정욱 呈昱 9.14.5. 10.2.2.
정월염 9.13.4.
정유 鄭愈 7.7.1.
정인광 9.13.4.
정인성 9.13.4.
정임 11.11.5.
정잠 9.13.4.
정주사 11.14.3.
정지용 11.18.1.
정한 9.13.4.
정향 9.13.6.
정현숙 鄭顯叔 7.5.3.
정혜공주 貞惠公主 5.7.3.
정효공주 貞孝公主 5.7.3.
제갈량 諸葛亮 10.9.3.
제석 帝釋 7.4.3.
조덕기 11.14.3.
조리장수 9.14.3.
조만호 11.11.5.
조봉태 10.10.1.
조상훈 11.14.3.
조선 태종 8.2.2.

조신 調信 5.5.4. 5.5.5.

조웅 9.13.1

조의관 11.14.3.

조조 曹操 9.14.5. 10.2.2.

조충전각지도 雕蟲篆刻之徒 7.2.5.

종수 11.14.3.

종옥 9.13.6.

종학 11.14.3.

주 紂 11.7.3.

주만 11.11.2.

주몽 朱蒙 2.2. 3.1 3.2. **3.3**. 6.5.6.
  7.4.1. 9.14.2.

주상문 11.14.3.

주생 9.3.2.

죽부인 竹夫人 7.5.5.

죽존자 竹尊者 7.5.5.

죽지랑 竹旨郎 5.3.2.

지귀 志鬼 5.5.4.

지봉 → 이수광

지엄 智嚴 5.4.3. 6.4.2.

지형근 池亨根 11.6.1.

직녀 11.15.1.

진대방 9.13.6.

진성여왕 眞聖女王 5.8.3. 11.11.1.

진의 辰義 6.1.2.

진정 眞定 5.5.2.

진채봉 9.3.7.

진화 陣澕 7.1.4. 7.8.2.

창식 11.14.3.

창조리 倉助利 6.5.6.

채금이 11.14.4.

채련 11.14.3.

채만식 11.18.1.

채봉 10.10.2.

채영신 11.11.4.

처용 處容 5.3.1. 5.6.3. 7.6.2.

척준경 拓俊京 8.9.1.

천개소문 泉蓋蘇文 10.9.1.

천숙 11.11.6.

천왕쇠 11.15.1.

천추태후 千秋太后 6.1.3.

청 태종 淸太宗 11.11.1.

초봉이 11.14.3.

초옥 楚玉 10.10.3.

초옥자 草屋子 7.5.3.

최고운 崔孤雲 8.10.3. → 최치원

최득주 11.11.6.

최랑 9.13.5.

최만돌 11.11.6.

최병도 10.10.5. 10.11.3.

최석 11.11.5.

최선생 11.14.4.

최영 崔瑩 10.9.1.

최응 崔凝 6.5.3.

최익현 崔益鉉 10.9.3.

최제우 崔濟愚 11.4.3. 11.17.1.

최치원 崔致遠 5.5.5. 6.5.5.

최항 崔沆 6.5.5.

최해 7.5.4.

추모 鄒牟 3.3.→ 주몽

춘향 9.7.4. 9.14.5~6 10.8.3.
  10.10.1. 11.17.2. 11.18.1.

춘홍 11.14.3.

충선왕 7.2.5.

취발이 9.15.5.

치희 雉姬 4.3.

칠성이 11.14.2.

타고르, 타골 Tagore 11.2.3.
탈해 脫解 3.4. 5.5.1. 6.5.5.
태학중 11.18.1.
톨스토이 11.12.2.

팔선녀 10.2.1.
평강공주 平岡公主 5.2.1.
포호처 捕虎妻 9.12.5.
피득대제 彼得大帝 Pyotor 10.9.2.
피생 9.1.6.
필수 11.11.6.

하백 河伯 7.4.1.
허생 9.11.6.
한교장 11.12.2.
한놈 10.9.3.
한대흥 韓大興 10.10.4.
한락궁이 9.14.2.
한민교 11.11.4.
한생 韓生 8.10.2.
한영 韓永 7.5.2.
한준식 11.14.2.
할미 9.15.2~3. 9.15.4~5.
함유일 咸有一 7.7.2.
해동육룡 海東六龍 8.2.2.
해론 奚論 5.2.3. 5.3.2.
해명태자 解明太子 4.2.
해모수 解慕漱 3.1. 3.3. 7.4.1. 9.14.2.
해부루 解夫婁 3.3.

향랑 9.7.3. 9.11.5
허생 9.12.4. 11.11.1.
허생원 11.14.7.
허숭 11.11.4.
허황옥 許黃玉 3.4. 6.5.4.
헌강왕 憲康王 5.6.3.
혁거세 赫居世 2.2. 3.4. 5.5.2.
현마 11.11.6.
현부 玄夫 7.5.5.
현옥 11.14.2.
현종 顯宗 6.1.3.
협효부 峽孝婦 9.12.5.
혜경궁 홍씨 9.11.3 9.11.7
혜공 惠空 5.5.2. 7.4.3.
혜련 11.11.5.
혜숙 11.6.1.
혜숙 惠宿 5.5.2.
호경 虎景 6.1.2.
호동왕자 好童王子 4.2.
호종단 胡宗旦 7.7.1.
홍건적 7.9.5.
홍경래 洪景來 10.10.2.
홍길동 9.3.3.
홍대장 → 홍범도
홍도 11.4.1. 11.12.4.
홍동지 9.15.3. 10.11.1.
홍랑 紅娘 10.10.3.
홍련 9.13.6.
홍명희 洪命憙 11.17.3. 11.18.1.
홍범도 洪範圖 11.5.6.
홍생 洪生 8.10.2.
홍영애 11.14.3.
홍이 11.15.1.
홍참의 10.10.5.

*

나4. 지역·건물·산천색인

가라 9.11.3.

가락국 駕洛國 6.5.4.

가산 駕山 9.15.5.

가섭불 연좌석 迦葉佛宴坐石 5.5.2.
 7.4.3.

가야산 2.2. 5.5.1. 6.6.1.

가은현 加恩懸 6.1.1.

가지산 迦智山 7.4.3.

각화사 覺華寺 6.4.4.

간도 間島 11.5.5. 11.5.6. 11.7.4.
 11.11.4. 11.12.2.

갈평 10.5.5.

감문 甘文 9.6.3.

감산사 甘山寺 5.8.2.

갑산 9.9.3. 10.3.3.

강계 11.18.1.

강령 9.15.5.

강릉(도) 江陵(道) 5.2.1. 5.3.1. 7.9.3.
 9.3.6. 9.14.5. 9.15.4. 10.5.4.

강원도 11.1.5. 11.6.3~4. 11.9.2.

강진 9.4.3. 9.6.4. 10.4.6.

강화군 江華郡 7.9.5.

강화도 7.6.2. 9.1.4~5. 9.9.3. 9.11.3.
 10.2.2. 10.3.3. 10.3.6. 10.4.3.
 10.8.2. 11.16.3. 11.17.3.

개경 6.1.2. 6.3.2. 6.6.3.

개성 11.17.3.

개심대 開心臺 8.3.5.

개암 開巖 8.4.3.

개암정 皆岩亭 9.9.1.

개운포 開雲浦 5.6.3.

개태사 開泰寺 6.3.1.

거창 居昌 8.6.2. 9.9.6.

경기도 11.1.5.

경복궁 11.5.3. 11.9.4. 11.17.2.

경상남북도 11.6.3.

경상도 慶尙道 7.9.4. 11.1.5.

경성 鏡城 9.9.1. 11.5.3.

경암산 景岩山 10.11.1.

경정산 敬亭山 9.5.3.

경주 9.5.2. 9.7.5. 9.9.7. 9.11.4.
 9.12.1. 9.13.5. 10.1.2. 10.2.5.
 10.3.3~4. 11.14.6. 11.17.3.
 11.18.1.

경포대 鏡浦臺 8.4.4. 11.4.1. 11.11.5.

경한정 景寒亭 9.8.1.

경흥 9.7.3.

계룡산 9.12.1.

계림 鷄林 3.4. 5.4.5. 5.8.2. 8.6.1.

고구려 3.1. 3.3. 5.7.3. 6.2.1.
 11.15.1.

고려 高麗 1.4. 8.1.2. 11.5.5. 11.16.3.

고령군 양전동 알터　2.1.
고부　10.1.3.　10.1.5.
고성 固城　9.2.1.　9.15.5.　10.11.1.
고조선　4.3.　3.2.
고창　5.2.2.　10.1.3.　10.2.1~2.
고청봉 孤靑峰　8.7.3.
고포 古浦　6.5.4.
곡령 鵠嶺　7.9.6.
골천 鶻川　4.3.
공주　9.9.1.　10.3.2.
공주 석장리 집자리　2.1.
관동 關東　7.8.2.　7.9.3.　8.3.4~5.
관란사 觀瀾寺　6.6.4.
관서 關西　8.3.4.　11.18.1.
관암 冠巖　8.4.3.
관어대 觀魚臺　7.9.5.　8.6.1.
광릉 廣光　8.7.5.
광무대 光武臺　11.7.1.
광산　9.1.5.
광주 光州　6.1.1.　8.6.3.　10.5.3.
　11.16.3.
광주 廣州　6.6.3.
광통교 廣通橋　8.3.3.
광한루 廣寒樓　9.4.5.　9.7.4.　9.13.7.
　9.14.6.
광화문 光化門　11.17.2.
구례　9.9.2.
구례헌　5.2.2.
구룡포　2.1.
구산사 龜山寺　6.3.4.
구월산 九月山　8.3.3.　10.1.6.
구지봉 龜旨峰　3.4.
군산　11.14.3.
군위　10.3.3.

귀자도　9.9.3.
금강　11.14.3.
금강산 金剛山　9.1.6.　9.3.3.　9.9.2~3.
　9.11.4~5.　9.14.3.　10.1.2.　10.1.6.
　10.3.6.　10.8.5.　10.10.6.
　11.10.4~5.　11.10.6.　11.11.5.
　11.16.2.　11.17.3.
금골산 金骨山　8.6.1.
금관 金官
금교 金橋　7.4.3.
금란굴 金幱窟　7.8.2.
금릉 金陵　11.17.3.
금산 錦山　8.3.3.　9.11.6.
금성 錦城　8.3.3.
금하 金河　8.7.4.
금향정 錦香亭　9.3.6.
김해 金海　9.5.1.　9.6.4.　9.7.5.　10.4.1.
　10.11.1.

나무리벌　11.5.4.
나정 蘿井　3.4.
나주 羅州　8.6.3.　9.8.1.
낙동강 洛東江　10.11.2.　11.1.4.
　11.9.2.　11.11.3.　11.15.3.
낙동요 洛東謠　8.6.1.　11.15.3.
낙산 洛山　7.8.2.
낙산사 洛山寺　5.5.2.
낙성대 落星垈　6.5.3.
낙은암 樂隱巖　9.9.1.
낙화암 落花巖　7.9.6.
남대문　11.5.3.
남만주　11.17.3.
남부 시베리아　2.3.

남산 5.6.3. 10.1.7. 10.2.1. 10.2.3.
　11.5.3. 11.10.4. 11.17.2.
남산신성 南山新城 5.1.2.
남악 南岳 5.3.4. 6.4.1~2.
　→ 지리산
남양군도 11.4.1. 11.17.3.
남원 南原 9.1.6. 9.3.2. 9.8.1. 9.9.1.
　9.12.1. 9.14.6. 10.5.2. 11.18.1.
남포 南浦 6.6.3.
남한산성 南漢山城 9.1.4~5. 9.11.4.
　9.11.6. 10.5.2.
내원성 來遠城 5.2.1.
내지성 奈祇城 5.1.2.
내포 內浦 9.9.1.
냉수리 冷水里 5.1.2.
노량 露梁 9.1.3. 9.11.6.
노령 露領 10.1.6. 10.2.3. 10.5.3.
　10.10.5. 11.1.4. 11.14.6. 11.17.3.
녹번 碌磻 9.15.4.
녹진 錄鎭 7.9.4.
논산 9.9.7.
농암 聾巖 8.4.3.
능라도 綾羅島 11.4.1.
능사 陵寺 5.1.4.
능성 綾城 8.6.2.

단군굴 檀君窟 11.10.4.
단성사 團成社 11.7.1.
단양 5.1.2
달량 達梁 8.7.4.
달천 達川 9.1.6.
당나라 5.1.2. 5.5.2. 5.8.5. 6.1.2.
당성 棠城 8.6.4.

당진 9.1.4.
대관령 大關嶺 8.7.5.
대구 9.1.5. 9.2.4. 9.13.2. 9.15.5.
　10.3.4. 10.3.7. 10.5.3. 10.10.2.
　11.17.3.
대덕 9.9.7.
대동강 大同江 6.6.2~3. 7.6.3.
대마도 對馬島 10.5.2. 10.10.3.
　11.15.2.
대야주 大耶州 5.8.3.
대판 大坂 11.9.2.
대한문 11.5.3.
대한민국 11.16.3.
대화궁 大花宮 6.6.3.
덕원 9.9.3.
덕풍현 德豊縣 7.1.4.
도산 陶山 8.4.3.
독락당 獨樂堂 8.1.2.
독일 11.17.3.
돈황 敦煌 5.4.1. 5.4.5.
동경 11.1.5. 11.16.1. 11.6.3. 11.7.3.
　11.14.2.
동남아(시아) 6.1.2. 11.17.3.
동래 東萊 9.1.5. 9.2.4. 9.13.2.
　9.15.5. 10.3.4. 10.11.1.
동부여 3.3.
동북 시베리아 2.3.
동신사 東神祠 6.5.2.
동아시아 4.1. 6.1.2. 11.2.1.
동양극장 東洋劇場 11.7.1.
동해 東海 5.6.3. 5.8.2. 11.13.3.
두류산 頭流山 8.6.1~3. 8.9.2.
　10.1.3. 10.4.3.
두만강 10.1.6. 10.5.3. 11.5.3.

11.15.1. 11.15.3. 11.17.3.
11.18.2~3.
두미 斗彌 9.10.2.
등주 登州 5.7.2.

러시아 11.5.5. 11.14.4. 11.14.6.
11.17.3. 11.18.2.
런던 10.3.3. 10.10.6.

마산 馬山 9.15.5. 10.11.2.
마운령 摩雲嶺 5.1.2.
마천령 摩天嶺 9.8.2.
마한 馬韓 2.2. 3.1. 3.4.
막북강 漠北江 11.5.3.
만경 萬頃 9.13.3.
만권당 萬卷堂 7.9.3.
만덕사 萬德寺 7.3.3.
만리대 萬里臺 8.7.2.
만복사 萬福寺 8.10.2.
만어사 萬魚寺 5.5.2.
만월대 滿月臺 8.4.1.
만의사 萬義寺 8.6.2.
만주 滿洲 2.3. 10.1.6~7. 10.2.5.
10.3.5. 10.5.2~3. 10.5.5. 10.9.1.
10.9.3. 10.10.6. 10.13.1. 10.14.1.
11.4.4. 11.5.4. 11.5.6. 11.6.4.
11.11.3~4. 11.12.2. 11.12.5.
11.14.2. 11.14.4. 11.14.7.
11.15.1. 11.15.5. 11.17.1.
11.17.3. 11.18.1~2.
만폭동 萬瀑洞 11.16.2.
망고대 望高臺 8.3.5.

망산도 望山島 6.5.4.
망월루 望月樓 11.4.1. 11.11.5.
면앙정 俛仰亭 8.3.4. 8.4.4. 9.4.4.
명나라 11.11.1. 11.16.3.
명주 溟州 5.2.1. 6.4.4.
명천 9.9.3.
모스크바 11.17.3.
모아산 帽兒山 11.15.5.
모얼산 11.15.5. → 모아산
목천 木川 9.8.1. 9.14.4.
목포 11.18.3.
몽고고원 2.3.
묘향산 妙香山 9.9.6. 9.11.4. 11.10.4.
11.17.3.
무등산 無等山 5.2.2.
무릉(도원) 武陵(桃源) 8.4.3. 11.4.1.
무용총 5.6.2.
무학재 11.15.4.
문경 10.5.5.
문수사 文殊寺 6.4.4.
미국 11.4.3. 11.10.5. 11.12.5.
11.17.3.
미리사 5.8.5.
미주 美洲 11.1.4.
밀양 10.2.3. 10.3.4.
밀양강 11.18.2.

박연폭포 朴淵瀑布 7.9.4. 8.7.5.
11.10.4.
반월성 半月城 11.17.3.
반타석 盤陀石 8.6.3.
발리 섬 11.12.1.
발해 渤海 5.7.1~2. 5.7.3. 6.2.1.

9.6.3. 9.11.3.

발해관 5.7.2.

밤마리 10.11.2.

방등산 方等山 5.2.2.

배오개 11.5.3.

백담사 白潭寺 11.17.3.

백두산 白頭山 6.1.2. 9.5.2. 10.1.6.
10.2.3. 10.4.7. 10.5.4. 10.8.5.
10.9.3. 10.14.2. 11.5.6. 11.9.2.
11.10.5. 11.17.3.

백록담 白鹿潭 11.13.1.

백마강 白馬江 9.8.1. 11.11.2.

백산 白山 10.1.3.

백악 白岳 11.5.3. → 북한산

백옥경 白玉京 8.3.5.

백운대 白雲臺 8.5.2.

백제 3.3. 6.5.5. 11.11.2.

변한 弁韓 3.4.

보경사 9.9.7.

보길도 9.8.1.

보성 10.4.6.

보현원 普賢院 7.6.7.

복령사 福靈寺 8.5.4.

복주 福州 7.9.4.

복청교 福淸橋 11.9.4.

봉내고개 8.3.3.

봉래산 蓬萊山 8.4.1.

봉산 2.1. 5.5.5. 5.6.2. 9.5.4. 9.7.6.
9.15.4~5. 10.11.1~2.

봉천 奉天 11.5.4.

봉평 鳳坪 5.1.2.

봉화 9.9.7. 10.3.5.

부령 9.7.5.

부벽루 6.3.5.

부벽정 浮碧亭 8.10.2.

부사산 富士山 11.5.6.

부산(진) 釜山(鎭) 9.15.5. 10.2.3.
10.3.3. 10.4.2. 10.8.2. 10.11.1.

부석사 浮石寺 5.5.2. 7.7.1.

부소산 6.1.2.

부여 扶餘 3.1. 3.3. 5.1.2. 5.1.4.
9.7.3. 9.9.7. 9.11.4. 9.11.7.

북간도 北間島 11.6.4. 11.7.4. 11.9.2.
11.9.4. 11.12.6. 11.15.4. 11.17.3.

북경 北京 9.8.5. 9.10.4. 9.12.4.
11.4.5. 11.15.4.

북만주 11.11.4. 11.13.3.

북부 중국 2.3.

북부여 3.3.

북악 5.6.3. 6.4.1~2. 10.2.1. 11.17.2.

북양사 10.5.5.

북유럽 4.1.

북이 北夷 3.3.

북조선 11.5.3.

북청 北靑 2.1. 5.5.5. 9.15.4. 11.5.3.
11.13.2.

북평 北坪 8.7.5.

북한산 北漢山 5.1.2. 9.2.4. 9.2.5.

분천 汾川 8.4.3.

분행역 分行驛 6.3.5.

분황사 芬皇寺 5.3.4. 6.4.3.

불국사 11.11.2.

불미골 11.5.3.

블라디보스토크 10.4.2. 10.5.3.

사량리 沙梁里 3.4.

사리원 10.11.1~2.

사비 5.1.2.
사선정 四仙亭 7.8.2.
사주 泗州 6.3.4.
사직골 社稷 9.15.4.
사천 9.13.6.
산동 山東 2.3. 3.2.
산동반도 5.7.2.
산방산 3.5.
삼각산 三角山 8.3.2. 8.5.2. 9.1.5.
　9.9.6.
삼일포 三日浦 7.8.2. 8.7.2.
삼장사 三藏寺 7.6.3.
삼척 9.9.3. 9.9.7.
삼한 三韓 3.4. 5.8.5.
삼화령 三花嶺 5.3.3.
상주 9.5.2. 10.1.7. 10.4.6.
상해 上海 10.4.6. 10.14.1. 11.4.2.
　11.4.5. 11.5.6. 11.6.4. 11.7.2.
　11.16.1. 11.17.3.
새재 8.6.1.
샌프란시스코 10.3.3. 10.14.2.
서간도 11.6.4. 11.17.3.
서경 西京 6.6.2~3. 7.6.1. 7.6.5.
　7.9.5. 10.1.1.
서국 徐國 3.2.
서귀포 2.1.
서도 西都 6.6.3. → 서경
서라벌 5.6.3. 6.1.1. 6.2.1. 6.4.1.
서백리아 西伯利亞 11.17.3.
　→ 시베리아
서울 11.1.5. 11.4.4. 11.5.3. 11.5.5.
　11.6.4. 11.9.2. 11.11.4. 11.14.3.
　11.14.4~5. 11.15.4. 11.16.3.
　11.18.1.

서주 徐州 3.2.
서천 9.9.7.
서축 西竺 8.5.4. → 천축
서해 5.5.2~3. 6.1.2.
서해안 11.14.4.
서호 西湖 8.3.4. 8.4.2.
석왕사 釋王寺 11.10.5.
석탄 石灘 7.9.6.
선도산 仙桃山 2.2. 3.4. 5.5.1.
선묘각 善妙閣 5.5.2.
선산 9.7.3. 9.11.5. 9.13.7.
선운사 禪雲寺 10.1.3.
선운산 禪雲山 5.2.2.
선유담 仙遊潭 7.8.2.
선인교 仙人橋 8.4.1. 11.10.4.
선천 宣川 9.3.7. 9.7.6. 9.12.3.
설악(산) 雪嶽(山) 7.8.2. 11.17.3.
성명재 誠明齋 6.3.4.
성불사 成佛寺 11.10.4.
성산 5.8.5.
성산 星山 8.3.5. 8.4.4.
성주 10.3.3.
성주사 聖住寺 5.8.4.
소유정 小有亭 9.9.1.
소허섬 9.1.4.
속리산 俗離山 9.11.4.
솔성재 率性齋 6.3.4.
송도 松都 8.4.4. 8.5.3. 8.7.5. 9.6.3.
　9.11.3~4.
송악산 6.4.2.
송파 松坡 9.15.4~5. 10.11.1~2.
송화강 10.1.6.
수영 水營 9.15.5. 10.11.1.
수월정 水月亭 9.8.2.

수종사 水鐘寺 9.2.4.
수표다리 11.9.4.
순천 9.7.5.
순흥(부) 順興(府) 7.8.2. 9.9.7.
숭산묘 崧山廟 6.5.2.
시베리아 11.5.6. 11.11.5. 11.17.3.
시흥군 6.5.3.
식영정 息影亭 8.3.5.
신고산 11.9.2.
신광사 神光寺 8.5.4.
신녕 10.3.4.
신라 1.4. 5.7.1. 5.7.3. 11.11.1~2.
신라관 5.7.2.
신반 新反 9.15.4.
신재령 新載寧 11.5.4.
신창 新倉 9.1.5.
심양 瀋陽 9.1.4.
싱가포르 11.17.3.
쌍계사 雙溪寺 5.8.4.
쌍녀분 雙女墳 5.5.5. 6.5.5.

아라비아 11.13.3.
아랍 5.4.5.
아리랑 고개 11.9.2.
아시아 11.5.2.
아일랜드 11.2.4. 11.17.3.
아프리카 11.2.1. 11.13.3.
안남 安南 9.2.1. 9.11.3.
안동 9.8.1. 9.9.3. 9.9.7. 9.13.5.
   9.15.4. 10.3.2. 10.3.4~5. 10.4.6.
   10.5.2~3. 10.10.4.
안변 10.5.5.
안의 安義 9.1.6.

알영정 閼英井 3.4.
압록강 鴨綠江 5.2.1. ,7.9.6. 8.3.4.
   9.1.2. 9.5.2. 10.1.6. 10.5.2~3.
   11.4.5. 11.5.6. 11.9.4. 11.15.3.
   11.16.2.
애급 埃及 10.5.4. 10.8.4. 10.9.2~3.
애란 愛蘭 11.17.3.
애오개 阿峴 9.15.4.
약산 藥山 11.5.4.
약산동대 藥山東臺 11.5.4. 11.17.3.
양산 楊山 3.4.
양주 2.1.
양주 楊州 8.3.2. 9.15.2. 9.15.4~5.
   10.2.3. 10.11.1~2.
양천촌 11.9.2.
양평 楊平 8.6.3.
여근곡 女根谷 5.5.4.
여산 礪山 9.7.5.
여산 廬山 8.7.5.
여순 10.5.3.
여진(국) 11.5.6. 11.11.1.
연경 燕京 9.9.3.
연기군 6.1.1.
연변 10.3.4.
연산부 延山府 5.2.1.
연양 延陽 5.2.1.
연천 漣川 9.6.1.
연해주 11.5.5.
연화봉 9.3.7.
영국 11.17.3.
영남 8.4.3.
영덕 9.9.7. 9.12.1. 9.14.3. 10.2.5.
   10.3.3. 10.3.5. 10.5.2. 11.18.1.
영랑호 永郎湖 7.8.2.

영변 寧邊 5.2.1. 11.5.4.

영암 9.9.4. 9.9.7.

영양 9.1.5. 9.9.1. 9.9.7.

영월 寧越 9.9.3. 9.11.6. 10.5.5.
  11.14.4.

영일 迎日 5.1.2. 5.5.1.

영주 10.3.5. 10.5.2.

영천 9.9.1. 10.3.2. 10.3.4. 10.5.4.

영취산 靈鷲山 5.4.4.

영풍 永豊 9.5.2.

영호루 映湖樓 7.9.2.

예 濊 3.1.

예산 猊山 7.5.4.

예안 10.3.4.

오관산 五冠山 7.6.6.

오룡묘 五龍廟 6.5.2.

오십천 五十川 7.8.2.

오월(국) 吳越(國) 6.2.2. 6.3.3. 6.4.2.

오천축 五天竺 5.4.5.

완도 9.8.2.

왕십리 往十里 11.9.4.

요꼬하마 11.15.2.

요동 11.5.5.

요동 5.4.1.

요동반도 11.5.6.

요양 遼陽 9.1.5.

용강군 4.1.

용문 龍門 5.4.1.

용문산 9.9.1.

용성 龍城 7.2.3.

용정 龍井 11.4.1. 11.5.6.

용주사 龍珠寺 9.10.1.

우산 于山 9.6.3.

운강 雲岡 5.4.1.

운봉 9.5.4.

운종가 雲鍾街 8.3.3.

운현궁 雲峴宮 11.11.2.

울릉도 10.3.3.

울산 10.3.4.

울산 반구대 암각화 2.1.

울진 5.1.2. 10.3.3.

웅기 11.17.3.

원나라 11.11.2.

원산 10.2.3. 10.4.6. 10.5.4. 10.8.4.
  10.10.6. 11.14.4.

원수대 元帥臺 7.8.2.

원터 11.11.3.

월남 越南 5.7.1. 6.5.5. 10.4.7.
  10.5.4. 10.7.1. 10.8.4. 10.9.2.
  10.9.3. 11.2.1. 11.3.3.

월미도 月尾島 11.4.1. 11.11.5.

월출산 月出山 8.7.4.

유구 琉球 9.11.2.

유럽 5.4.5. 11.17.3.

육조 六曹 11.15.4.

율수현 溧水懸 5.8.4.

은나라 殷― 11.7.3.

의성 9.1.5. 10.3.4.

의주 義州 9.1.2. 9.1.5. 9.2.4. 9.7.5.
  9.15.4.

의흥 10.3.4. 10.11.1.

이디오피아 11.15.5.

이탈리아 11.15.5.

인도 5.4.5.

인도 印度 10.8.4. 10.9.2. 11.2.1.

인도양 11.17.3.

인왕산 9.2.4. 9.5.2. 10.4.5.

인천 10.2.3. 10.3.3. 10.5.4. 10.10.3.

진주 晉州 9.1.3. 9.2.6. 9.8.3.
  9.15.4~5. 10.1.7. 10.11.1~2.
  11.1.5. 11.7.1.
진주성 晉州城 9.1.2.
진한 辰韓 3.4.
집안 集安 5.1.2.
집현전 集賢殿 8.5.2.

창녕 昌寧 5.1.2.
창랑정 滄浪亭 11.14.6.
창원 昌原 10.11.1. 11.9.2.
창원 槍原 4.2.
천마령 天摩嶺 8.7.5.
천마산 天磨山 8.7.5.
천마총 天馬冢 3.4.
천축 天竺 8.5.4.
천태산 天台山 8.5.4.
철주 鐵州 7.1.6.
청계천 11.14.4.
청구 靑丘 11.16.2.
청나라 11.11.2.
청도 5.5.2. 10.3.4.
청량산 淸凉山 9.11.4.
청룡사 靑龍寺 9.15.3.
청룡산 9.1.6.
청산 靑山 7.6.5.
청송 10.5.2.
청주 淸州 7.9.4. 9.7.5. 9.8.1.
청평 淸平 6.6.1.
청평산 淸平山 6.6.1.
청학동 靑鶴洞 7.7.1. 8.6.1. 9.10.2.
초계 草溪 9.15.4~5.
촉석루 矗石樓 7.9.4. 9.2.6. 11.16.2.

총석사 9.9.2.
총석정 叢石亭 7.8.2.
추산당 秋山堂 11.14.4.
추자도 9.9.3.
충민사 忠愍祠 11.16.2.
충주 忠州 9.1.6. 9.2.2. 9.11.4.
충청도 11.1.5.
취령 鷲嶺 6.4.3.
치악산 雉岳山 8.1.3.
치원암 致遠庵 7.3.3.
칠곡 9.9.7. 9.11.4.
칠보산 七寶山 9.11.4.
칠송정 七松亭 9.5.2.
칠읍 10.3.4.

타이 11.2.1.
탁리국 橐離國 3.3.
탄금대 彈琴臺 8.5.4. 9.1.6.
탐라 耽羅 1.4. **3.5.** 9.2.6. 9.6.3.
  9.7.5. 9.9.3. 9.11.3. 9.14.2.
  11.17.3.
탐진 耽津 → 강진
태고사 太古寺 11.10.5.
태고암 太古庵 7.3.5.
태백산 6.4.4. 7.4.3. 10.1.6. 10.2.4.
  10.12.1~2.
태평양 11.15.2.
태항산 11.12.6.
토함산 吐含山 3.4.
통군정 統軍亭 9.2.4.
통도사 9.9.7.
통영 統營 2.1. 9.15.5. 10.4.4.
  10.11.1.

퇴계원 退溪院 10.11.1~2.

파란 波蘭 10.4.2. 10.5.4. 10.8.4.
 10.9.2~3.
파리 11.7.4.
팔공산 八公山 6.2.3.
패강 浿江 5.7.4. 8.7.4. 11.15.3.
패수 5.8.5.
평안도 11.1.5. 11.6.3.
평양 平壤 5.1.2. 5.1.4. 5.8.5. 6.2.3.
 6.3.5. 9.1.2. 9.5.2. 9.7.5. 9.8.3.
 9.9.4. 9.11.5. 9.12.2~3. 9.12.5.
 9.13.6. 9.15.3~4. 9.15.5. 10.3.7.
 10.8.1. 10.10.2. 10.10.6. 10.11.1.
 11.4.4. 11.14.4. 11.17.3. 11.18.1.
포석정 5.8.3.
표암봉 瓢嵓峯 3.4.
풍악 楓岳 8.6.3. 8.9.2.
프랑스 11.3.3.
피리사 避里寺 5.4.4.
필리핀군도 4.1.
필운대 9.9.1.

하동 9.15.4.
하얼빈 10.5.3. 11.12.6.
하와이 4.1. 10.3.3. 10.9.1. 10.10.6.
 10.11.5.
하회 마을 河回— 7.7.3. 8.11.4.
한강(한강수, 한수) 漢江(漢江水, 漢水)
 7.9.6. 8.3.2~3. 9.1.5. 9.8.5.
 9.11.4. 11.14.3. 11.15.4.
한국 11.16.3.

한기리 漢岐里 5.3.4.
한도 漢都 8.5.3.
한라산 漢拏山 2.1. 11.17.3.
한라영산 3.5. → 한라산
한반도 2.3.
한산주 漢山州 5.8.2.
한성 漢城 11.17.3.
한송정 寒松亭 6.2.3. 6.4.4. 8.4.4.
한양(성) 11.9.2. 11.10.5.
함경도 11.1.5. 11.6.3. 11.14.4.
함열 10.3.3.
함흥 10.5.4. 11.9.2.
합강정 合江亭 9.9.6.
합굴룡사 蛤窟龍祠 6.5.2.
합천 5.8.3. 10.4.2.
해남 9.8.1.
해동 海東 4.3. 5.5.2. 5.5.5. 6.1.2.
 6.3.4. 6.4.3. 6.5.1. 6.5.4. 8.5.2.
해란강 11.5.6.
해삼위 海蔘威 11.17.3. →블라디보스토크
해인사 海印寺 5.5.1. 7.9.2.
해주 9.9.8. 9.15.5. 10.11.1.
향로봉 香爐峰 8.8.4.
향암산 香巖山 5.8.5.
헐성루 歇惺樓 11.16.2.
현해탄 玄海灘 11.5.6. 11.15.2.
 11.15.4.
현화사 玄化寺 6.1.3. 6.2.3. 6.4.1.
혈구사 穴口寺 7.1.4.
혈망봉 穴望峰 8.3.5.
호남 **8.4.4.**
호남평야 11.14.3.
홍콩 11.17.3.
화개현 花開懸 8.6.2.

*

제4판 전체 차례

제4판 머리말 ··· 1-3

1. 문학사 이해의 새로운 관점

1.1. 한국문학통사 ··· 1-15
1.2. 문학의 범위 ··· 1-19
1.3. 문학갈래 ··· 1-27
1.4. 시대구분 ··· 1-34
1.5. 생극론의 관점 ·· 1-44

2. 원시문학

2.1. 구석기시대의 언어예술 ·· 1-51
2.2. 신석기시대로의 전환 ··· 1-54
2.3. 민족 형성의 연원과 과정 ··· 1-59

3. 고대문학

3.1. 건국신화 · 국중대회 · 건국서사시 ··· 1-65
3.2. 고조선 ··· 1-70
3.3. 부여 · 고구려계 전승 ··· 1-76
3.4. 삼한 · 신라 · 가락 쪽의 시정 ··· 1-83
3.5. 탐라국 건국서사시 ·· 1-91

4. 고대에서 중세로의 이행기문학

4.1. 시대 설정의 근거 ·· 1-95
4.2. 전설 · 민담시대로의 전환 ·· 1-100
4.3. 짧은 노래 몇 편 ·· 1-104

5. 중세전기문학   제1기 삼국·남북국시대

5.1. 한문학의 등장과 그 구실 ·· 1-109
  5.1.1. 한문 사용과 중세화 ·· 1-109
  5.1.2. 나라의 위업을 알리는 금석문 ································ 1-118
  5.1.3. 국내외의 정치문서 ·· 1-126
  5.1.4. 이른 시기의 한시 ·· 1-130
5.2. 노래의 새로운 모습 ·· 1-135
  5.2.1. 고구려 노래 ·· 1-135
  5.2.2. 백제 노래 ·· 1-139
  5.2.3. 신라 노래, 이른 시기의 모습 ································ 1-143
  5.2.4. 향가·사뇌가 ·· 1-149
  5.2.5. 향가의 율격 ·· 1-153
5.3. 향가의 작품세계 ·· 1-158
  5.3.1. 민요 계통의 노래 ·· 1-158
  5.3.2. 정치상황과 관련된 노래 ·· 1-164
  5.3.3. 월명사와 충담사 ·· 1-170
  5.3.4. 불교를 따른 노래 ·· 1-177
5.4. 불교문학에서 문제된 이치와 표현 ······························ 1-183
  5.4.1. 불교사와 문학사 ·· 1-183
  5.4.2. 원효 ·· 1-187
  5.4.3. 의상과 그 전후의 학승 ·· 1-192
  5.4.4. 게송과 염불 ·· 1-197
  5.4.5. 혜초의 기행문 ·· 1-202
5.5. 설화에 나타난 상하·남녀 관계 ···································· 1-205
  5.5.1. 신화적 상상의 유산 ·· 1-205
  5.5.2. 고승의 신이한 행적 ·· 1-208
  5.5.3. 영웅담의 성격 변화 ·· 1-215
  5.5.4. 하층민의 소망과 시련 ·· 1-220
  5.5.5. 설화의 정착과 변모 ·· 1-224
5.6. 연극의 자취를 찾아서 ·· 1-227
  5.6.1. 중세의 굿·놀이·연극 ·· 1-227
  5.6.2. 고구려·백제의 놀이와 연극 ·································· 1-229
  5.6.3. 신라 쪽의 상황과 처용극 ······································ 1-233
  5.6.4. 다섯 가지 놀이 ·· 1-237

　　5.7. 남북국시대의 상황과 문학 ································· 1-242
　　　5.7.1. 동아시아문학의 판도 ···························· 1-242
　　　5.7.2. 발해문학의 위치 ······························· 1-244
　　　5.7.3. 발해문학의 작품 ······························· 1-247
　　　5.7.4. 신라문학과 대외 관계 ·························· 1-253
　　5.8. 신라 한문학의 성숙 ······························· 1-259
　　　5.8.1. 신문왕과 설총 ································· 1-259
　　　5.8.2. 전성기에 이룬 작품 ···························· 1-262
　　　5.8.3. 말기의 상황과 왕거인 ·························· 1-267
　　　5.8.4. 최치원의 성공과 번민 ·························· 1-270
　　　5.8.5. 최광유·박인범·최승우·최언위 ················· 1-277

6. 중세전기문학 제2기 고려전기

　　6.1. 쟁패와 창업의 신화적 표현 ······················· 1-285
　　　6.1.1. 건국신화의 재현 ······························· 1-285
　　　6.1.2. 고려의 건국신화 ······························· 1-289
　　　6.1.3 왕실 혈통의 위기 ······························ 1-296
　　6.2. 향가 전통의 행방 ······························· 1-300
　　　6.2.1. 고려전기의 향가 ······························· 1-300
　　　6.2.2. 균여의 〈보현시원가〉 ························· 1-302
　　　6.2.3. 예종의 〈도이장가〉 및 관련 작품 ··············· 1-309
　　　6.2.4. 정서의 〈정과정곡〉 ·························· 1-314
　　6.3. 과거제 실시와 한문학 ··························· 1-318
　　　6.3.1. 고려 한문학의 출발점 ························· 1-318
　　　6.3.2. 과거제 실시 ································· 1-321
　　　6.3.3. 조익·왕융·최승로 ························· 1-327
　　　6.3.4. 현종·최충·박인량 ························· 1-332
　　　6.3.5. 김황원 ···································· 1-337
　　6.4. 불교문학의 재정립 ····························· 1-341
　　　6.4.1. 고려전기 불교의 판도 ························· 1-341
　　　6.4.2. 균여와 제관 ································· 1-343
　　　6.4.3. 의천 ····································· 1-348
　　　6.4.4 계응·혜소·탄연 ···························· 1-352
　　6.5. 설화와 역사 사이 ······························ 1-356
　　　6.5.1. 민간전승의 저류 ······························· 1-356
　　　6.5.2. 화풍과 국풍 ································· 1-357

6.5.3. 비범한 인물의 탄생 ···································· 1-360
6.5.4. 〈가락국기〉 ··· 1-365
6.5.5. 〈수이전〉 ··· 1-367
6.5.6. 〈삼국사기〉 ··· 1-372
6.6. 고려전기 귀족문학의 결산 ························· 1-380
6.6.1. 예종 시절의 풍류 ································ 1-380
6.6.2. 동조자와 비판자 ································· 1-384
6.6.3. 격동의 와중에서 ································· 1-388
6.6.4. 김부식의 시대 ··································· 1-397
6.6.5. 무신란 직전의 상황 ····························· 1-401
6.6.6. 제주시인 고조기 ································· 1-404

7. 중세후기문학 제1기 고려후기

7.1. 무신란·몽고란과 문학 ··························· 2-9
7.1.1. 시대변화의 추이 ································ 2-9
7.1.2. 김극기가 택한 길 ································ 2-13
7.1.3. 죽림고회의 문학 ································ 2-16
7.1.4. 최씨정권의 문인들 ······························ 2-23
7.1.5. 이규보 ·· 2-27
7.1.6. 대몽항쟁의 문학 ································· 2-34
7.2. 문학의 본질과 기능에 관한 논란 ················ 2-38
7.2.1. 〈파한집〉 ·· 2-38
7.2.2. 이규보의 주장 ··································· 2-42
7.2.3. 〈보한집〉 ·· 2-49
7.2.4. 최해의 시도 ······································ 2-53
7.2.5. 〈역옹패설〉 ·· 2-56
7.3. 불교문학의 새로운 경지 ························· 2-60
7.3.1. 불교 혁신운동 ···································· 2-60
7.3.2. 지눌과 혜심 ······································ 2-63
7.3.3. 천인·천책·운묵 ································· 2-69
7.3.4. 충지 ·· 2-76
7.3.5. 경한·보우·혜근 ································· 2-80
7.4. 민족사 재인식의 시대 ··························· 2-86
7.4.1. 〈동명왕편〉 ·· 2-86
7.4.2. 〈해동고승전〉 ····································· 2-92

7.4.3. 〈삼국유사〉 ·· 2 - 96
7.4.4. 〈제왕운기〉와 그 이후의 작업 ······················ 2 - 102
7.5. 사람의 일생 서술방법 ··· 2 - 107
7.5.1. 관심의 내력 ··· 2 - 107
7.5.2. 비·지·전·장의 특성 ······························ 2 - 109
7.5.3. 전의 작품세계 ··· 2 - 112
7.5.4. 자기 자신에 대한 성찰 ······························· 2 - 117
7.5.5. 가전의 위상 ··· 2 - 120
7.6. 속악가사와 소악부 ··· 2 - 127
7.6.1. 속악가사의 특성 ·· 2 - 127
7.6.2. 〈처용가〉를 비롯한 굿노래 ························· 2 - 131
7.6.3. 〈동동〉·〈쌍화점〉의 노래와 놀이 ············· 2 - 134
7.6.4. 〈상저가〉에서 〈정석가〉까지 ······················ 2 - 140
7.6.5. 〈가시리〉·〈서경별곡〉·〈청산별곡〉 ············ 2 - 146
7.6.6. 소악부 ··· 2 - 155
7.6.7. 참요의 문제점 ··· 2 - 159
7.7. 설화·무가·연극의 양상 ······································ 2 - 162
7.7.1. 설화 ·· 2 - 162
7.7.2. 무가 ·· 2 - 167
7.7.3. 연극 ·· 2 - 171
7.8. 경기체가·시조·가사의 형성 ······························ 2 - 176
7.8.1. 시가사와 사상사 ·· 2 - 176
7.8.2. 경기체가 ·· 2 - 179
7.8.3. 시조 ·· 2 - 186
7.8.4. 가사 ·· 2 - 195
7.9. 사대부문학의 방향과 문제의식 ······························ 2 - 204
7.9.1. 사대부의 성격과 사고방식 ···························· 2 - 204
7.9.2. 전환기의 양상 ··· 2 - 206
7.9.3. 안축 세대 ·· 2 - 209
7.9.4. 이곡 세대 ·· 2 - 218
7.9.5. 이색 세대 ·· 2 - 226
7.9.6. 정몽주 세대 ··· 2 - 234
7.9.7. 귀화인의 참여 ··· 2 - 239

8. 중세후기문학 제2기 조선전기

8.1. 조선왕조 한문학의 정착 ·· 2-243
  8.1.1. 전반적 양상 ·· 2-243
  8.1.2. 정도전·권근·변계량 ································ 2-245
  8.1.3. 원천석과 길재 ·· 2-253
  8.1.4. 조운흘에서 유방선까지 ···························· 2-258
  8.1.5. 한문학 작품 집성 ······································ 2-262

8.2. 훈민정음·서사시·언해 ······································ 2-267
  8.2.1. 훈민정음 ·· 2-267
  8.2.2. 〈용비어천가〉 ·· 2-273
  8.2.3. 〈월인천강지곡〉 ·· 2-280
  8.2.4. 〈석보상절〉 ·· 2-286
  8.2.5. 언해 ·· 2-290

8.3. 악장·경기체가·가사 ·· 2-295
  8.3.1. 세 노래의 상관관계 ·································· 2-295
  8.3.2. 악장 ·· 2-296
  8.3.3. 경기체가 ·· 2-302
  8.3.4. 사대부가사 ·· 2-310
  8.3.5. 정철의 작품 ·· 2-318
  8.3.6. 여성가사 ·· 2-322

8.4. 시조의 정착과 성장 ·· 2-325
  8.4.1. 왕조창건기의 시조 ···································· 2-325
  8.4.2. 강호로 물러나는 전환기 ·························· 2-330
  8.4.3. 영남가단과 강호가도 ································ 2-334
  8.4.4. 호남가단과 풍류정신 ································ 2-345
  8.4.5. 기녀시조 ·· 2-352

8.5. 관인문학과 왕조사업의 표리 ···························· 2-357
  8.5.1. 관인문학의 성격 ······································ 2-357
  8.5.2. 집현전 출신의 문인들 ······························ 2-361
  8.5.3. 전성기의 수준과 문제의식 ······················ 2-367
  8.5.4. 해동강서파 ·· 2-375

8.6. 사림문학, 심성에서 우러나는 소리 ················ 2-384
  8.6.1. 김종직과 그 제자들 ································ 2-384
  8.6.2. 왕도정치의 이상 ······································ 2-391
  8.6.3. 서경덕·이황 이후의 방향 ······················ 2-396

8.6.4. 선조 때의 상황 ································· 2-406
8.7. 방외인문학에 나타난 반감의 양상 ·········· 2-413
8.7.1. 김시습 ···································· 2-413
8.7.2. 도피와 반발의 자취 ······················ 2-420
8.7.3. 미천한 처지에서 겪는 고통 ················ 2-427
8.7.4. 삼당시인과 임제 ·························· 2-433
8.7.5. 여성한문학의 등장 ······················ 2-441
8.8. 불교문학의 시련과 변모 ···················· 2-450
8.8.1. 척불의 타격 ······························ 2-450
8.8.2. 기화가 찾은 길 ·························· 2-453
8.8.3. 보우의 고민 ······························ 2-456
8.8.4. 휴정이 일으킨 바람 ······················ 2-459
8.9. 산문의 영역 확대 ························ 2-463
8.9.1. 역사 서술의 양상 ······················ 2-463
8.9.2. 잡기의 모습 ···························· 2-467
8.9.3. 가전체와 몽유록 ························ 2-472
8.9.4. 골계전 ································ 2-479
8.9.5. 국문을 사용한 편지와 제문 ·············· 2-483
8.10. 소설의 출현 ·························· 2-487
8.10.1. 소설의 개념과 특성 ···················· 2-487
8.10.2. 〈금오신화〉 ·························· 2-489
8.10.3. 그 뒤의 소설 ························ 2-495
8.11. 연희의 양상과 연극의 저류 ················ 2-500
8.11.1. 나라에서 벌이는 연희 ·················· 2-500
8.11.2. 소학지희 ······························ 2-502
8.11.3. 꼭두각시놀음의 행방 ···················· 2-506
8.11.4. 탈춤의 저류를 찾아서 ·················· 2-510

9. 중세에서 근대로의 이행기문학 제1기 조선후기

9.1. 민족 수난에 대응한 문학 ················ 3-9
9.1.1. 시대변화의 계기 ······················ 3-9
9.1.2. 임진왜란을 증언한 실기 ················ 3-13
9.1.3. 잡혀간 사람들의 시련 ·················· 3-20
9.1.4. 병자호란의 경우 ······················ 3-25
9.1.5. 시가에서 이룬 체험 변용 ················ 3-29
9.1.6. 허구적 상상에서 제기한 문제 ············ 3-44

160

9.2. 정통 한문학의 동요와 지속 ··· 3-51
　9.2.1. 비판과 반성의 소리 ··· 3-51
　9.2.2. 권필과 허균 ··· 3-56
　9.2.3. 한문사대가 ··· 3-61
　9.2.4. 복고 노선의 확대 ··· 3-68
　9.2.5. 사상의 근거에 관한 논란 ··· 3-75
　9.2.6. 인습과 혁신 ··· 3-79
9.3. 소설시대로 들어서는 전환 ··· 3-89
　9.3.1. 소설의 전반적 양상 ··· 3-89
　9.3.2. '전'이라고 한 한문소설 ··· 3-94
　9.3.3. 영웅소설 유형의 국문소설 ··· 3-101
　9.3.4. 불교적 상상의 경이 ··· 3-109
　9.3.5. 우화소설의 기여 ··· 3-112
　9.3.6. 중국소설과의 관계 ··· 3-116
　9.3.7. 〈구운몽〉·〈사씨남정기〉·〈창선감의록〉 ······························· 3-122
9.4. 문학의 근본문제에 관한 재검토 ··· 3-130
　9.4.1. 논의 방식의 다양화 ··· 3-130
　9.4.2. 문학의 본질에 대한 새로운 이해 ··· 3-135
　9.4.3. 창작방법 재정비 ··· 3-141
　9.4.4. 민족문학론의 등장 ··· 3-148
　9.4.5. 소설에 관한 논란 ··· 3-155
9.5. 문학담당층의 확대 ··· 3-163
　9.5.1. 여성문학의 세계 ··· 3-163
　9.5.2. 위항문학의 위상 ··· 3-171
　9.5.3. 전문가객의 기여 ··· 3-187
　9.5.4. 판소리광대의 활약 ··· 3-192
　9.5.5. 소설과 관련된 생업 ··· 3-196
9.6. 실학파문학이 개척한 방향 ··· 3-203
　9.6.1. 이익과 그 후계자들 ··· 3-203
　9.6.2. 홍대용과 박지원 ··· 3-209
　9.6.3. 이덕무·유득공·박제가·이서구 ··· 3-218
　9.6.4. 이옥·정약용·이학규 ··· 3-224
　9.6.5. 김정희 이후의 동향 ··· 3-232
9.7. 민요·민요시·악부시 ··· 3-238
　9.7.1. 민요 이해의 내력 ··· 3-238
　9.7.2. 민요의 실상과 변모 ··· 3-241
　9.7.3. 한시의 민요 수용 ··· 3-247

9.7.4. 국문시가의 한역 ·································· 3 – 256
9.7.5. 악부시의 성격과 양상 ······················· 3 – 263
9.7.6. 육담풍월과 언문풍월 ······················· 3 – 278
9.8. 시조의 변이와 사설시조의 출현 ················· 3 – 284
9.8.1. 사대부시조의 재정비 ······················· 3 – 284
9.8.2. 사대부시조의 변이 ·························· 3 – 294
9.8.3. 작자층의 확대에 따른 변모 ················· 3 – 307
9.8.4. 전문가객의 작품 ···························· 3 – 316
9.8.5. 사설시조의 유래와 특성 ···················· 3 – 321
9.8.6. 사설시조의 작품 세계 ······················ 3 – 329
9.9. 가사의 다양한 모습 ···························· 3 – 338
9.9.1. 사대부가사의 재정착 ······················· 3 – 338
9.9.2. 사대부가사의 변모 ·························· 3 – 346
9.9.3. 유배와 여행의 체험 ·························· 3 – 352
9.9.4. 역사와 지리를 다룬 작품 ···················· 3 – 363
9.9.5. 교훈가사의 모습 ···························· 3 – 366
9.9.6. 달라지는 사회상 ···························· 3 – 376
9.9.7. 규방가사의 전형과 변형 ···················· 3 – 384
9.9.8. 애정가사의 양상 ···························· 3 – 393
9.9.9. 잡가의 출현 ································· 3 – 398
9.10. 불교·도교·천주교문학 ······················· 3 – 403
9.10.1. 불교한시의 맥락 ···························· 3 – 403
9.10.2. 불교가사의 기능 확대 ······················ 3 – 411
9.10.3. 도교문학의 가능성 ·························· 3 – 418
9.10.4. 천주교문학의 출현 ·························· 3 – 423
9.11. 한문과 국문, 기록과 표현 ····················· 3 – 431
9.11.1. 이해의 시각 ································· 3 – 431
9.11.2. 대외 관계의 경험 보고 ······················ 3 – 433
9.11.3. 국내 문제의 증언 술회 ······················ 3 – 439
9.11.4. 기행문의 다양한 모습 ······················ 3 – 447
9.11.5. 묘지명·전·행장의 변모 ····················· 3 – 454
9.11.6. 몽유록과 가전체의 모습 ···················· 3 – 462
9.11.7. 여성생활과 국문 사용 ······················ 3 – 469
9.12. 설화·야담·한문단편 ························· 3 – 477
9.12.1. 구전설화의 변모 ···························· 3 – 477
9.12.2. 야담 집성의 양상 ·························· 3 – 483
9.12.3. 야담의 변모 과정 ·························· 3 – 490

9.12.4. 박지원의 작품 ··· 3-497
9.12.5. 김려와 이옥의 기여 ··· 3-505
9.13. 소설의 성장과 변모 ··· 3-510
9.13.1. 가공적 영웅의 투지 ··· 3-510
9.13.2. 여성 주인공의 영웅소설 ··· 3-519
9.13.3. 〈구운몽〉·〈사씨남정기〉계 소설의 변모 ················· 3-524
9.13.4. 대장편으로 나아가는 길 ··· 3-533
9.13.5. 애정소설의 새로운 양상 ··· 3-552
9.13.6. 세태소설의 등장 ·· 3-556
9.13.7. 한문소설의 변모 ·· 3-561
9.14. 서사무가에서 판소리계 소설까지 ·· 3-565
9.14.1. 세 가지 구비서사시 ··· 3-565
9.14.2. 서사무가의 전승과 변모 ··· 3-567
9.14.3. 서사민요의 모습 ·· 3-575
9.14.4. 판소리의 형성과 발전 ··· 3-579
9.14.5. 판소리 열두 마당 ·· 3-585
9.14.6. 판소리계 소설의 작품 세계 ·· 3-589
9.15. 민속극의 저력과 변용 ··· 3-597
9.15.1. 민속극의 특징 ·· 3-597
9.15.2. 무당굿놀이 ··· 3-599
9.15.3. 꼭두각시놀음과 발탈 ··· 3-604
9.15.4. 농촌탈춤·떠돌이탈춤·도시탈춤 ································ 3-610
9.15.5. 도시탈춤의 구조와 주제 ··· 3-619

10. 중세에서 근대로의 이행기문학   제2기 1860~1918년

10.1. 민중종교운동과 문학 ·· 4-9
10.1.1. 민중종교운동의 경과 ··· 4-9
10.1.2. 동학사상의 표현 방법 ··· 4-13
10.1.3. 동학혁명의 문학 ·· 4-18
10.1.4. 유교와 불교에 의거하는 길 ·· 4-24
10.1.5. 증산교의 득도 기록 ·· 4-30
10.1.6. 대종교의 주장 ·· 4-34
10.1.7. 노선 전환의 두 방향 ··· 4-39
10.2. 구비문학의 활기와 긴장 ·· 4-46
10.2.1. 대원군 집권기의 전환 ··· 4-46
10.2.2. 판소리의 상승과 변모 ··· 4-53

10.2.3. 민요에 나타난 항거와 비판 ·······································4-64
10.2.4. 민요 개작 운동 ··4-71
10.2.5. 설화의 변모 양상 ···4-77
10.2.6. 재담 기록의 의도와 방법 ··4-81
10.3. 구시대 국문문학의 지속과 변모 ·····································4-89
10.3.1. 노래로 부르는 시조 ··4-89
10.3.2. 가사에서 전개된 종교사상 논쟁 ······························4-93
10.3.3. 경험 확대를 보인 가사 ··4-101
10.3.4. 역사의식을 고취한 가사 ··4-111
10.3.5. 규방가사의 변모와 각성 ··4-116
10.3.6. 산문 기록의 양상 ···4-124
10.3.7. 활자본 잡가집 ··4-127
10.4. 한문학에 부과된 사명 ···4-134
10.4.1. 문학과 사상의 정통 재확인 ······································4-134
10.4.2. 개화·계몽의 길 ···4-139
10.4.3. 문장가의 사명 ··4-147
10.4.4. 한문학의 저변 확대 ··4-155
10.4.5. 우국문학의 진통 ···4-159
10.4.6. 적극적 항쟁의 문학 ··4-165
10.4.7. 신문과 잡지에 실린 한시 ···4-173
10.4.8. 한문학의 유산 정리 ··4-178
10.5. 의병 투쟁의 문학 ··4-181
10.5.1. 투지를 선포한 격문 ··4-181
10.5.2. 투쟁의 경과 기록 ···4-184
10.5.3. 기백과 울분을 나타낸 한시 ······································4-189
10.5.4. 투쟁을 위한 가사 ···4-197
10.5.5. 투쟁의 경과를 되새긴 가사 ······································4-205
10.6. 신구 문학관의 대립과 교체 ···4-211
10.6.1. 한문학 세대의 주장 ··4-211
10.6.2. 국문문학으로의 전환 이론 ··4-217
10.6.3. 소설에 대한 관심과 논의 ···4-223
10.6.4. 일본 유학 세대의 견해 ··4-230
10.6.5. 문학사의 출현 ··4-238
10.7. 국문운동과 문체 혁신 ···4-243
10.7.1. 전환기의 상황 ··4-243
10.7.2. 국문 사용의 확대와 공식화 ······································4-247
10.7.3. 국문 사용을 둘러싼 논란 ···4-254

10.7.4. 국문연구의 열의와 성과 ································· 4-260

10.7.5. 작문법 개발을 위한 노력 ····························· 4-266

10.8. 국문시가의 새로운 양상 ······························· 4-272

10.8.1. 1890년대의 독립·애국가 ·························· 4-272

10.8.2. 1900년대 이후의 창가 ······························ 4-278

10.8.3. 〈대한매일신보〉 가사 ······························· 4-287

10.8.4. 신문·잡지 가사의 다양한 모습 ··················· 4-295

10.8.5. 시조의 변모 ·· 4-301

10.8.6. 언문풍월에 대한 관심 ······························ 4-309

10.9. 시대 각성을 위한 산문 갈래 ························· 4-315

10.9.1. 역사·전기문학 ·· 4-315

10.9.2. 번역서의 기여 ··· 4-322

10.9.3. 다시 나타난 몽유록 ·································· 4-327

10.9.4. 동물우화를 이용한 논란 ···························· 4-333

10.9.5. 시사토론문 ··· 4-335

10.10. 소설의 판도와 신소설의 위치 ······················ 4-340

10.10.1. 방각본·필사본소설의 변모 ······················ 4-340

10.10.2. 활자본 신작구소설 ·································· 4-347

10.10.3. 한문소설의 마지막 모습 ··························· 4-355

10.10.4. 신문·잡지 국문소설의 등장 ····················· 4-360

10.10.5. 이인직과 이해조의 신소설 ······················· 4-368

10.10.6. 여타 신소설의 작가와 작품 ······················ 4-376

10.10.7. 번역·번안소설 ······································ 4-382

10.11. 민속극·창극·신파극 ································· 4-387

10.11.1. 민속극의 발전과 변모 ······························ 4-387

10.11.2. 닥쳐온 시련 ··· 4-392

10.11.3. 창극의 등장 ··· 4-396

10.11.4. 신파극으로 가는 길 ·································· 4-402

10.11.5. 희곡 작품의 면모 ····································· 4-408

10.12. 신체시의 불안한 위치 ································· 4-413

10.12.1. 최남선의 의욕과 파탄 ······························ 4-413

10.12.2. 이광수가 택한 길 ···································· 4-420

10.12.3. 현상윤, 최승구, 〈학지광〉의 시인들 ············ 4-425

10.12.4. 김억과 〈태서문예신보〉 ···························· 4-430

10.12.5. 〈유심〉 시기의 한용운 시 ························· 4-436

10.13. 방황하는 세대의 소설 ································· 4-440

10.13.1. 현상윤과 양건식의 단편소설 ····················· 4-440

　　　10.13.2. 이광수의 단편소설 ···················· 4-444
　　　10.13.3. 이광수의 초기 장편소설 ·················· 4-448
　　　10.13.4. 현상응모 소설 ······················ 4-454
　　10.14. 망명지문학의 형성 ······················ 4-458
　　　10.14.1. 망명지문학의 성격 ···················· 4-458
　　　10.14.2. 시가 ···························· 4-460
　　　10.14.3. 소설 ···························· 4-467
　　　10.14.4. 희곡 ···························· 4-469

11. 근대문학　제1기 1919~1944년

　　11.1. 근대문학의 방향과 시련 ····················· 5-9
　　　11.1.1. 근대문학의 기본 성격 ···················· 5-9
　　　11.1.2. 민족어문학 확립의 길 ···················· 5-16
　　　11.1.3. 시민문학의 사명 ······················ 5-20
　　　11.1.4. 시대상황과의 대결 ····················· 5-29
　　　11.1.5. 문학활동의 여건 ······················ 5-36
　　11.2. 서양문학에서 받은 충격 ····················· 5-47
　　　11.2.1. 관계의 기본 양상 ······················ 5-47
　　　11.2.2. 서양문학 수용 방식 ····················· 5-50
　　　11.2.3. 작품 번역 ························· 5-55
　　　11.2.4. 해외문학파 ························ 5-62
　　11.3. 근대시 형성의 기본 과제 ···················· 5-68
　　　11.3.1. 근대시의 특징과 위상 ··················· 5-68
　　　11.3.2. 시인의 자세 정립 ····················· 5-74
　　　11.3.3. 율격 창조의 방향 ····················· 5-82
　　11.4. 근대소설을 이룩하는 과정 ··················· 5-93
　　　11.4.1. 신소설의 지속과 변모 ··················· 5-93
　　　11.4.2. 근대소설 시험작 ····················· 5-99
　　　11.4.3. 이광수의 신문소설 ···················· 5-105
　　　11.4.4. 김동인과 전영택의 잡지소설 ················ 5-110
　　　11.4.5. 시인이 쓴 소설 ····················· 5-118
　　11.5. 시의 방황과 모색 ······················ 5-124
　　　11.5.1. 주요한·김억·황석우 ··················· 5-124
　　　11.5.2. 〈폐허〉와 〈백조〉의 시인들 ················ 5-132
　　　11.5.3. 〈금성〉 이후의 변모 ··················· 5-139
　　　11.5.4. 김소월과 한용운 ····················· 5-147

11.5.5. 조명희·김형원·이상화 ···································· 5−157
11.5.6. 망명지에서 발표된 시가 ································ 5−168
11.6. 소설의 작품 세계와 문제의식 ································ 5−179
11.6.1. 나도향 ··· 5−179
11.6.2. 현진건 ··· 5−184
11.6.3. 염상섭 ··· 5−191
11.6.4. 주요섭과 최서해 ·· 5−201
11.7. 희곡 정착을 위한 진통 ·· 5−208
11.7.1. 민속극·창극·신파극의 위치 ······················ 5−208
11.7.2. 희곡 작품의 출현 양상 ······························· 5−213
11.7.3. 학생극 운동과 김우진 ································· 5−218
11.7.4. 토월회 시기의 작품 ···································· 5−223
11.7.5. 김정진과 김영팔 ·· 5−228
11.8. 비평과 논쟁의 시대 ·· 5−234
11.8.1. 작가의 발언 ·· 5−234
11.8.2. 계급문학 논쟁 ··· 5−240
11.8.3. 전환기의 논란 ··· 5−250
11.8.4. 해외문학파의 관여 ······································ 5−257
11.8.5. 국문학연구의 사명 ······································ 5−260
11.9. 민요시 운동의 방향과 성과 ································· 5−267
11.9.1. 민요의 전승과 기능 ···································· 5−267
11.9.2. 새 시대 민요의 모습 ··································· 5−269
11.9.3. 민요시를 위한 논란 ···································· 5−277
11.9.4. 민요시의 작품 ··· 5−282
11.10. 시조부흥운동의 전개 양상 ································ 5−290
11.10.1. 시조가 이어지는 모습 ······························ 5−290
11.10.2. 시조부흥운동의 배경 ································· 5−292
11.10.3. 시조 부흥 찬반론 ····································· 5−296
11.10.4. 최남선·이은상·이병기 ······························ 5−300
11.10.5. 시조 창작의 다양한 모습 ·························· 5−307
11.10.6. 조운·권구현·신불출 ································· 5−314
11.11. 역사소설·농촌소설·통속소설 ·························· 5−318
11.11.1. 영웅소설에서 역사소설로 ························· 5−318
11.11.2. 역사 형상화 방법 재정립 ·························· 5−326
11.11.3. 농촌소설에서 제기한 문제 ························ 5−335
11.11.4. 농촌 생활을 동경한 작품 ·························· 5−345
11.11.5. 통속 연애소설의 기본형 ··························· 5−353

11.11.6. 통속소설과 타협하는 방안 ·············· 5-361

11.12. 희곡 창작의 다양한 노선 ·············· 5-370
　11.12.1. 극예술연구회와 관련된 작가들 ·············· 5-370
　11.12.2. 소설가의 극작 참여 ·············· 5-377
　11.12.3. 무산계급 연극 ·············· 5-383
　11.12.4. 고등신파를 표방한 통속극 ·············· 5-390
　11.12.5. 친일연극의 양상 ·············· 5-394
　11.12.6. 망명지의 항일 연극 ·············· 5-398

11.13. 내면의식을 추구한 시 ·············· 5-402
　11.13.1. 시문학파가 개척한 길 ·············· 5-402
　11.13.2. 모더니즘 운동의 허실 ·············· 5-411
　11.13.3. 생명파의 등장 ·············· 5-419
　11.13.4. 유파 밖의 여러 시인 ·············· 5-425
　11.13.5. 여성 시인의 작품 세계 ·············· 5-433

11.14. 어두운 시대의 상황과 소설 ·············· 5-440
　11.14.1. 민족해방 투쟁의 소식 ·············· 5-440
　11.14.2. 하층민의 고난을 다루는 방법 ·············· 5-445
　11.14.3. 염상섭·현진건·채만식의 사회사소설 ·············· 5-456
　11.14.4. 세태소설 ·············· 5-467
　11.14.5. 지식인의 수난과 자학 ·············· 5-475
　11.14.6. 작가 신변의 관심거리 ·············· 5-483
　11.14.7. 서정적 소설의 확산 ·············· 5-487

11.15. 역사와 만나는 시의 번민 ·············· 5-491
　11.15.1. 서사시를 위한 시도 ·············· 5-491
　11.15.2. 계급문학 시인의 행방 ·············· 5-498
　11.15.3. 역사 앞의 절규 ·············· 5-506
　11.15.4. 심훈·이육사·윤동주 ·············· 5-517
　11.15.5. 일제 패망 직전의 상황 ·············· 5-524

11.16. 주변으로 밀려난 한문학 ·············· 5-529
　11.16.1. 행방 추적 ·············· 5-529
　11.16.2. 작가와 작품 ·············· 5-531
　11.16.3. 항일투쟁의 증언 ·············· 5-539

11.17. 문학 안팎의 산문 갈래 ·············· 5-543
　11.17.1. 전기와 실기 ·············· 5-543
　11.17.2. 언론문학 ·············· 5-546
　11.17.3. 국내외 기행문 ·············· 5-552
　11.17.4. 서간과 수필 ·············· 5-559

168

*